迦陵詞

康熙年間手抄稿本　三色評點

（上冊）

［清］陳維崧　著

南開大學中華古典文化研究所叢刊之一

主編　葉嘉瑩　副主編　孫克强

南開大學出版社

圖書在版編目（CIP）數據

迦陵詞（上下册）／（清）陳維崧著．—天津：南開大學出版社，2009.3

ISBN 978-7-310-03104-7

Ⅰ.迦…　Ⅱ.陳…　Ⅲ.詞（文學）—作品集—中國—清代　Ⅳ.I222.849

中國版本圖書館CIP數據核字（2009）第022372號

南開大學出版社出版發行

出版人：蕭占鵬

地址：天津市南開區衛津路94號　郵政編碼：300071

營銷部電話：（022）23508339　23500755

營銷部傳真：（022）23508542　郵購部電話：（022）23502200

*

北京聖彩虹制版印刷技術有限公司印刷

全國各地新華書店經銷

*

2009年3月第1版　2009年3月第1次印刷

880×1230毫米　16開本　99.75印張　8插頁　310千字

印數：350套

定價：3000.00元（上下册）

如遇圖書印裝質量問題，請與本社營銷部聯系調换，電話：（022）23507125

目録

影印出版説明

康熙年間手抄稿本——三色評點《迦陵詞》（原題《先檢討公手書詞稿》）八册不分卷，是清代著名詞人陳維崧詞集的手抄稿本。維崧（1625–1682）字其年，號迦陵，江蘇宜興人。康熙十八年（1679），應『博學鴻詞』考試，以第一等第十名授職翰林院檢討，曾參修《明史》。維崧于詞用功最深，『氣魄絶大，骨力絶遒，填詞之富，古今無兩』（陳廷焯《白雨齋詞話》），爲一代詞宗。此稿本爲海内外孤本，是研究陳氏詞作和清代詞學理論的重要文獻，亦爲寶貴的古籍善本，現藏于南開大學圖書館。

稿本各册有不同題簽，或署『迦陵先生手書詞稿』，或署『迦陵詞』，或署『陳檢討詞稿』，或署『迦陵檢討手書烏絲詞稿』。今以『迦陵詞』爲書名。各題簽亦保留影印，以存原貌。

稿本中有多人手書點評，署名者二十余人，更多的點評則并未署名。更爲可貴的是稿本中還有陳維崧親筆手迹（詳見『代序』）。諸評點筆迹不同，墨色也不相同，爲保持原貌，便于分辨，特彩色影印，以惠學林。

稿本八册以『金、石、絲、竹、匏、土、革、木』爲次第，影印本一仍其舊，全書及各册未另排目録。

本書影印出版是在葉嘉瑩先生、陳洪教授、肖占鵬教授的創議和支持下進行的，南開大學圖書館傾力支持本書出版，提供底本，掃描全部稿件，多有辛苦。孫克强教授、張静博士爲本書的編輯作了諸多工作。青年教師可延濤等爲核校清樣做了細致的工作，在此一并致謝。

南開大學出版社

二零零八年七月

記南開大學圖書館所藏手抄稿本《迦陵詞》（代序）

——爲南大圖書館八十年館慶作

葉嘉瑩

我自七九年第一次來南開講學，陸續至於今日，前后已有將近二十年之久了。作爲一個教研工作者，當然免不了常要查閱一些書籍。記得當我第一次回國講學時，因爲『文革』才結束不久，我擔心國内查書不方便，所以曾隨身帶了滿滿一大箱的書籍，幸而那時航空公司的規定只限行李件數，而不限重量，所以才使我能將書籍順利帶回。及至我到了南開后，才知道一些教學用的基本參考書，校圖書館中還是都有的。只不過如果要做研究，找起資料來就不及國外方便了。但就另一方面來説，則南大善本藏書中有些珍本古籍，却也是國外難得見到的。而其中給我印象最深的一部書，則是手抄稿本的《迦陵詞》全集。迦陵是清代名詞人陳維崧的别號，陳氏字其年，號迦陵，江蘇宜興人。父貞慧，爲明末四公子之一，明亡，隱居不仕。維崧少年穎异，補博士弟子員，而鄉試不利。更兼家道中落，遂漫游南北，才名重一時。康熙十八年（1679）召試鴻詞科，授翰林院檢討。時陳氏年已五十五歲，三年后卒于京師。維崧工駢體文，世稱所作爲陳檢討四六。詞名尤著。其早年所作題名《烏絲詞》，收詞二百六十六闋，曾編入孫默所輯之《十五家詞》。維崧逝世后，其四弟宗石于康熙二十九年爲之刻印《迦陵詞全集》，集中共收詞小令一百十一調，詞三百九十闋，中調一百十二調，詞二百九十五闋，長調一百九十三調，詞九百四十四闋，合計共得詞一千六百二十九闋，共用四百一十六調，數量之多，爲古今詞人之最。（而據陳氏於逝世前八年所寫的《與王阮亭先生書》中所自述云：『《烏絲》而外，尚計有二千餘首。』則其全部作品當有二千數百首之多。）

我之認識陳維崧的詞名，是早在我的少年時代。我生長於北京的一個舊傳統的家庭，早年未入小學，只在家中讀四書，并從伯父狷卿翁誦讀唐詩，伯父習知一些清代詩人詞人的掌故，有一次伯父和我談起了陳維崧的詞，并談到了他別號迦陵，又談到了清代的另一位詞人郭麐，説郭麐的別號是頻伽。陳維崧生於明天啓五年（1625），卒於清康熙二十一年（1682）；郭麐生於清乾隆三十二年（1767），卒於清道光十一年（1831），他們倆人當然絶不相識，但他們倆人的別號合起來『迦陵頻伽』四個字却恰好是佛經中一種鳥的名字。據《正法念經》云：『山谷曠野，多有迦陵頻伽，出妙聲音，若天若人，緊那羅等無能及者』（按緊那羅爲佛經中主歌唱之神）。郭麐之生晚於陳維崧有一百四十二年之久，郭氏之以頻伽爲別號，與陳氏之以迦陵爲別號，其間有無任何關系因緣，現已不可確考，不過這兩位詞人的別號和佛經中有關這種仙鳥的故事，在當時我少年的心靈裏則曾留下了深刻的印象。所以其后當我進入了輔仁大學國文系，而我的老師顧隨先生擬把我的詩詞習作送到報刊中去發表并要我想一個別號做筆名時，我立刻就由我的名字『嘉瑩』兩字的發音，想到了『迦陵』兩個字。雖説我决然没有與陳迦陵相攀比的用心，而且連師法陳迦陵的念頭也未曾存有過，但既然有別號相同的這一點因緣，因此每當我看到了『陳迦陵』或『迦陵詞』這些別號或書名時，就總免不了會有一種异常親切的感覺。何况南大圖書館所藏的這一函書，竟然是康熙年間手抄的《迦陵詞》稿本，這自然就無怪乎當我看到這一函書時，特別有一種欣喜與奮的感覺了。而在欣喜與奮之餘，于是我就想到了古人所説的一句話，所謂『天下之寶，當與天下共之』，因此我現在願把我所見到的這一函書的珍貴可喜之特色，簡單地寫記下來，讓天下所有愛好迦陵詞和愛好清詞的讀者們，都知道在南開大學的圖書館中保藏有這樣的一函珍本古籍。

這一部珍本古籍，裝在一個材質精美的木函中，函封上刻有一行題字云：『先檢討公手書詞稿』，下面的署名是『六世從孫實銘謹藏』。全部詞稿分爲八大册，以八音之名『金、石、絲、竹、匏、土、革、木』爲次第。全書分别各有朱筆、墨筆、藍筆三色之評點，以及眉批與旁批。且各色評點中又有行書與楷書多種不同之筆迹。原手稿紙色暗黄，是以金鑲玉之格式重新襯裱過的。卷首新裝裱部分有題簽云『迦陵先生手書詞稿』，署曰『義州李放敬題』，下有一方小印爲『詞堪』二字，扉頁有題記云『乙丑（按此乙丑應爲一九二五年亦即重新裝裱之年）四月十九日詞龕小集，蝺公二丈携先集見過。與歸安朱彊村侍郎、宛平查杏灣觀察、遵化李侖厂提學，開州胡愔仲閣丞、番禺黎潞厂參議，順德温檗庵副憲同觀』，署曰『義州李放寫記』。新裱之八大册各以藍色封面裝訂，貼有黄色虎皮宣紙題簽。第一册題云：『迦陵先生手書詞稿』，署曰：『義州李放敬題』；第二册題云：『迦陵詞』，署曰：『蜀中后學李准敬題』。卷首有序文，署曰：『同學友弟蔣平階大鴻撰』。第三册題云：『迦陵詞』，署曰：『通家后學冒廣生敬題』；第四册題云：『陳檢討詞稿』，署曰：『乙丑仲春孝胥』；第五册題云：『迦陵檢討手書烏絲詞稿』，署曰：『蝺公仁兄家藏，陳曾壽謹署』；第六册題云：『迦陵先生手書詞稿』，署曰：『乙丑四月歸安朱孝臧』；第七册題云：『迦陵先生手書詞稿』，署曰：『乙丑四月胡嗣瑗署』；第八册題云：『陳檢討詞稿』，署曰：『乙丑四月温肅敬題』。各册稿本内首頁爲目録，以調名爲目，每頁六行，每行六調，極爲整齊。且每一詞調下皆分别注明字數。第一册目録列調名十四行另三個，計共有八十七個牌調；第二册目録列調名十八行另三個，計共有一百十一個牌調；第三册目録列調名六行另三個，計共有三十九個牌調；第四册目録列調名十六行另四個，計共有一百個牌調；第五册目録列調名十一行另五個，計共有七十一個牌調；第六册目録列調名三十一行另四個，計共有一百九十個牌調；第七册目録列調名十行另二個，計共有六十二個牌調；第八册目録列調名二十四行另三個，計共有一百四十六個牌調。八册合計共録詞牌八百零六調，但其中頗多重複。至於每册所收詞調數目之多寡不同，則是因爲牌調之字數不同，而每册之厚度相近，所以每册所録之小令多則牌調多，長調多則牌調少。

南大圖書館中除此一册手抄稿本之《迦陵詞》以外，還藏有標題爲清康熙二十八年患立堂原刻后印本《湖海樓全集》五十四卷，共十二册，其中的下函五册爲《迦陵詞全集》共三十卷。在南大圖書館善本藏書室工作的江曉敏女士曾經寫過一篇題爲《手稿本〈迦陵詞〉校讀記》的文章，發表於《古籍整理通訊簡報》第一六六期，文章中把館内所藏之《迦陵詞》手稿，與此一函康熙患立堂刻本的《迦陵詞全集》，做過一番核校的工作。以爲手稿本乃是此患立堂本《迦陵詞全集》之底本，不過二本所收詞之多寡并不盡同，《全集》收詞一千六百二十九闋，《稿本》則僅收詞一千三百八十六闋，① 較刻本少二百余闋。但《稿本》中有三首詞，則爲《全集》所未收。因之爲一般讀者所未見，江女士曾把此三詞録出，計爲《渡江云·寒夜登城頭吹笛有感作》（孤城一片看）一闋，《瑣窗寒·和梁棠村先生寒食悼亡之作》（半疊蠻箋）一闋，及《絳都春·咏鷄冠花》（花冠午寂）一闋。據江女士之推測，以爲《渡江雲》一調原應爲一百字，陳氏此詞多一字。《絳都春》一調，《詞稿》標明爲『第二體』，注云『九十八字』，陳氏此詞爲九十七字，且其中似頗多訛誤。江女士以爲這大概就是何以此二首未被選刻入患立堂本的緣故。至於《瑣窗寒》一調，則《手稿》中没有『對訖』之印，可能爲刻本所漏雕。在讀過江女士的文稿后，我又取八二年上海書店所刊印之《清名家詞》中的《湖海樓詞》，與患立堂本《湖海樓全集》中的《迦陵詞全集》也做了一次校核。江女士所指出的《稿本》中之《渡江雲·寒夜登城頭吹笛有感作》一闋，雖未收入患立堂本的《全集》中，但却收録在《清名家詞》本的《湖海樓詞》中了，以之與《稿本》相校，江女士所云《稿本》中此詞較《渡江雲》原調多一字者，在《名家》集中已有所改正。現在就把這兩首詞分別抄録在下面一看：

《稿本》之《渡江雲》如下：

孤城一片看，千家樓閣，都在雁聲中。嘆牢落關河，飄零身世，烟水太濛濛。今宵赤壁，想周郎、年少領艨艟。有許多、銀濤雪練，相映戰旗紅。　江東、我携長笛，斜倚危欄，作霖林數弄（按『霖』字應作『霜』字，乃抄稿者之誤）。總則把、平生遺恨，訴與長空。一聲才入梁州破，天風下，掣入蛟宫。嗟横竹，慎毋滅没爲龍。

《清名家詞》本之《渡江雲》如下：

孤城横一片，千家樓閣，都在雁聲中。關河牢落甚，身世飄零，烟水太濛濛。舊時赤壁，周郎少、正領艨艟。有許多、銀濤雪練，相映戰旗紅。　江東。我携長笛，斜倚危欄，作霜林數弄。（以下與《稿本》同，故略去不再録）。

如果將《名家》本與《稿本》相比較，則《名家》本較《稿本》少一字，自是顯然可見的，且《名家》本較合格律，《稿本》此詞則往往不合律，也是顯然可見的。至於《瑣窗寒》與《絳都春》二詞，則惠立堂本與名家詞本并皆未收，江文謂《瑣窗寒》頗多訛誤，《絳都春》可能爲漏雕，其説應屬可信。而

《渡江雲》詞則可能爲改稿后所補訂收入者。此外江女士文中也曾提到《稿本》中時可發現陳維崧刪改塗抹之痕迹，如其《千秋歲引・壽蘧庵先生七十》一詞，其中二句原爲『丹房掩尋書共煮，酒旗挑覓愁同賣』，經墨筆圈改爲『茶鐺沸來同字煮，酒旗挑處和愁賣』，與刻本同。除去江女士所提出的此一例證外，我還發現《手稿》中有一處不僅對字句曾加圈改，甚至連牌調也完全改換了的例證，那就是《稿本》第八册（木册）中所收録的原調題名《惜餘春慢》而被圈改爲《過秦樓》的一首詞，而患立堂刻本也是全依圈改后的文字爲主。爲了使讀者對其圈改情况有更清楚的認知，我現在就將把《稿本》與《刻本》兩種不同的版本文字，分别抄録下來請讀者一看：

一、《稿本》原詞

惜餘春慢

松陵城外經疏香閣故址感賦（閣系才媛葉瓊章讀書處）

鳥啄雙環，蝶粘交網，此是阿誰門第。背手尋廊，墊巾繞柱，直恁冷清清地。想爲草没空園，總到春歸，也無人至。只櫻桃一樹，有時和雨，暗垂紅泪。　料昔日、人在小樓，紗窗簾閟。定比今番不似。立盡街心，望殘闌角，何處玉釵聲膩。惟有門前遠山，還學當年，眉峰空翠。枉教人緩了香車，閣向東風斜倚。

二、《刻本》所刊詞（與《稿本》圈改后之文字全同。《清名家詞》本亦與此同）

過秦樓（副題與《稿本》同，故不再重録）

烏啄雙環，蝶粘交網，此是阿誰門第。墊巾繞柱，背手尋廊，直恁冷清清地。想爲草没空園，總到春歸，也無人至。只櫻桃一樹，有時和雨，暗垂紅泪。料昔日、人在小樓，窗兒簾子，定比今番不似。望殘屋角，立盡街心，何處玉釵聲膩。惟有門前遠山，還學當年，眉峰空翠。憶香詞尚在，吟向東風斜倚。

我曾經將此二詞之格式，與萬樹《詞律》中所收録之此二調之格式相核對。《詞律》中所收《過秦樓》一調有二體，一爲一百九字者，以李甲之《過秦樓》（賣酒壚邊）一詞爲例，另一爲一百十一字者，以周邦彦之《過秦樓》（水浴清蟾）一詞爲例。而於后一詞調之后，萬氏曾加按語云：『按此詞舊草堂收之，題曰《過秦樓》，而以魯逸仲一百十三字者另載，題曰《惜餘春慢》。』所以在《過秦樓》一調之后，萬氏《詞律》遂又録了一個《惜餘春慢》的牌調，以魯逸仲之《惜餘春慢》（弄月餘花）一詞爲例。萬氏又謂魯詞『只后結多二字，其餘無字不同，豈如此長調但因二字而另爲一調乎』。是則《惜餘春慢》實可視爲《過秦樓》之又一體。只不過值得注意的則是，陳詞《稿本》中所録之《惜餘春慢》一詞之格式，則無論就《過秦樓》一調來看，或者就《惜餘春慢》一調來看，其平仄格式皆有不合之處。而其改稿之《過秦樓》一詞，則與周邦彦一體之《過秦樓》之格式完全相合，至於《刻本》之所依據者，則正爲此改稿之格式。所以江女士認爲此《稿本》乃患立堂刻《迦陵詞全集》之底本，不爲無據。而且刻本最后附有三篇跋文，皆曾言及《迦陵詞全集》三十卷付梓之經過，第一篇爲署名『博陵后學吴璠奂若』之跋文，開端即云『迦陵陳先生詞集三十卷，余師子萬先生刊竟，小子 受讀之』；第二篇爲署名『己巳冬杪弟維岳』之跋文，篇中記述云：『伯兄存日，有《烏絲詞》一刻，身后京少有《天藜閣迦陵詞》刻，猶非全本。蓋至今子萬弟所刻而后洋洋乎大觀矣。』又云：『疇昔之日，嘗戲語阿兄云兄詞如此之多不難爲梨棗耶？兄笑而頷之。假令伯兄至今存，恐亦未必盡付鋟板。四弟勇往賈鋭，有進無退，以下吏窮官作此舉……伯兄后死，有弟三人，乃獨四弟仔之梓成，寄索跋，② 因書以美四弟，且志維岳之愧而已』，這兩篇跋文所提及的『子萬』，就是陳維崧的四弟陳宗石，而第三篇跋文就正是陳宗石自己寫的跋文。文中自叙云：『先伯兄詩古文，予于丙寅丁卯兩年節俸金次第付梓。惟詞最富，因力不逮，至己巳春又鳩工鏤板，簿書之暇，反復校讎……計四百一十六調，共詞一千六百二十九闋，分編三十卷』云云。最后署曰：『康熙二十八年歲次己巳季冬朔八日弟宗石謹跋于安平官署之强善堂』。除此三篇跋文外，第一卷之卷首，還題有編選及參校諸人之姓名，計有選者四人，署曰：同邑任源祥王穀、萊陽宋琬荔裳、嘉善曹爾堪顧庵、商丘侯方岳仲衡。參閲者二人，署曰『弟維岳緯雲，宗石子萬』。校者二人，署曰『男履端，姪賜蒔』。如果以這些人名與《稿本》中之一些印鈐相核對，則《稿本》每册目録所録之每一詞調旁，以及全稿八册之每册每頁皆鈐有『强善堂主人對訖』七字之長方形朱印。此『强善堂主人』自然就是在《刻本》第三篇跋文所署『跋于安平官署之强善堂』的陳維崧之四弟宗石。而此手抄稿本自然也就應是陳宗石在跋文中所述及的『己巳春又鳩工鏤板，簿書之暇，反復校讎』的底本。此外在《稿本》中每一册每一頁之頁側下方，更往往鈐有『履端』二字之方形朱印，此自當爲陳維崧之子陳履端之印。凡此種種，自然皆可證明此手抄稿本之爲己巳年（亦即康熙二十八年）刻板前經陳宗石等人最后核校之稿本。而更有一點足資注意者，則是《稿本》於每一牌調下皆曾注明字數，但其抄録之次第則并未依每調字數之多寡爲先后。而患立堂刻本的次第則是依字數多少分别爲小令中調長調三部分而編録的，所以私意以爲此稿本之特别要在每一牌調下注明字數的緣故，應該也就正是爲刻本之編排而做的准備。

以上所言，主要乃是就稿本與刻本之關系所做的考察，若再就稿本之由來而言，則私意以爲此一稿本實當爲陳維崧生前所整理寫定者，不過寫録者并非陳氏自身，而應是陳氏請人抄寫者。這主要是由於手稿中還保存有一些陳氏親筆書寫的手迹，這些手迹與全書抄録者的字迹有很大的不同，而抄録者的手迹則全書八册手迹始終一致，自當爲有計劃的抄録。至于陳氏之手迹可確定者，則主要有兩處：一處是寫在第四册（竹册）所收録的一首《滿江紅·同恭士、叔岱、牧仲、飲介子西湄草堂、次公戩壁間韵》詞后。原詞如下：

水榭清幽，宿雨罷，奔渾齊漲。憑眺處，孤城剩壘，炮痕無恙。波静細延簾閣底，草香亂撲紗窗上。碧陰陰、一陣嫩凉來，沙禽餉。篷六扇，烟中漾。簫一縷，潭邊唱。况主人還有，吴羹法釀。但醉且尋茶叟竈，欲歸徑借溪翁杖。想此時、纖月挂西湄，難於狀。

在此詞后寫有朱筆行草評語云：『用意用字俱出人意表，又復貫串無痕，詞壇能事不得不推我。』其下自署曰『陳髯』。可見此一評語爲陳氏手書之親筆，自無可疑，再有一處則是在第八册『木册』所收録的《賀新郎·賀程昆侖生日并送其之任皖城》一詞后，寫有墨筆行草之按語一則，云：『此數葉詞稿系西樵所評。向在廣陵，忽焉失去，遍搜篋衍，悵惋久之。己酉冬過東臯何子龍□，從他處收得，[3] 遂以見還。喜逾望外。雖中間頗有殘簡，然亦頓還舊觀矣。書以誌之。』其后署曰：『辛亥六月二日識于大梁署中，其年自記。』如果只從筆迹來看，則諸册中尚有筆迹與前二處相似者數處，惟是多未署名，所以不敢確指。至于其他評點之人，雖亦大多并未署名，但亦間有署名者，而其署名之方式，則又有兩種不同之情况：一種是標名在評語之前，寫明爲『某某曰』，一種則是將評者之名或字簽署于評語之后。私意以爲前一種情况當系原有舊詞稿上之評語，經整理清抄者又將之重録于抄稿中者。因此這種情况中遂又有原録爲某人曰，后又改爲另一人名者；至于后一種情况，則應系清抄之稿寫定后，評者再書寫評語於詞后，或寫爲旁批或眉批者。我對於這兩種情况也曾略加整理，綜計諸評者之中其較爲著名者，約有以下諸人：

第一種署名于評語之前者，計有：曹南耕、史雲臣、吴園次、尤悔庵、丁藥園、徐竹逸、儲雪持，錢葆馚、曹顧庵、毛稚黄及陳維崧之弟緯雲、椒峰諸人；第二種署名于評語之后者，則有：蘧庵、蕺山、黄珍百、京少、陸棻、既庭、竹逸、筱帆、雪持諸人。但此二種有署名之評語在全稿中乃屬少數，其中大多數評語則并未署名。除去這些評者的姓名以外，在稿本第一册（金册）之封頁上有題識云：『迦陵詞，寓園閱訖抄訖』字様，私意以爲此『寓園』當爲江蘇華亭人林企忠，林氏字中水，號寓園，著有《翠露軒詞》，其父林子威著有《貞娱草堂集》，兄企俊、企佩，姪令旭皆能詞，以林氏一家對詞之愛好，則此《迦陵詞》稿本之爲林氏所負責清抄者，自屬可能。④

至於此一手抄稿本之所據，則可能爲陳維崧各期詞稿之結集，所以現在此一手抄稿本中，往往尚保留有原來各集之名稱。即如第七册（革册）首頁即曾題有『病餘詞』三字，册中《念奴嬌》一調前，又曾題有《廣陵唱和詞》五字。再如第八册（木册）册中又題有《烏絲詞三集》五字。而且在第二册（石册）前所録之署名爲『同學友弟蔣平階大鴻撰』之《陳其年詞集序》一文中，蔣氏曾叙及『予與其年壬辰定交（按此壬辰應爲順治九年）……迄今二十五年……今復示予《迦陵詞集》五卷』云云。據此可知蔣氏此序應寫于康熙十六年，而其所見之《迦陵詞集》不過僅有五卷，自然也只不過是迦陵詞某一時期之結集而已。至於江曉敏女士文中所叙及之《刻本》較《稿本》多出之二百餘闋，經詢江女士云尚未暇詳校。近日我雖因草寫此一文稿，曾多次至南大善本室查檢，但亦皆因迦陵詞之數量過大，而此善本珍籍則既不允外借亦不准複印，每次匆匆翻閲，亦未暇詳校。此外此一稿本中更曾附録有當時陳氏友人所寫的酬贈唱和之作甚多。即如第八册（木册）卷中所録陳維崧之《沁園春·贈别芝麓先生》三首詞后，就曾附録有宋荔裳、王西樵、曹顧庵、龔芝麓、錢寶汾等多人之和作。而在此一册卷末更曾録有史惟圓之《沁園春·題其年烏絲集》一闋，稍后《摸魚兒·清明感舊》（此詞不見目録）一詞更附録有史惟玄、史鑑宗、蔣景祁、儲貞慶、吴本嵩、潘眉、徐喈鳳、黄錫朋、任繩隗、史可程、王于臣等多人之和作。而凡是此種酬贈唱和之作，稿本在諸詞之前，或諸詞之旁側，皆注有『不寫』、『不必寫』或『以下不必寫』等字樣，所以在患立堂刻本中，凡此類作品皆已被删去不存。至於稿本中衆多之評語，自然依例更皆已被刻本删去無存。而在此衆多之評語中，除去對詞作之評賞外，亦有頗具史料之價值者，即如第五册（匏册）卷中所録《木蘭花慢·戊午中秋同既庭賦》一詞之后就曾有朱筆評語一則云『去秋八月之望，余偕其年、九來、立齋諸公酣飲于馬鞍山之麓，明月如水、天香拂拂，爾時覺興致豪上，旁若無人。詞云「對丹崖翠瀑，狂歌曼嘯，漏盡才還」乃實録也』。其下署『既庭』二字，自可爲詞中本事之證（按此既庭爲宋既庭，稿本中録其評語甚多）。又如在第二册（石册）卷内録有《愁春未醒·墻外丁香花盛開感賦，索京少、蕺山和》一詞，其后有墨筆評語二則，其一云『此先生四月十三日作，絶筆也。先生三年冷署，人情炎凉，時時托之筆墨，此詞其一也。是時先生索予輩屬和，予草草命筆，實不知先生意指所在。不意此篇而后，遂如廣陵散不復彈矣，噫！』其下署曰：『壬戌端陽后三日，京少記。』其二云：『三載聯吟，一宵歇絶，夢回酒醒，不堪再讀。』其下署曰『蕺山』。按陳維崧卒於壬戌（康熙二十一年）五月初七日，蔣京少評語署云『壬戌端陽后三日』，是其寫此評語時固正當陳氏逝世后之次日也。不過稿本中曾將此一則署名之『京少記』三字以墨筆圈去，而僅留第二則評語后之署名『蕺山』二字，不知何故。

總之此一稿本至爲珍貴難得，其中所保存之有關迦陵詞及清詞之資料極可重視。倘有出版社肯於以三色版套印刊出，則對於世之愛好詞學者，實將具有可資保存與可資研究的雙重價值。因特寫爲此記，既以之記此珍本之可貴，亦欲藉此以説明我之竊不自量，竟敢大膽僭妄，乃取前代詞人之别號爲自己之别號之一段因緣也。

一九九九年一月二十日寫于天津南開大學

葉嘉瑩謹識

附考：

前文草成后，曾以復印件分别函寄上海古籍出版社之陳邦炎先生，及北京中國歷史博物館之史樹青先生求正，其后分别接奉復函對拙文多所匡正，現在謹將陳、史二位先生匡正之説録后，以補拙文之所不及。

陳先生復函曾對拙文標點多所校正，并指出關于拙文中對《惜餘春慢》與《過秦樓》兩調格式之核對，除萬樹《詞律》外，應更參考《欽定詞譜》一書，所惜我客居在外手邊并無此書，是以未及詳考，現在謹將陳先生函中所叙寫者録后，以爲補正。據陳先生謂『周邦彦之《過秦樓》（水浴凉蟾）一闋，吴則虞校點本引毛注云：「《清真集》作《選官子》，或作《惜餘春慢》」。《欽定詞譜》卷三十五，在《過秦樓》調下只舉李甲之平韵《過秦樓》一例，并注云：「《片玉集》以周邦彦《選官子》詞刻作《過秦樓》，各譜遂名周詞爲「仄韵《過秦樓》」，不知《選官子》調，其體不一，應以周詞編入《選官子》調内，不得以仄韵《過秦樓》另分一體」。另在同卷《選冠子》調下，則舉了十六體之多，并注云：「一名《選官子》。曹勛詞名《轉調選冠子》。魯逸仲詞名《惜餘春慢》。侯寘詞名《蘇武慢》。一名仄韵《過秦樓》」。陳維崧詞《稿本》中之《惜餘春慢》詞與《欽定詞譜》之《選冠子》調下所舉

「又一體」中陳允平之「穀雨收寒」詞的格式基本相同。（句中平仄偶與陳允平詞不盡相合處，固爲本可通融者；惟上片之「背手」兩句，及下片之「立盡」兩句之句尾平仄與陳允平詞相反，則爲不可通融者）。故刻本將此上片之兩句及下片之兩句均改爲顛倒過來，就與陳允平詞之句尾平仄完全相合了。又結拍十三字，陳允平詞斷爲五、四、四三句，而此詞如按詞意斷，則以如尊文之斷作上七、下六兩句爲好。查《欽定詞譜》中陳允平詞前，有作爲另一體之虞集「歸去來兮」詞，其結拍正斷作上七、下六兩句，而在上七字句的前三字后加一頓號。據此，則此結拍之斷句固可不拘，正如蘇軾《水龍吟》和章楶咏楊花詞，及姜夔《揚州慢》詞結拍亦可作不同之斷句也。』

以上爲陳邦炎先生來函中對拙文有關陳維崧詞手抄稿本中題作《惜餘春慢》，而改稿刻本中題作《過秦樓》兩調异同之比較的補正。

史樹青先生爲我之同班學長，收到我寄奉求教之拙文后，即曾以電話對我多所指正，并曾爲我翻檢舊籍多種，自其家中所藏之一册題爲『癸酉（按此癸酉應爲一九三三年，亦即《迦陵詞》手抄稿本重新裝裱后之八年）長夏須社印行』之鉛印本《烟沽漁唱》所附之『須社詞侣題名』中，覓見《迦陵詞》稿本木函上署名之迦陵六世從孫陳實銘之字號籍貫，謂『陳實銘，字葆生，號踽公，河南商邱』。其同社題名者，皆爲一時名士，計有：陳恩澍，查爾崇、李孺、章鈺、周登皞、白廷夔、楊壽枏、林葆恒、王永垣、郭宗熙、徐沅、陳實銘、周學淵、許鍾璐、胡嗣瑗、陳曾壽、李書勛、郭則澐、唐蘭、周偉等，共二十人之多。樹青學長又爲我盡力尋檢諸社友之詩文集，自楊壽枏之《雲在山房類稿》中覓獲有關陳實銘以江蘇宜興陳氏之后人而占籍河南商丘之因緣，及其與陳其年之世系關系之重要資料一則。原來在楊壽枏之《雲在山房類稿》之詞集中收有《滿江紅》一闋，題云『葆生屬題陳季馴先生詩集』。前有小序云：『季馴先生爲其年檢討之從曾孫，子萬户部之曾孫，以孝廉宰山左。户部爲侯朝宗贅婿，子孫遂占籍商丘。葆生則户部之六世孫，季馴先生之從曾孫也。集分八卷，爲先生手定本。序跋皆同時名士。蕭紹庭得之以贈葆生。己巳

（按此己巳應爲一九二九年，亦即《迦陵詞》手稿重新裝裱后之四年）初夏，同人燕集于调伯齋中，葆生出以徵題，爲填此闋。』按此序文中所雲『子萬户部』自然就是《迦陵詞》手稿中以鈐印自署云『强善堂主人』，爲陳維崧整理校定其全部手抄稿本《迦陵詞》的維崧之四弟陳宗石字子萬者，而爲此手抄稿本重加裝裱者，則正是陳宗石子萬之六世孫，也就正是陳維崧之六世從孫字葆生號蹻公之陳實銘，可知陳宗石在整理其兄長陳迦陵之全部手抄稿本詞集付諸刊刻后，曾將此稿本原集珍重保藏傳諸子孫，至其六世孫陳實銘乃重加裝裱，盛以木函，題云『先檢討公手書詞稿』，而自署云『六世從孫實銘謹藏』，其淵源經過固皆歷歷可考也。至於在『須社詞侣題名』中，陳實銘之所以籍隸河南商丘之故，據楊壽枏此闋《滿江紅》詞之序文觀之，則蓋以其六世祖子萬户部曾爲侯朝宗之贅婿，故爾占籍商丘，其原委由來，亦復明白可見。據『須社詞侣題名』知『楊壽枏字味雲，號苓泉，江蘇金匱人』。今所見手抄稿本《迦陵詞》中有長方形小印鈐曰『味雲』，可見楊氏曾親閲此稿本，其與陳實銘之交誼必頗爲密切。至於陳實銘之身世爲人，則在郭則澐之《龍顧山房全集》中收録有《陳蹻公都尉浮湘集序》長文一篇，可以參看（文長不具録）。

關于陳實銘所重新裝裱之手抄稿本《迦陵詞》何以得流入於天津南開大學之圖書館，則其中或亦有一段地理方面之因緣在。蓋以清末民初之際，曾有不少前朝遺老流寓津沽，即如前文所引《烟沽漁唱》中所載之須社詞侣内，即不乏此類人士，而此輩文人之作，除收録於《漁唱》中者外，尚有題名《水香洲酬唱集》之另一詩文集，前所舉須社詞侣中之陳實銘、郭則澐諸人，皆曾寫有《水香洲酬唱集序》。而其中可注意者，則有署名徐兆光鏡波所寫之《滄近居記》一篇，對於其酬唱集會之年月地點叙述頗詳，謂：『歲甲戌（按此甲戌當爲一九三四年，即陳實銘將《迦陵詞》手稿重新裝裱后之九年）中秋前二日，張君仲金招沽上耆碩集於水香洲之滄近居，余獲與焉。水香洲者，張君之别業，位於吾津南開大學之旁，距市八里而遠。四周皆水，荷芰彌望，清香拂人，其得名由此。』按南開大學今日所在之地區即屬八里臺之地，可見水香洲即在南開大學附近無疑。陳實銘在其所寫之《水香洲酬唱集·序》中，曾云：

『天地一逆旅也，人之跂行喙息于其間者暫也，于其間而有園林亭榭之娱，裙屐觴咏之樂，尤暫中之暫也。雖然，凡含生者類不能無情，有情則不能無悲愉之觸希戀之私，故于至暫者必謀有以永之。海而田矣，谷而陵矣，獨文字之流傳于天地間者，恒亘萬劫不滅。』⑤ 夫水香洲之雅集酬唱，距今不過六十余年，而其所謂『園林庭榭』者，皆已湮没無存，獨南開大學之教學弦誦，乃不僅歷久彌新，更且擴建日廣，今日南開園中，仍有荷池流水，夾岸垂楊，意者，其間倘亦有當年水香榭之舊址乎。至于陳實銘當年所珍重裝裱之先人手抄稿本詞集，雖已不復保存于其子孫之手，而乃得珍重保存於南開大學善本藏書之室，使得流傳不朽，供后世所有有心之讀者之閱讀觀覽，則果如陳實銘序文之所謂『獨文字之流傳于天地間者，恒亘萬劫不滅』，誠哉是言也。

最后，謹向對拙文賜以補正的陳邦炎與史樹青兩位先生致以最誠摯之謝意。樹青學長更於嘉瑩返京后，在同班校友于元月二日邀聚之時，親携前所言及之舊籍多種，及『迦陵填詞圖』拓本一卷，與陳實銘手書之詩歌一軸，舉以相示，其盛情尤堪感激。

一九九九年二月十七日（己卯元月三日）葉嘉瑩謹識於察院胡同舊居

校讀後記

前文是我於一九九九年爲南開大學圖書館八十年館慶所寫的一篇文字，主要在介紹館中所藏的一部珍貴古籍，那就是手抄稿本《迦陵詞》。其目的原只是想向外界研讀清代詞與詞學的朋友們推介此書，希望能引起一家出版者的注意，使此一珍貴古籍得以公諸於世。因爲此一冊手抄稿本中有極爲豐富的研究詞學的資料，那還不僅是手抄稿本的

《迦陵詞》而已，更可重視的實在乃是遍佈全書之字裏行間以及書眉之上的難以計數的三色評點。這些評點者都是與陳維崧同時的一些詞壇精英。能把這些資料公諸於世，必能對詞學方面的研究做出極大貢獻，這是可以斷言的。不過我當時的推介雖然也曾引起了一些出版者的興趣，但卻都未能見諸行事，於是我遂又於數年前指導我的博士生白静專以研讀此一珍籍爲課題，寫了一篇內容頗爲豐富切實的博士論文。如今她的論文已經完成，而南開大學也已經決定將此一冊珍籍照相按原貌出版。如此則我於十年前所寫的這一篇簡介的文字，就實在早已成爲了贅餘，本當棄之如敝屣才是。孰知出版者竟欲將此文置之卷首做爲「代序」，這實在使我極感惶愧。日前出版社將此文校稿送我校讀，細讀之下，才發現此文疏漏之處實在甚多。那是因爲十年前此一珍籍嚴禁外借，我因爲要爲圖書館的八十年館慶撰寫此一篇文字，只能利用餘暇至館中親加檢閱，而此書既有八大冊之多，而且三色之評點，不僅多爲行草，難於辨識，而且寫得參差緊密，諸色間雜重叠，既非短短時日所能詳讀，更非短短文字所能詳述，所以我的這篇文字實在寫得疏漏百出。如今既得此重加校讀之機會，遂想藉此一做補救。因之乃在前文的文字中加了一些注釋的標識，而這些標識，就是我要增加的補正和說明。現在就依前面所標記的注釋次序，分別對之加以補正及說明如下：

①我當時匆促間計算有誤。據白静同學告知，按她詳細之計算，稿本所收之詞應不僅爲一千三百八十六闋，而實有一千三百九十一闋之多。但其中前後重複出現兩次者有二十七首，因此稿本所收詞實爲一千三百六十四闋，其中稿本所有而爲康熙刻本所未收者四闋，即爲《絳都春·詠雞冠花》、《渡江雲·寒夜登城頭吹笛有感作》、《瑣窗寒·和梁棠村先生寒食悼亡之作》及另一闋《瑣窗寒·夏夕驟涼快作》。但此四詞中之《渡江雲》一闋見於乾隆年間浩然堂刊本之《湖海樓詞》，《瑣窗寒·和梁棠村》一闋則見於蔣景祁編之《陳檢討詞抄》及百名家詞抄本之《迦陵詞》。唯《絳都春·詠雞冠花》及《瑣窗寒·夏夕驟涼》二闋，則不見於任何其他刻本，乃稿本之所獨有，是極可注意者。

②康熙刻本《迦陵詞》最後所附第二篇題署爲「乙巳冬杪弟維岳」之一篇跋文，其中「乃獨四弟仔之梓成，寄索跋」

兩句，「仔之」二字難求確解，疑當爲「梓之」或「任之」之誤，「仔」與「梓」爲音近之誤，「仔」與「任」爲形近之誤。至於標點，則當做「乃獨四弟梓之，梓成寄索跋」，或者做「乃獨四弟任之，梓成寄索跋」。私意如此，謹記之，以向方家求正。

③第八冊《賀新郎·賀程昆侖生日並送其之任皖城》一詞，附有陳維崧題署爲「其年自記」之跋語一則，其中「己酉冬過東皋何子龍□」句中末字甚難辨識，以前介紹時曾試加妄猜，白静同學根據陳氏有友人何鐵字龍若者因猜測此句或當做「何子龍若」，其義極是，只是與字形不相合，又有書法家以爲此字或者當做「竟」字，與下文相連貫，謂「何子龍竟從他處收得」，其義亦通，但字形亦不相似，附記於此，以俟方家指正。至於簡介中于此段記述之前，還曾舉引稿本第四冊《滿江紅》（水榭清幽）一闋後所附之一則評語，謂「用意用字俱出入意表……詞壇能事不得不推我□□陳髯」云云，因「陳髯」二字上有空格，所以當時我曾誤認此一則爲陳維崧自我之題署，但觀其口氣及筆迹，又不似出於陳氏自己之題寫。及今細思，此則評語實不應爲陳氏之自題，否則豈不過於狂妄。至於「陳髯」二字前之空格，則當是題者對陳氏表示尊敬之意，連讀之，此句實當做「……不得不推我陳髯」。加一「我」字蓋表示對陳氏的親近之意，正與「陳髯」上之空格所表示的尊敬之意相呼應，是對陳氏既親且敬之表現。

④以前匆促撰寫介紹之文字時，對於稿本封頁上「寓園閲訖」之題簽，曾經推測以爲可能是指江蘇華亭之林氏企忠號寓園者，及今思之，此一推想未免捨近求遠，蓋以維崧四弟宗石就曾自號「寓園」，則稿本所題之「寓園」自當爲宗石之自題也。

⑤關於此一手稿珍籍之流入于南開大學圖書館，我當年曾據陳實銘所寫的《水香洲酬唱集·序》推想，以爲陳實銘既爲宗石之六世孫，又曾重新裝裱整理此一珍籍，且常與詩人詞客雅集于南開大學附近之「水香洲」，因而此一珍籍遂得流入南開大學之圖書館。但近年因指導博士生白静對此一珍籍之研究，據白生相告云，她曾親自向圖書館多方查證，得見

館中采編部多年前之登録賬本，並得與古籍部原主任陳作儀先生晤談，獲知此一珍籍蓋於一九五七年十一月十九日自古舊書店以一百八十元購入。陳實銘在世時且曾在南開大學任教，此一稿本蓋在陳氏歿後由其後人售出者。至於水香洲舊址，或者疑爲天津舊日之名園水西莊，或者又疑爲今日南開附近之水上公園，但水西莊在天津西北方，與《水香洲酬唱集》諸序言所寫之地理方位不合，至於水上公園則此地原爲燒磚取土後之窑坑，其中最大的一處名叫「青龍潭」，一九五零年才開始在此修建水上公園，亦不能遽指爲「水香洲」之所在，不過天津之南開區一帶原多水塘，據南開大學舊日吴大任校長之夫人陳鶚教授所寫的回憶所言，則當她於一九二八年考入南開大學時，還可以從校内思源堂（舊化學樓）西邊的一個挨近墻子河的碼頭乘船直達青龍潭。總之當年之水香洲，當陳實銘尚在時，已曾對其滄桑之變深致感慨，是以我在前此所寫之文字中，乃特别有感于其「獨文字之流傳於天地間者，横亙萬劫不滅」之説。夫康熙年間之此一評點稿本，距今雖已有四百年以上之久，其評點文字一旦公諸於世，則其必將流傳於後，爲詞學研究做出多方面之貢獻，自不待言。今日既喜見此一珍籍之即將面世，雖自慚衰年不能精進，所寫文字不免誤謬百出，然亦樂見其成，因而乃同意南開大學出版社將拙文刊爲代序，並爲之略做補正如右。

八五老人葉嘉瑩寫于南開大學

二零零八年十一月二日

迦陵先生手書詞稿

[illegible]之三大廿字

義州李放敬題

乙丑四月十九日詞龕小集遐公二丈携先集見過與歸安朱彊村侍郎宛平查查灣觀察遵化李俞厂提學荊州胡情仲閣丞番禺黎潞厂參議順德溫檗菴副憲同觀義州李放寫記

金
癸亥二月廿五倪抄，舫作交
東海先生讀
共八十千頁
迦陵詞　高□長梅枝記

迦陵詞

除題目下有尖圈者不必抄，此本尚應抄者十二首　但抄詞

二十字令 南鄉子 法駕導引 浣溪沙 菩薩蠻 減字木蘭花

好事近 2 朝中措 偷聲木蘭花 2 河傳一体 醉花陰 浪淘沙

徵招調中腔 賣花聲 鷓鴣天 南鄉子二体 虞美人 5 蝶戀花

唐多令 2 定風波 似娘兒 漁家傲 品令 錦纏道

猒金杯 江城子 隔浦蓮近拍 百媚娘 傳言玉女 下水船

祝英臺近 2 一叢花 側犯 小鎮西 有有令 新荷葉

永遇樂　霜花腴　飛雪滿羣山　泛清波摘遍　望明河　望海潮

薄倖　踈影　八寶粧　沁園春　八歸　賀新郎

摸魚兒　金明池　多麗

二十字令 二十字 抄

咏便面上梔子花為陸溪標賦 彊善堂主人對訖

紈扇上、誰添梔子花、揑酥滴粉做成他、凝去聲蟬紗、天斜

南鄉子 抄 十八字。

清明後一日吳閶道中作△

彊善堂夫人對話

纔過清明東風怯舞不勝情江由樓頭遙從語〻茁楊里陣〻絲〻

鷂扶不起

寫景只是一真

又 抄

捲絮捲帛雪滿山頭是紙錢門外桃花牆內女尋春路昨日子

合人傷感

此中大有禪機在

覗啼血處

寫得有關係方見詞家身分

法駕導引三十。

飢烏△

飢烏呆 飢烏呆 毛羽式摧頹 故國總經霜雪滿 他鄉陌背斗稻粱

飢烏 肥膩黑只飛飛

傍物言情悽惋絕

繞樹三匝無枝可棲今古同慨

蠖善堂主人對訖

浣溪紗 四十二字

雨中由楓橋至齊門同緯雲用橋字

料峭春寒恰未消、鵓鴣啼急水迢迢、半船微雨過楓橋、
薺菜綠平齊女墓、梨花雪壓伍胥潮、柳枝和恨一條條、

彊善堂主人對訖

我見猶憐
但覺嫵媚

百感橫生、一縷獨裊、可謂文生於情、

月夜虎丘紀所見

小立山塘玩暝烟、市樓燈火未闌珊、暗中依約遇嬋娟、
風裏繡裙吹浪皺、雨餘紅[illegible]印泥圓、一鉤春月寺門前、

香奩無此句

婉秀古宕南唐絕唱

菩薩蠻 四十四字

為竹逸題渭文畫紫牡丹

年時鬬酒紅欄下。一叢奼紫真如畫。今日畫花王。依稀洛下粧。

徐熙真逸品。淺暈蘭蜀錦。挂在賞花天。狂蜂兩處喧。

真畫、真玲瓏剔透愈淺愈工

菩薩蠻 四十四字。

將發吳門時庭際海棠盛開用香嚴詞韻

年年慣作他鄉客，今年恰與花離別。花也替儂愁，春江無盡頭。

不如雙粉蝶，鎮日團花側。花發唱驪歌，人歸花若何。

鐵面虬髯，何得柔情爾許。

人歸落雁後，思發在花前，此詞青出於藍矣。

對

菩薩蠻 四十四字 抄

爲友人題像 彊善堂主人對訖

萬山榭葉西風起。黛痕滴入衫痕裡。硯匣淨無塵。依稀陸子春。

他時須獻賦。細馬朝天去。相映柳絲絲。宮娥報捲簾。

趣語。秀色可餐

減字木蘭花 四十四字 抄

題彭爰琴小像 强善堂主人對読 对

隋宮絲管。醉倡家紅玉椀。瘦馬蘆溝。又上燕姬賣酒樓。十年一別。往事濛濛那可說。畫裏逢君。同把揚州月色分。

題山陰何奕美小像 奕美尊人侍御公以忠節死 强善堂主人對読

多年枯樹。屈鐵虬銅陰翠逗。野澗蕭林。閑坐幽人抱膝吟。傳家碧血。怕聽子規啼夜月。莫便還鄉。鄉國山川冷夕陽。

夢華錄卯連昌宮詞卯令我不能

卒讀

減字木蘭花 四十四字

強善堂主人對訖 對

題惲南田爲潘原白所畫絳幘横秋圖同曹南耕賦

花冠粉頸昂首晴秋金匼會伍惱叔詩翁得失偏奴雞與鱻乾坤夜黑何日一鳴天下白角角甚十句隽忍系是秦溪過客聲

又

陳倉神古當日霸王全盛汝叢桂天空能樂還聞伴八公而今老大笑爾會稽雞太啞皆管幾時其世誰爲起舞人

感慨語不應出自出山人

筆筆道古小中見大詠物神手 竹逸

好事近四十五字 抄 儷善堂主人對訖 对

夏日遽庵先生招飲即用先生喜余歸自吳閶過訪原韻

分手柳花天，雪向晴窗飄落。轉眼鶯肌初綠，又紅歌欄角。別來世事一番新，只吾徒猶昨。話到英雄失路，忽涼風索索。

只吾徒猶昨一語，可作士不遇賦讀。處仲以嘆猶傖父耳。

好事近 四十五字 抄 对

郟城南傾蓋亭下作 彊善堂主人對訖

落日古郟城，一望亂碑蒼黑。怪底蝸黃篆紫，更蘚痕斜織。 戒

來懷古對西風，歌罷小亭側。惆悵共誰傾蓋，只野花相識。

衛多世習人不如歸花習字

次山夢玉人引十首倣此

婉細味自有所寄中晚之

點○○八

朝中措四十八字

客中雜憶 小別

結語幽蒨如見其人

層層簾幙，莫莫林木，香篆絲絲，煙縷細翠鳥喬，醉經關工，獅蒲亭同正

中清林木香燈泣泉，絲絲綿綿甲友前，一石絲獅員金鑑

如今寂寞孤燈黯，淡淡細雨淋淋，浪料爾春纖撥火，為儂也費思量

右憶香

吉光悠然之致

坡仙風韻遂使獨擅千秋

家鄉綠雪翦南山，採摘不曾離，三雲風爐風颭半廊，汀賴松山扁

昨朝悔未攜將，茶鐺同上長干，去憶蕪陽，四友曾經日給辛盤

右憶茶

不忘吳茗之清

如此護持，膽瓶有知己之感。

春則花常傍萬村，[illegible]

[illegible]

右憶膽瓶

淒絕之人，尤宜推念。

馬齕蟲鳴，可作一篇小賦。

燈火[illegible]盡，[illegible]月中人，[illegible]三更[illegible]

家園此際，小樓半掩，纖月初生，多少幽坊冷巿，綠窗一片[illegible]

右憶三絃子

因以為佳，可信絃子從何處來應

因地思人，因人思笛，文情如組。

[illegible]狂子，野[illegible]墓城[illegible]笛[illegible]名[illegible]連[illegible]鳳[illegible]

消磨歲月，千場蠟炬，一夜[illegible]今日偶然閒想，因緣已似前

生 右憶簫笛

鐘聲稍風如中七弄乞春

數語耳花邊欄雕檻畫臨河簾內水仙多記得半唐分買小溪田兩島窗

情客況紆石磁盆冥歸貝寫紅泥窗龍錦石斜遮今夜燭烟郎雨幔誰人與爾婆

折層生娑 右憶水仙

寫得水仙活現

酒邊鬢底賴苞檀蕊綴蕭[?]幽韻襲人來何可憑邊秋冥偏宜鬢微開

纏綿盡致而今不見照殘小逕尋遍蒼苔側帽臨風不言幾般愴舊情

懷 右憶蠟梅

梅竟見衰庭院月下相鬥

海鶴揩前畫眉斜挂畫簾東愛汝語音工食器官窯張瑪瑙欄小架扶疏

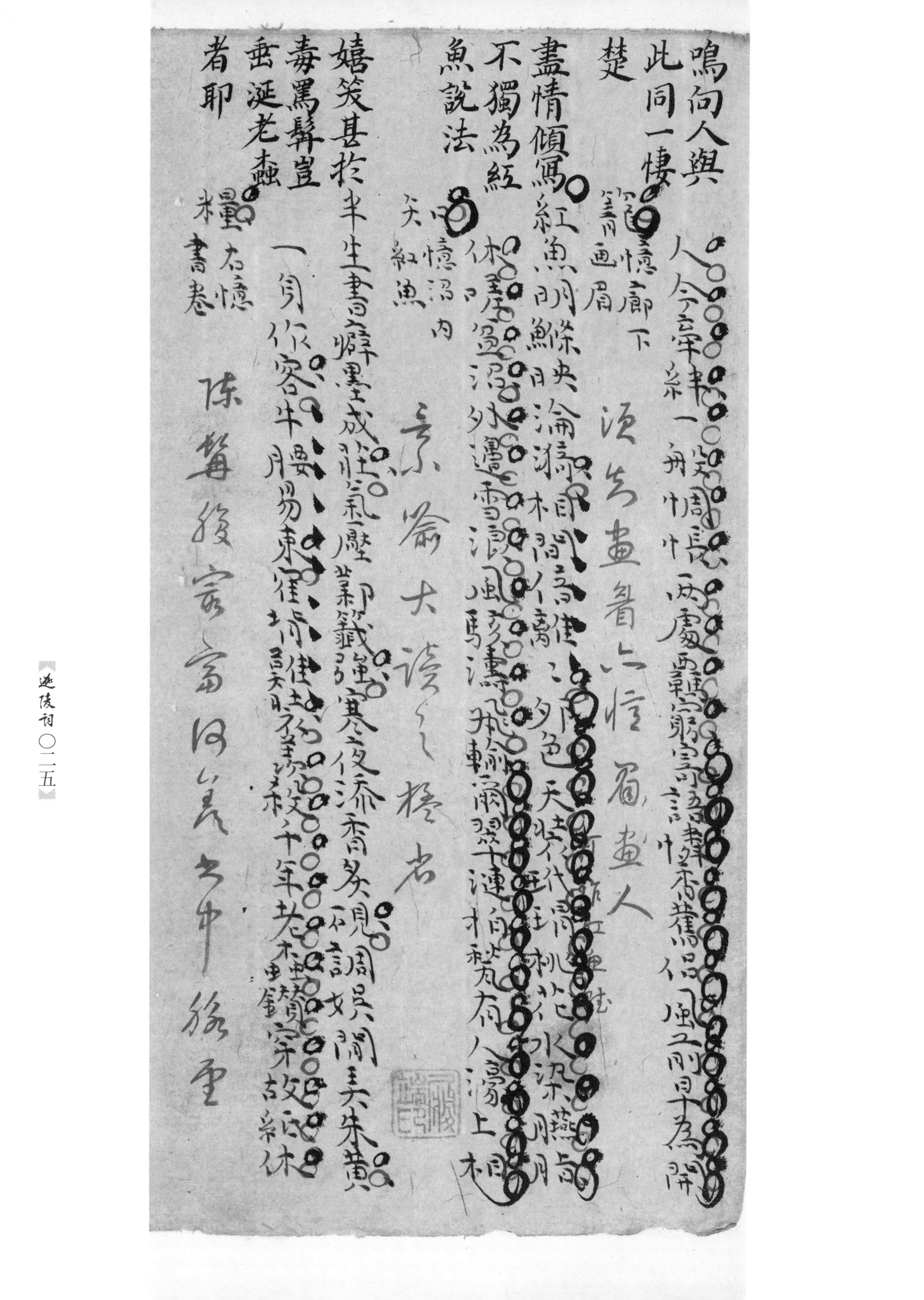

嗚向人與
此同一慺
楚

[illegible]

憶羅鬋廊下畫眉

[illegible]

盡情傾寫
不獨為紅
魚說法

[illegible]

憶沼內紅魚

[illegible]

嬉笑甚於
毒罵鬚豈
垂涎老蠹
者耶

[illegible]

右憶糧書卷

[illegible]

偷聲木蘭花 一名減字 对

雨中同吴天篆過飲竹逸齋頭次天篆韻

熟梅時候蘇蘇雨。遥望吴家。疑隔浦。我挈巾來。小坐歐公畫舫齋。

觥船何用頻催酒。鷹爪鳳團須瀹取。說與秋娘。風味依稀退院僧。

程偁浦密切雨景退院僧尤出意表

偷聲木蘭花 五十字

題范女受小像 昔年女受在舟中陽舫有候認爲余者故及之

君挑獨夜江船火、陽舫有人呼似我、仔細披圖、只骨瘦身清我不如、

孤松峭壁疑無路、隔向此中尋藥去、可許狂生、化作猿猱逐隊行、

骨瘦身清 女受呼之可出

瓊書堂主人對范

对

題閔東席端伯小像

畫師要寫蕭疏意、先畫綠楊絲繞地、斑竹闌干、幾箇高人興邈然、

五侯七貴、枌榆盛家本遼陽、爭借問、總不關渠、只愛荷香

撲。異。書。

结语风刺隱括

河傳第一 五十

仄體 一字

煨芋 拔 对

寶晉堂主人對記

黃芽新蕊土坐溫蒸霜侵妥捺人幾陣芋香無賴送來籬落

外凝脂沃雪融化仙瀣餘甘在塞上酥和甚賽黃粱未熟休教人飽

迎朝旭曬

形容煨芋美人香涎

大為蹲鴟生色豐干猶未知味在

醉花陰 五十二字

夏日小有堂中看丘近夫朱致一葉九來諸子投壺

滿院松風鳴瓦銚。碧淨苔階好。喬木翳新蟬，水檻閒憑，又貼荷錢小。

人間萬事何時了。無計除煩惱。激矢躍蓮花，出手和成驍。暫博天公笑。繹史云玉女投壺每中天公為一笑

結語寄託深遠非人所知

浪淘沙 五十四字

雪中舟次語溪 對 隨寫堂主人對記

枯柳挂疎煙。夜火星星。眼穿两水驛還亭。獨記津樓綃幔底，誰喚銀瓶。 寒氣逼空船。客夢初醒。亂帆又過語兒亭。我與六花同侶，隨路飄零。

吟此覺寒侵肌骨

前無度比風人之遺

9

抄

徵招調中腔 五十月四字 对

氷雪兼旬試燈前一夕始有春意 彊善堂主人對訖

是誰錯料春光點費幾許東皇御柳昨始綰完來絲兒覺暝紅上雙頰 雛暄嫩煦增妍悅似儂家嫁新娘生怯小樣樹邊一些春已漸滑小禽舌

詩必鍊鑄出新意昔人一舊字也莊

賣花聲 五十四字

專諸巷看穀梁買鼓槌

[illegible]堂主人對訖

綠水滑如油。長滿銅溝。柳花伴我作閒遊。青漆鼓槌紅架子，別樣風流。　買了且歸休。單絞今年。世間定有此人不？須向金閶亭下路，打散春愁。

筆底蒼涼胸次濃蒼髯姓宜不減正平

選

鷓鴣天 五十五字 抄

詠宋子京賜內人 彊[illegible]堂主人對讀 对

路出繁臺遇玉顏。柳花如夢撲雕鞍。倚他才子今紅杏，博得君王賜綠鬟。　鸞嚦嚦，鳥關關。粉娥笑語綠帷間。郎君椽燭修唐史，底事邀靈李義山。

子京詞內彩鳳靈犀一聯皆用義山成語故戲及之

綠鬟
紅杏
賸彩
鳳靈犀

生吞活剝子京之對內人得無有射
雉之慚

不獨彩鳳靈犀即蓬山之程請義山語也
識閨紅杏尚書雅句戲門謬回君王寵
賜如此不可理非李也吟咏及此可為三歎

鷓鴣天 五十五字 抄 对

七夕後一夕路次淮陰作

淼浦西風響亂灘。楚州纖月卧微瀾。今宵新惹雙星怨。此地原

隆一飯難。

東歷碌，軸斑蘭。故園同有好溪山。赤東庭認渾閒

事。贏得征塵滿鬢顏。

淮陰一飯千金，今則千金一飯，寫出獨深。

南鄉子 六十字

和放公春暮感舊原韻

疊[illegible]主人對話

老去杜樊川怕學啼紅小蜀鵑花謝花開闋底事風前捲了簾

衣上釣船 回想也徒然往事如塵又似烟偏是阿師忘不了

情牽滿院鶯聲賣酒天 亦復誰能遣此

令人神往

○

抄 虞美人 五十六字

泊舟垂虹橋不及過晤舍妹同綿雲弟悵然賦此

碧鱸紅稻江村市。淼淼重經此。夜深水調起隣船。記得不曾聽已十多年。

北風漸釀篷窗雪。心事和誰說。匆匆忍殺大雷書。望裏石花沙鳥暗南湖。

之涯之戚獨張生情

寥寥數語可敵大雷一書

对

〇

抄虞美人 五十六字

秦園小憩 對

綠莎廳折風廊去是我曾眠處萬条柳綠暑簾櫳無限狂夫春夢在其中

花間郭索騎來了也較年時老海棠枝上坐流鶯

認否劉郎前度問他聲

驄猿如世人何以堪

信手觸目無非詞料

景中指點全部南華不數盧郎磁枕矣

虞美人 五十六字

吳門春暮重見楊枝

千絲萬縷隋堤柳往事思量否楊花飛雪暮春時又向鱄諸巷口見楊枝

酒旗濕在畫橋下醉殺休論價半襟鶻血染東風可似尚書蓮睇舞衣紅

追感合肥先生

舊事淒涼不可聽況只有何戡在耶人言甚我亦以甚信甚甚

夏日登舟過雨小泊北郊却寄南耕天笑二子

銀濤作陣溪花舞雙槳如何去半款綠窨給潭香分取水禽飛處一絲涼遲禿衿翠茗煎花乳可少留儂處湖山大似有鄉情故遣石尤毆我不成行

8 对

抄 虞美人 五十六字 对

過青駝寺感舊寄示冐子青若 昔年雲郎隨予北上於此地遇青若

魯山更比吳山翠。路入青駝寺。亂峰怪石鬱風牆。牆裡人家一半棗花香。當初有箇卿家燕。與汝天涯見。曉風殘月憶從前。不道因循過了十餘年。

髯老風情如昔迴里往事不堪回首

蝶戀花六十字 抄

清明同諸子集原白齋中 合

柳線黃時雛燕亂。為揀芹泥，掠盡簾纖雨。今日風光剛百五。新晴鬥煞新妝嫵。　須聽尊前喧畫鼓。照眼花枝，負了卿何苦。不信試春風起處。亂紅砌滿春歸路。　歐公都步

新穎高脫詞家神品

抄唐多令 六十字

擁被 对

彊善堂主人對説

早漏滅銀缸，新寒警畫樓。淥罘罳、紅日驚眸。幄裡餘温猶可戀，纔欲起，又還休。

花孜懶擡頭，簾垂帳上鉤。惱簷前、歸雀喧鳩。護惜今宵温夢在，莫捲去，半床愁。

即事言情似遼后回心院詞

啼時驚妾夢，不得到遼西

抄

唐多令 六十字

春暮半塘小泊 彊邨堂主人對校

水榭枕官河，朱欄倚粉娥。記早春、欄畔曾過。閑看綠紗窗一扇，吹鈿笛、是伊麽。 無語注橫波。裙花信手搓。悵年光、一往蹉跎。賣了杏花挑了菜，春縱好、已無多。

步步惜春情懷盡致

空中結構姿態橫生

抄 定風波 六十二字

九來半繭園東偏爲余新闢一浴室解衣盤礴致甚適也詞以紀之（邀善堂主人對詠）

身是新開白鷺羣。怕波只愛影縈紛。以自笑此生饒水癖。爲客。那能長弄畫溪雲。竹徑粉墻泉又汐。小清絕。人間何處有塵氛。浴罷簟痕冰雪徹。閒卧。快吹長笛送斜曛。

清香摘花滋風吹後人曾此生境聽也

抄

似娘兒 六十二字

舟過婁門即事

渡口綠簑斜繞子城碧浪周遭誰知我是玄真子賣餳天氣憑撓心事蕩漿生涯水面小窗紗響長長誰摘琵琶東風似夢回頭望絕無人影粉牆之内一樹桃花

一幅春遊圖畫工

從月著筆

語痛心婆不減清夜聞鐘

此之詳不許他人再用

善堂主人對読

对

抄

漁家傲 六十二字

平流店懷古 叔子故里 名

彊善堂主人對記

太傅千秋存故里。我來削佪西風起。欲問遺踪何處是。傍人指。亂碑沒入寒蕪裏。 今日江山仍戰壘。野花開盡前朝史。儒將雍容能有幾。休相戲。何如銅雀臺前伎。

七字中無限感概

野花句奇不禁夕陽禾黍之悲

端研

抄

漁家傲 六十二字

齊河縣 彊善堂主人對読 对

旬月崎嶇行左擔。征車确犖投山店。魯酒何如愁思釅。心情減。句頭彩筆渾相賺。

竟有估帆三四點。楓根也繫斜陽纜。新月初黃偏灩灩。鋪竹簟。笛聲快作伊州犯。

笛猜寥亮

逼真齊河一字不可移動

〇

品令 六十五字

夏夜

对、

夜色凉、千頃攜箇簟、依金井。轆轤清冷、一天松籟、來規晶餅慢

鴻流光漸映、素窗緑茗。微茫香冥、水郎外、風款何整闌干碎拍

舊游何處、瑤京路、永篋滿空庭、簾影、樹影、鬢影

一片冰心在玉壺是此詞神境結

語亦靈跳脫覺張三影猶其笨

伯

抄

錦纏道 六十

六字

將發玉峰寄緇雲弟村居 对

老去江東，換向漁樵寄傲，問何為、衝炎席帽，年年作苦雜傭保。赤日紅塵，怕相嘲程曉。想一兩畝草堂，一雨杉烟，深傍竹陰，置筆床茶竈，晚涼濯足，欹湖恰似船窗，響風定、茭絲影。

問何為句，有參軍單絞之恨；晚涼濯句，有下澤款段之義。人生哀樂何其多

選

獻金杯　六十六字

戲詠螢燈

小似香囊，空於湘水，映東螢紗，遶翠墨花幾幅，面面小徐照。

京夜戲處紫，小尚負螢綴，頻吹難滅，不易長鮮耿，處處無情有。

思樓皆用黑，嫌煞太聰明，永當窗見，一星星之事。

頻吹難滅，不剔長鮮，八字可謂思路絕而鬼神通矣。

嘗憶羨門詞云隨風欲墮帶雨猶明確是咏螢此云頻吹難滅不剔長鮮確是咏螢燈俱從追魂攝魄讀彼視詞為小道者真未夢見在

江城子 七十字

春雨新晴過吳城西禪寺登摩利支閣同澹心園次雲臣南水賦

連宵怯雨思難裁。鵓聲催。曙光開。且逐晴絲搖漾出城隈。我比晴絲還更懶，風送我，轉徘徊。千尋佛閣倚崔嵬。眺層臺。漫生哀。閣外遠山，幅幅疊春苔。爭學諸天螺髻樣，青萬朵，逼空來。

寫景新隽宋元人都無其致

選

抄 隔浦蓮近拍 七十三字 对

夏日寓吳門花溪草堂與西溪夾水而居賦示西溪

玲瓏雲水幾處借我消暑涼檻沙鷗過潭香罨成雨千頃風荷舉紅粧女緗蒻中心苦最憐汝披襟脫帽新涼隨意搴取松風細響綠雲暗翻花乳林際濛濛皓月吐四鼓隔波尚有人語

○拋百媚娘 七十四字 对

送晦仙校書落籍次原白韻 邃雲堂主人對訖

日午鶯猶貪夢。風定花誰搖手。聞說長條新有主。縱與纏綿何用。錐不干卿愁。胡種。嬾把春鉤送。夾路香塵將動。一曲紅綃權奉。從此真成千里隔。只有月明相共。戲語小樓燕赤鳳。掌舞休。嫌重。 晴用飛燕故事校書微豐故戲之

小蠻豐豔樂天以永豐柳比之晦仙猶豐安知不能作掌上舞耶

抄 傳言玉女 七十四字 对

雨中舟次吳閶不及過晤園次同綿雲寄懷

記得尋君繞過毋々燈市佪通橋下挽征衫且憩垂柳幾株臨
別倚闌斜指再來看汝定鶯黃矣 柳陰已鶯黃擫頭船恰又至
滿船絲雨捲春篷困睡微茫驛樓料想水城將閉知他能下已
應微醉

叙致歷々風流全似蘇秦未来时

孤清瀟灑似晉人小品

抄

下水船 七十五字

暮次丹陽宿周丹衷齋中同湯谷賓夜話

風吼凌高柳薰黑佳挍逆旅逕過君家半酣滿淵汝比間各

一吼丿昧日昊挍方言兄ゝ日ゝ滿ゝ此間兄

汍壽車車ゝ少茶幾東西妻風若　凭闌頁西風荒冬古笑且寄

奴可處些爲五歌五爲些自長舞天將曙起掃車霜冰花爭火

僕夫寒語

何來甬許英雄語

歲之無落主客神情畢見

羈孤況味寫來悲壯傍睨無人

彊善堂主人對訖

祝英臺近 七十七字 抄

糊窗 作泉署

研光牋，白地錦糊就幾楞雪玉淨珠融不怕冱寒侈處也迤賓旭

晃冬溜香伴寂造月陳西國縈領寸心折隔尋鋒遍鶯穿漏

箇針笑鈌鳥夢簡年覓被瓊窗截翻思故國箏多釘擁損

敢紙戰乾風葉

糊窗兩丑蝨缺兔戲咽夢壽畫

後半闋大有禪機不可死向言下求生活也

祝英臺近 七十七字

杞梁妻祠下作 在齊河縣長城鋪

畫旗飄。靈幄捲。彩翠剝如雨。玉貌明粧。隱隱怨蛾聚。可憐枳殼花開。凝丹點絳。盡千載、啼斑偷注。黯凝佇。滿壁水墨全昏。猶把斷腸音。綃帔尺飾。指點向向廊柱。怪他哭後長城。崩餘粉堞。叫斷明言如許。壁上畫杞梁遺畫得周遭。文言事一帶長城歷歷

妙在無情說得有情

○

抄

一叢花 七十八字

閏三月三日竹逸齋頭看紫牡丹記之前月偕禊虞山故之前半闋及之

琴川前月記幽潭（探）艇子漾藍沿游恰值人偕禊風光在碧嶂紅潭街上錫叢山邊齋紫春色上春衫

今朝魏紫放晴簷麗景十分添一年最好惟三月誰頻見兩度重三花好逢壬春濃遇閑樂事艷江南

從以新而入妙 以切而見工洵絕調也

側犯 七十九字

真娘墓和扶荔詞韻

碧闌干外小墳一點，飲桃黯淒咽。剩綵袂飛灰化蝴蝶。靈旗飄風復傴僂，社火明還滅。芳骨約，兩子吳天許。譚阮三生事，五更風陣陣。餳簫歇，耳邊怯。怕枝頭又到，啼紅鴂，昨夜聽歌一石場妃雪。夜臺猶卸玉簪偷節。

扶荔原詞已為絕唱，此闋直堪對壘。

早知幽迴紅粉。

駘蕩詭異不經人道，卻又字字入情，所以不可及。

抄

小鎮西　八十字

皋暑夜坐聽前庭演劇似是邯鄲巡河一齣追憶東皋舊事感賦此闋　对

小颺夜笛風碎珠十斛歌絲裊檻外化輕簾此可曲翠鬟長三尋去

如塵相處疑烟一庭幽濕漏滴場至這紗變曲漸循尋聲細語

是邯鄲曲年時景音中潛觸瘦鐵處悵寥蕭剎嘗耳邊之文續笑

恨人世偏有黄粱徒熟

繁音促節長相經當如何　鄭中丞

小山寫神意俱動

幽窅泬寥樂音神妙可與聞韶同參不當作倚聲讀也

抄 有有令 八十一字

詠畫眉鳥

[illegible]堂主人對 对訖

風柔日媚。一盞小金籠。綉簾深處墜。紅絲同心結。綠絲綰在東風裏。最愁他點涇蜻蜓。銜泥燕子往來容易。嬌影閑臨淥水。倩小玉。攜相思子。好把獨兒打去。休攪春宵睡。隔花悄喚名字。遶止。阜。伏。錯認做畫眉郎至。

輕攏淡寫意致活潑詠物神手

詠物直寫出性情來可謂化工在手

驀山溪 八十二字

虎丘送春夜同顧伊人天石留宿山中次伊人韻

風濤撼舞、鐘聲答，何曾住。曛黑斷人行、便笠帽樓桂雖去，堂堂春盡、含淚唱淋鈴、鶯花數、長亭路，誰定今宵雨。夜方逾午，投宿支公宇、禪榻不成眠、聽墻外、曉鐘將度，飄紅墜粉、何限寺門情，挑燈句、任凭闌語、各有關心處。

抄

新荷葉 八十二字

本意 [illegible]堂夫人對話 对

緑纈成帷，江妃織手初紉。疊翩錢，較花饒有清芬。蓮舟出浦

水雲寬，碧到無痕。嬌攀翠蓋，采鴛穩護腰身。風起青鬟低

旋纍繽紛，戲灑泉珠，倒盤瀉玉傾銀。摘時須早，怕秋來、最不宜

人後，湖邊柳同他，一樣消魂。

前段描寫新荷，後段寄託遙深

抄

洞仙歌 八十三字

從樛枷上方塔後覓徑下坡過前村觀劇

晴峰亂疊，叢叢春筍，貼吳天翠無盡，映澄湖幾疊紅綠。藍紛織處，煙際漁榔隱隱。斷崖橫塔後，蔓攀蘿，繫……

細聞村鼓正喧闐，賽火成團，傀儡今唱消魂院本，訴舊地風……

綠楊絲外，小露墻頭一群紅粉。兩行紅粉一齊廻，或是看日……

真境一笑

遊山觀劇亦是常事，詞生面令我神飛

敘致樸之風韻嫣然

對

抄 洞仙歌 八十三字 对

題採芝圖為顧阜侯賦

蒼皮黛鬣，滴金膏丹竈，下結千齡赤芝秀。有先生、杖桂長柄，

蘆籃子內，百本木筆紅綠。嗒然雲水興，飄笠隨身，煉术餐霞

老巖竇。戲劇茯苓歸，封寄軒轅，雷文篆形，如鳥獸。笑多事商顏

四先生，同溺過儒冠，一般皓首。

採芝是仙家事，無說到溺儒冠大奇云云

〇抄

洞仙歌 八十三字

夏夜檐園隔水聞笛

燈青鳳脛，正參差斜點，屈戌玲瓏帶愁掩，恰濛濛天水浸赤闌橋，人不寐，夢到空園偏魘。

笛聲何處響，不有還無，似在荷深那邊檻，隔水信清蒼，竹脆絃輕，更潭子鴨頭新染，綠幕得風前不多聲，又攙入伊州小秦王犯。

[illegible][illegible]奇句

抄

黄鶴引 八十三字

咏半繭園雙鶴

榴紅吐，下有胎仙，暗來去。翛然映水梳翎，対 心對舞珠衣雪舉。凝想水天深處，蓬山洞府，曾記得、清涼無暑。一自謫塵凡，幾徧傷羈旅。幸逢水洌泉香，此身有主。鶯啼燕乳，啄破綺窗花午。人間秋露輕別了，吹笙儔侶。

唐人咏鶴詩全無清語

抄

滿路花 八十三字 对

贈梵公　師住雲門，工書畫[illegible]，時以選詩來剡溪

荷錢貼野塘，竹粉粘晴砌。師從何處，到雲門寺。零箋爛本點筆

聊軒輕試將小語，戲高岑王孟鄭郎，定復何事。平山堂下鴻

爪依稀記地記王與宋曾同羣謂西樵、荔裳兩先生。重逢瓶拂頓下山陽

淚。更欲游何地，他時念我，已然小幅須寄。

情景逼真，攝俏入化，是唐人妙手

不諳惠棲之行蹤者，不能知此詞寫生入化之妙

抄

鶴冲天 八十六字

題錢蓀舲蒓敂小像次原韻

[illegible]壽堂主人对

吾鄉西渚。有個英雄處。長想射蛟人。空吟句。如君饒逸氣。偏不屑塵埃住。沿溪尋釣侶。冒曬江村。一色壓銀欺苧。君年未暮詎逐鷗尼去。宵半躍頳盤。滄波煮。踏船頭弄笛。快劈作鬪江雨涼飇添幾許。響入鮫宮。吹亂織綃機緒。

蒓敂徃矣百身莫贖想真不屑塵埃住耶

杪

凄涼犯 九十一字 对

哭雲間友人金蓬山和錢蘖庵韻

秦淮水閣。微茫景、迴船使酒如昨。當床茗椀，燈帆雨幔，畫闌粉

約。江濤澒洞，澒洞矣、長吟間作。戲呼余、長鬣背燭下，恣謔重過

酒壚。縱歌嘯、猶存翠凋珠鑠。玉京伴侶，似人間也，愁離索、促返

蓬山，果然去、驂鸞控鶴。碎香箋漫寫，況吟怎睡着。

謿字里訛否

彊善堂主人對訖

天上人間一般離索使人不堪迴

首叹庭

逗

抄
鵲踏花翻 九十

花朝月夕玉峰道中用蝶庵詞韻

柔浪如酥，遥峰欲笑，檣烏陣陣迎人說。道今日花朝，此去包山，歌臺砌滿，皆錢鏐玉簫金管。催東風、嫣紅姹紫須遲卸。

記往事、消遣燈下，銅扉記取，隔鄰秋邊桐。每到丁字簾前，群芳生明，昵語何曾罷。女今好滿，奈何天、一船花月春江夜。

矜貴如挾彈公子，娟秀如折花美人，老髯風致於亦許魏鄭公，想其嫵媚耶

別有幽情，待張紙上付與知人自會取

真正淮海

对

抄

雪獅兒 九十二字

本意 对

雕霜捏粉作西域萬里狻猊矍拏爪距側腦平蕪獰氣驍騰何
怒奔犀驂虎更何論田間狡兔似鮑老裝成假面筵前決賭
道上兒童戲女弄冰凘雪盡愁伊無處合遇獅王微笑擲花而
語明駝洛下貴幾許銅山纔鑄今何處一樣荒烟細雨

獅子搏象具用全力吾于此詞亦云
然悲歌慷慨想見孟德當年

彊善堂主人對訖

对

对

獅王說法天樓遺坊　覺庭

正因說法入禪覺屬

抄

滿江紅　九十

滿江紅　三字

擁爐記與雲臣南耕分賦冬詞有圍爐一題今若栖遲者

映幕縱有紅爐獨擁而已何言圍也賦此以誌予慨

炙盡烏金銷不了鬢絲微雪依稀聽一城巷杵半樓簷鐵撥盡

寒灰人語悄數完宮漏鷄聲咽笑西廊鸚鵡也愁寒頻頻說

小窗底屏風折微酣處爐重熱只贏得人圍繞心情頓別記得常

年當笑語留床茶臼參差列今只侯門魯炭木柱堆盤增寒冽

圍爐時名與其樂至擁爐而回無之直

其有難禁之感也

不知何處火来就客心然與結語對照令

我鉛淚成血

○遲

抄

滿江紅 九十三字

風雪行丹陽道中

禿樹疊疊松杉起玉舞離披作勢經多少斷橋人齧石皮樓枯樹遭窒

果風蹙鐵觸鬖笑與凡雪愁顛覺謝無門亭湯社點點紅疊招記才似鳥

鬚髮不起亂鳥水凍不了魚龍癡笑莫兒長鬚有船難吏東催迎

人窮角星石如粒激我凝眠窒撒聞鬮迷去門賞城心女卒

滿橋風雪足增詩興不意用爲詞料

更覺蒼茫滿眼

對

陽羨堂主人對訖

獨釣寒江雪未若此之幽峭

詞選

抄

滿江紅 九十三字　此人詞意真婉義始不得能屢屢嘆之　不傳也再吟再閱爲三歎

玉峯沈天羽先生詞場耆宿也選有草堂四集行世不幸早逝之徽歲月不居距今已四十餘年矣賢配某夫人今年舉七十觴有從甥鈕君南六代爲乞言詞以寄慨

偶爾相閒小樓上畫闌凭徧記當日東吳瘦沈才名堪羨艷句和愁淋舞帕香詞灑淚塗歌扇只金荃句後竟無人爲收管

綰不得蠻楊禁不住飛花片剩霜閨寡鵠雨淒風怨專恨桑田朝市改打頭茅屋裙笄健遠雕梁誰替呢喃燕

選

抄

滿江紅 九十

江紅三字

邵家小院次山余所賃城中居即先殿元故宅也階下有紅

杏一株最爲繁盛次山殿元後人故云

群從凋零悵家世空餘雙戟笑惟女過都歷塊講文虎脊我別

西溪剛十載數楊郎賃東宅有歷欄先世一支君甚高

林下酒床頭易吾與汝交相背笑我今衰矣子雄努力王謝門

風終自在紛紛程李錢寧直向渭陽尋里兒陽悲晝晉次山

言不言陽門因係故

友鄒程

村宅相

蓮彥遣詞俱極樸摯不假爐錘自出二語

纏綿迂折如讀燕去樓空等語令

人意消

抄

梅子黄時雨 九十三字

本意△ 彊善堂主人對訖

天水空濛只將暝織愁催雨添恁但過了東風楊花一桁彈指

還驚仲夏蕭蕭乍空詹瓦跳珠纜葡萄漲鳩婦喚晴是也眼浪惆

悵他鄉誰念燼爐熏寒聊自屏當料故國樓頭茶烟新颺乙

綠釘中梅水滿何時小暖龍團餉客衣長賦得學衫雜爽

荆溪萬周子歸餘人至梅自

東鎮楚西月

抄

滿庭芳 九十五字

丁巳元夕後三日謁判府林天友先生於長洲官署賦贈

淼淼長洲，離離茂苑，無邊草色連空。兩番借治，歡笑滿吳宮。一自睽離絳帳，相思切、早理烟篷。平波遠，誰吹五兩，幾陣落燈風。

忡忡憐別後，鸞飄鳳泊，竹嬾絲慵。擬酒酣許與，忼慨從公。憶盼採梅摘蕙，銅官下、笛傍游笻。經年矣，春來躋攀，香雪又濛濛。

差名不似藉此繞屋梅花苑庭

對

抄

滿庭芳 九十五字　　　　對

題徐武貽小像 武貽文貞後人椒峯弢仲毋為其題像今翁已沒始追補成之

彊善堂主人對訖

碧篠千竿。紅蘭一架。松濤韻雜笙竽。科頭箕踞。旁置小風爐。回首文貞舊業。凄涼絕、祭野荒蕪。牢之好。家傳宅相。名已動京都。躊躇當日事。記曾撫掌。為我披圖。擬閒題數語。貌爾清癯。詎料山丘華屋。重來處、此諾還逋。徐君墓。未成挂劍。郎報林陵書。

妙此題像一字移與他人不得

其老之筆直可當延陵之劍矣

抄

滿庭芳 九十五字

今春梅候余適買棹吳門乃因循羈絆不及為鄧尉之遊
正深悵惋及過里門而枝頭香雪已零落略盡矣會放
公以梅下見懷詞再雲臣和章相示漫次原韻
彊善堂丈人對說
二月新晴東風作陣吳天梅訊偏催正五墻飛鳥合過溪花已催聞
詩步人人坊林州淡淡林澗
說隸香冷粉銅坑畔萬樹齊開真辜負闔閭城下容易放舟回
沿洄歸帆遍閒賡綺韻屬者增坊言人想一枝瘦玉窗綴綴堅臺我
是湖州杜牧成陰侯側帽覺來明年事相期其月花下莫放淺深杯

蒼涼跳脫酷似紫薇當年
西樵韻脚兩疊通首長短言竟
真詞家聖手何必淮海與之下婦
人間好

抄

滿庭芳 九十五字

詠兩府海棠

滿院紅綃，半樓絳雪，幾叢艷冶成圍。倚欄無力，嫩柳鬭腰肢。粉壁銀牆淡雅，明粧坐、人是瓊枝。東風動，花光映肉，桃暈入冰肌。

胭脂剛蘸雨，一番梳裹，別樣芳菲。似六宮畫罷，重楊已歸。得三郎一笑，花前開、急管繁絃。真華甚，千堆蜀錦，那用杜陵詩。

彊善堂主人對読

尊公壁例少陵，大為海棠吐氣。

用事入化，蘊耀行以名貴，秦虢尤當避舍，何論尹邢。

遲○

沙 滿庭芳 九十五字

強善堂主人對話 五月玉峯競渡用梅村詞韻 ▷ 对

菖歜芳筵、蕤橘綺節、一雨涼透重湖、湖綠芳秀旗畫鼓、蘭槳畫中流浦多

少唐陵溪寢千年恨遠近楸梧休憑吊玉山將小倒翠袖可相扶、

狂夫狂更爲花顛眞酒惱、脫帽宣呼、喚湘纍與汝、漢醮同沽收

拾金簫玉管崑峰好女晚鬢新樣家鄉意憶牛ニ水樹村、工妻金錢釵

喧闌場中數是閒情話、

滿庭芳 九十五字

贈表兄萬大士 舊臨漳令

少日情親，兩家中表，年年東競戲階前。雕蟲薄技，里塾又隨肩。彈指渭陽凋謝，烏衣巷、蔓草平田。誰能料、斗童時伴侶，相對兩鬢真。

中年拋艾綬，紫門罨畫，三徑蕭然。憶相州鄴下，寫賣云允專寸斯。得銅臺綢亂，歸吟遍、夜雨朝烟。殘生事，酒鎗棋局，此外總由天。

平鋪直敘，煙雲萬狀，子長得意小傳也。祝蝦詞另開一生面矣。

抄

滿庭芳 九十五字

中元節途次蒙陰追悼亡女

庚氏苟娘，左家嬌女，尉情誰適非男。銘椒頌菊，略涉也韞言每。

歲因翁依客，恒歸伴阿母香奩。天涯信，燈花喜子，顰向紫姑占、

江淹、何限恨、半生婚嫁怨極愁添、今朝五岳敢詞幽探情

悵中元令節，家山事，梵唄悲歌。蒙陰畔，兩行紅淚，寄不到江南。

每念孝貞女賢似過于男讀此知人有同情

鄉孫不泯者移也

選○

抄

水調歌頭 九十五字

平遠堂雨中即事林天友使君席上同曹顧庵丁藥園胡存人吳六益為園次六益余澹心尤悔庵宋既庭錢宮聲顧云美伊人天石趙旦兮毛行九分賦共用烟字

彊善堂主人對訖

千古鶯花窟四月雨晴天闌干一望平遠濃淡石湖烟催取茶鎗酒幔偽得箏師遂使來做餞春筵且起舞同鶻休去聽啼鵑

鶻來半風似起雨鏗然崖戕古箬峰壓扶屋勢斜穿墨斛鈴音響嚼四壁錦瑟鼇擲劈列幾條弦況聞斗奇絕比景清誰傳

对

昔日賦興乃復有得如許濃至

抄

水調歌頭 九十

讀董舜民蒼梧詞題後 五字 对

老屋數間耳世事不關渠堆墻半腰周鑄巨束筍般麤中有奇
文凡幾每夜以騰光怪驚鱗鬣與鯨呿力壓古聲暴氣懾萬獠奴
珠零亂玉夭矯翠模糊我行以手捫摸依此定誰歟既似
紋兀篆文似碑殘鼓蠹字里乚不可於菟乃是蘭陵董詞集曰蒼梧
岣嶁碑耶石鼓文耶古怪雜奇使我舌翹
不能下

抄

水調歌頭 九十五字

畫樓詩為西陵吳子璵先生賦

有客向余說昨日又到湖頭湖中翠奩未斂湖畔水明樓萬本澄

心堂紙千頁大觀樓帖有幅李營丘盤礴此樓上縹緗紫綿裂

風主人爵波滚滚文浩然之湧金門外新月聽足采菱謳分付吾尼

欄飛檻莫遣于祠丘山墓因景觸簾鈎貝酒兼貝茗不貝古今愁

題藻縟極矣詞以古峭取之使讀者耳

目一新

○○迦

妙　水調歌頭　九十五字

初夏吴門舟次董樗亭錢𤧚谿留飲顧梁汾遣至即席

分賦　　筆〻矜貴　對

彊善堂主人對訖

往事細如雨新水滑于羅十年總一會面不欲欲如何雪柳松
江銀鮓黄鑄洞庭盧橘酌以小紅螺僕素不勝酒醉態亦傀俄
相樂也復相逢起婆婆眼中之人老矣春後落花多休管誰
家龍鳳不若狗兒吹笛伴取膽娘歌小別數日耳猶月復經過

酒間樗亭偶語董事龍得谿云居家有龍猶寒宗有鳳也一
座大笑。元微之詩狗兒吹笛膽娘歌

無語不雋無意不新今日詞家

誰堪競爽

竹逸

水調歌頭九十五字

趙北口作

忽復出門去萬事總由天雖然只有周水永不能相憐也哉

南趙北盡日黃塵白草那堪舊溪山詎料故鄉景陸路筍輿之前

鄭州鎮大沽口水雲寬空明浩淼碧縷絲紅翠滿汀灣也有魚

羨蓮米安得箇笛床茶臼水閣兩三間臥聽吳娘櫓文本世事莫唱日日歌還

觸目故鄉風景魚羨蓮米笛床茶臼何日

得彌州遂此

对

抄漢宮春 第二體九十六字 对

送子萬弟入都次梁棠村先生送令弟南歸吳原韻 音

此際東吳、正黃菊離披、紫蟹螯郭索、依依壯衣之底急、使我傷於言樂、两堂夜話、望美人兮經幾番晦朔、又來朝河橋判袂、匆匆弟酬兄酢、昔日揚烏頭豪氣、須臾吾已老、鳳飄鸞泊、烏衣門巷、變做荒花籬落、半生牧豕、問何年離疏纍僑、喜予季來春花發、休恨一官祿薄、

至情淒惻如棠棣篇什令我生原鴒

之嘆

漢宮春 第二體 九十六字

贈梁蒼巖先生次先生贈舍弟子萬韻

綠鬢勳名、響上相鞾刀、風生鈴索、薰爐邊多暇、細馬潛游平樂、神仙富貴、總兼之、笑他飢鶻、辭詞頭錦段、十樣朝朝、翠酬紅酢、前歲奧門陸棠、正花洋珠海、樓船停泊、蠻天紅豆、爭向句中飛落、（先生粵東集詩詞最工）獨憐愁容老泥塗、蹉跎芘僑、幸當世、有公知我、莫管五陵輕薄、

似諷似贊，一洗夢窗面諛之陋

○

抄

燭影搖紅 九十六字

丁巳上元夜泊河橋 彊善堂主人對訖

露驛烟庄、一般簫鼓千門沸、銀毬綵幔圍團紅、漾偏斜橋裡、更行魚龍百戲、鬧蛾兒游童成隊、非無粉帕、亦有檀釵、暗中潛墜、回首春城、上元風景依稀記、今宵一棹纜烟汀、懶打看燈謎、且引村醪自醉、枕漁簑、和愁早睡、迢〻往緒、歷〻前情、付之流水、

上元佳節何減清明寒食乃從淮襄烟樹中逢節〻人極難為懷

沈庭

抄 皁牌兒 九十六字

夏日詠閨人鬭葉子

遙窺兩重門、群擒映、凝烟碧幌、巴字欄、憑肩語笑、冰紋郎後、軃鬟。況想風流、小闘唐金葉子、描鸞小樣、斑兒滑笏、玲瓏錯箋、纖腕輕盈、打來偏響。七紅四賞更花戳、京城新創、小蘭閨以掌、儼楚漢之情狀、為腳得簾、兩紅鸚鵡也。隔屏山、注調、私講笑、粉粧對、項。

抄

醉蓬萊 九十七字

戊午人日為曹三溪廣文壽　彊善堂主人對脫

喜新年七日，蕙雪微融，梅風纔動，畫句文篘，蓬萊家宴。碧柰花前，絳桃樹底，簇舞衫歌卻，管候點唱，風絲紅虎，六律傳佩。

回憶生平，當時講舍，滬瀆雲遮，泖湖天遠，一笑搊篙趁鬧月。猶健蘭茁階墀，鯉趨庭戺，切縱封侯，誰換勝覽，春人王遙指向

先生。

高文無冊時復三春甦麗密

才大老無所不可

通章雅要祝嘏之绝调

抄

長亭怨慢 九十七字

夏日吳門道中寄內（侗養堂美人對論）

記睡醒、紗巾輕墮。又促移床、樹陰中卧。院悄人稀、轆頭閒數到

星顆、井華浴罷漸月映、中門鎖、魚綠茗盈、恰一縷紅生廊火

幾、孫是纔開茉莉小、停学、初斜、饌、抽書賭茗、總排定夜分巡

課、弄不了、茭粉菱絲、寫難畫、偷聲入、破悲萬種思量任凡炯橈

風舸、

抄

三姝媚 九十九字

紀半塘所見同綿雲次山用湘瑟詞韻

漫壽堂主人對

重來偏寂寂，笑踈闌輕塵，粉纖曾拭。兩兩雛鬟，記茜衫小露水

邊門側弄影。凝粧誰理，繡床刀尺。閒盼山塘，細續金輿往來

得得。再向橋陰，繫席帆半艇，烟篷千層。雨滴此際，蘭閨定雙

擁金鳧，攜吹鈿窗，眠底吳娃挂。自調嬌紅膩句，其奈又經過處

斷無消息。

結語如臨去秋波

來去關心，所謂鍾情正在我輩也。

拟 金菊對芙蓉 九十九字

送楊亭玉學博之任江浦和梁棠村先生韻

彊善堂看對訖

棠邑名城，秣陵小縣，鱣堂坐對青秋。正人家夾岸，雲物當樓。扶風絳帳生徒盛，環講舍、錦瑟紅篝。圖書四部，才華六代，冠冕南州。

卷畫暫爾淹留，恰曲唱樽前，纜繫沙頭。盼離亭霜葉黃童，丹稠之官一水，攜家便喜煙江。依穩陽侯，別來錦字好尋雙鯉，頻泝中流。

前半說地與官，後段說情與景，應酬詞佳

孫如此精切

藻耀深華霞翻碧灩莒盤風味那得如此雄豪大、奇、

○

選、

瑣窗寒 九十九字

雪 依金陵彊善堂主人對韻

瑟冷、漫天攪地、灑窗淋戶。旅情雖安，理熟也、無賴緒拼和。

他、瓊瑤亂拋，風前著鬢梨花舞，笑問戲酡酥，獸炭幾家笑語。

知否、此間路是、金粉關河，最消魂處，幾多雀事綠被六花

飄去、想外邊向、偏長千依然，王做奈朝檣悲江船，商婦琵琶水

上訴愁苦

渭未曾有

升庵雪詞云某樹見花春不紅此云依様

玉假南能梅更覺新[illegible]

奇思泉湧妙緒瑶翻看篇中字々俱作六

花飄颺之勢

抄

新雁過粧樓 九十九字

彊善堂主人對読

一再衣糊窓。幾扇疎櫺玲瓏處、疊縠粉蘚糊成。夜來微雪、掩映更覺晶瑩。故就窄愁過夢地，生踈蹋月松花情。任遮藏、偏被嚴飈送到殘更。

生平、爨鹽井記，欲默同聲鼓紙窓鳴。今番奧窔、吟舍無奈一倍凄清。無聊拈毫美墨、倩小字、斜斜春蚓縈牆題詠。把雪窓、遍何用通明。

刪句

覺新詞新之象耳目如新

慼憤淋漓讀之令我眦裂毛豎

遲。

抄

新雁過妝樓 九十九字

圍爐 金陵泉 燈署作

彊善堂主人對読

鳴夢偷歸闌干外，雪花吹滿簾衣。門門庭蕭索，窗景未全非。榾柮火紅茶半熟，山妻繞膝小窗之。謂甥蘭劇，宣讀詢狂客江畔。

歸期，檻前小梅映水，被誰彈雪粉淺淺，看橫起，佛燈雖想憲。

歲序多景易，鐘聲日動，文官燭更深，欲成時邊然，星工燼，爲系火剎。

好子怯不成盡

通見說亭主未臨東題佛柳文

詩亦言見於填詞。

一部邯鄲數行了當史遷得意之

筆不僅以起結見長也

大有 九十九字

春閨和片玉詞

亞字牆邊、楝花風大、小樓中簾捲人慵、滿園林、寒壓絲絲草誰鬭屏山水遠背人數也何曾愛單嫌偶惱恨柳色空濛和烟鎖畫欄

燈前懺、花底咒、小鳥戀紅衾、清清坐守、好夢無騰愁到醒時依舊自謝了丁香後受無限蜂僝蝶僽十年事凝想如無閒思恰有

語語新雋結二語尤耐人思

抄

燕歸慢 一百字

松陵道上追感計甫草趙山子兩孝廉用湘瑟詞韻

醉欲騎蓬，憶當年吾汝，意氣凌虹。交情千里外，心事一杯中。情人墓上雨濛濛，又水調吹波夜起風。只江落楓葉，只餘我舊我籠。洛水，戲山陽笛，淮陰釣，未央鐘。徐劉應阮，俱凋謝矣，此恨古今同。倦游蹤跡，類卬且度曲，吹簫記小紅。姜白石詩有小紅度曲我吹簫

向之來朝過鶯脰，好撥棹、破晴空。

黃公壚畔無此老情懷

彊壽堂主人對讀

悦奏別離之曲並寫擬騷之意

抄

東風第一枝 百字

丁巳元日大雪是日迎春

雪壓新年，風飄殘臘，瓊樓粉落如雨。桃符書鏡籬時，奈簪

齊楚天公好事，總偏山城粧小。闌邊風髻，迴點綴千盤

椒盌，泥驄透紅箋致語。寒勒住車游女土牛，甘心霜粘

鷄花冠縈。盈街仗盡一片情懶。看白泛泛凍合乾坤，不

辨春來何處。

壬子歲首雪山柏手大叫曰編

言地此白玉今成[illegible]語碎[illegible]不[illegible]又評此劇僅之見他等出殊態形樣

極力渲染總以雪字包括結語悲愴萬端令人淒咽不能成聲

抄

東風第一枝 百字

月廿自吳門歸追和南耕毘陵元夕之作

上水船遲落燈風快歸家黯淡如許打門有客讙呼衝泥向人驕語香詞滿幅總故苑狂朋俊侶說郡城前夜鬧行行多少珠歌翠舞

乍騎歸花間畫鼓再相逐梅邊游女毫端似落星橋卷中疑過金縷雀簫情事悵光景拋人何處追憶他提起元宵便有費思量處

曲曲寫來情事如畫所謂實做不如虛做也

抄

念奴嬌 百字 抄

題徐晉遺表弟所畫牡丹圖并以誌悼 時正是花大放

璧人年少記臨風側帽姿尤清絕曾在沉香亭畔醉倚譜清平三闋更取名花圖成粉本惹殺狂蜂蝶蝶看紙誤人幾度攀折今日畫可怪花花偏入畫一樣無分別可惜空山埋玉樹此恨只和花說縱有丹青也應塵土掛了嬌紅色花化刪一歎臙脂亂撲成雪

雅善堂主人對訖 對

撫花圖而歎人琴不禁雙淚落花前

抄

念奴嬌 一百字

途經溧水是宋周美成作令地慨焉賦此

詞推北宋有周郎香霸集名片玉未向大晟填樂府此地先留

芳躅隔浦蓮遺滿庭芳麗盡相思曲 隔浦蓮滿庭芳詞俱美成在溧水署中作

小亭姑射當初何限花竹 美成令溧水時署中構一亭名曰姑射

彈指六百餘年

詞人重過此間惆悵蜀一自汴京時世換周幾人能續前緒冷冷店

騎驢聽雨僅容何處熟山在望可憐人舊凝綠

用事雅切但老手可惜

末路萬感横生百端交集方見詞人身分豈伶官輩所得知耶

百字中無限低徊無窮寄托豈徒爭清真耶

○ 念奴嬌 百字 对

炙硯

當年雪夜記貪歌沓醑衝泥拖徙三十六簧寒不起醉把紅鸞

箋象脫冒頁狂解衣盤濺硯裂黃皮習詩書可用也佳於畫

璧今日冷笑生涯忍寒可東若串鬧人識畫朱工歎

朋悲譜餘炭滴同雀甚臺荒中書君老況是磨人墨直須焚去吾

翻動蝕金

今老情無几

用君苗焚硯事

腦後風生鼻端出火見班仲

升投筆时

伯牙碎琴君苗焚硯髯公只呼柰何

而已詞却必傳無疑

念奴嬌 一名百字

送韓醒西之吳門　对

彊善堂主人對訖

虎丘鶴澗問狂奴甚荼綠皆偏熟剛月中秋停舸特地來聽
絲竹爛醉高歌墊巾側帽飽看晶輪沐平生踈放幾曾甘受羈
束今日帳髮鬅卷車巾新婦舉止何畏縮咫尺青溪難寄興
何況雲山斷續君過橫塘船窗疑望定見寒崖綠為余傳語比
來離恨千斛

雄才逸興、宇地勢、久居此乎

是送董卭南序不應作倚聲讀也

抄

念奴嬌 百字

将發金陵前一夕大雪挑燈不寐因填此詞擬歸矣示蘧庵楨伯雲臣竹逸諸先生暨大士表兄南耕弟衆

瓊窗粉窖，盡六花一夜，天公兒戲。鑪火微紅宮蜀冷，月不寸

女石北渚，田荒西疇，租少杜説豐年瑞。停杯大笑，自知符志業雖冥

遂遠憶故苑風光，釣徒詞客，多少顛狂意。子雋雙溪真通本

小閣於中置，萬玉編管千錢綴總理探梅事，由阿適上定

憐風雪歸矣焉

雙溪雪意一筆描出惲南田嘗

為保畫一扇正与詞意去合僕於補

入題上數同人耳

似神鷹初脫韝時怒氣不可遏抑

吾為髯公淚下數斗

念奴嬌 百字

春日玉峯葉九來招飲半繭園時梅花正開酒間話舊有感 九來向與吾邑某氏歌姬有目成之約今此姬已屬他人故及之

賣餳天氣恰春光嬌到九分時節城下小園圍綠水無數畫廊周折蝶翅慈紅蜂鬚鞭爽滿院繁英纈君如不醉花時枉謝豪傑 記否二十年前翠王筵上衆裏香曾竊金縷衫邊桃葉淚多少細霽輕閒柳絮簾櫳花枝年紀事去和誰說凭闌一夢帽簷滲滿晴雪

壞廊敧樹斷雨殘雲寫事情了歷歷

張蒓寓主人對讀

抄

念奴嬌 百字

范龍仙齋頭喜遇婁東許九日賦贈 对

彊善堂主人對詠

六千三萬，笑老頭顱，此後終當樂死。十載詩名成底用，何限東西衛霍。一語鑑魂，杜陵曾說，主將奴才子。問他奴價，而今果否如此。

男兒已矣，鞲鞴吳閶，惜餘種種，亦復扁隱矣。淳世幾場開口笑，盜跖也知如是。盜跖有云：開口而笑者，月不幾日。燕子年光，蟋蟀庭院，且住為佳耳。楊花如夢，滿城日暮飛起。

祖園與玉峰徐宇若諸舊週用前韻

亦為無人出口陵公痛罵

強如劉四者當絕少

彊善堂主人對詠

泣數語、似項王長後楚歌齊起、又似隸宮帝泣、一夜琵琶
言數言似項巾亻楚哥　似阝舟女氵亻琵琶
諳耳、口分辭白、青袍失路、從古原同是、子見須與朋朝春、又歸
耳糸粉翁絹衤失日彳古原女是夫步卩朋朝春又吳
矣、拼取僧院鐘歌、妻持鉢、老作吹簫、畢萬事、吹須吾不恨、
才取亻阝耳金哥木才金老亻口女
只、負柔、又車子、滿幅花牋、半床珊管、自殺藍田、中單衾空、官鳥
女氵巾扌戔　小系　尸單衾　舍甲
爐紅瘦香包
如許無涼亡我生意人名卦多讀

念奴嬌　百字

讀字若長歌即席奉贈仍用字若原韻

霆轟電掣，筆尖君才真似，怒濤千斛。百感淋漓風驟起，辟易滿堂華燭。公醒而狂，人憎欲殺，抵鵲何須玉。春衫老淚，鮫珠辮堪掬。

不記三十年前，灌夫使氣，雙皆罵鄰屋。彈指蓬萊今又淺，短髮可能長綠。詩酒前緣，鶯花小劫，世事彈棋局。溪山笛破，欲吹不成曲。

豪宕感激，來如雷霆收震怒，罷如江海凝清光，可以狀之。第恐僕文面目不堪此妍詞刻畫了。

此等詞真是石破天驚確于此道中另開世界而或妄擬之辛稼周柳間先生安得不閧而捧腹也

念奴嬌 百字

徐宇若招同諸子過飲余以去酒先歸賦此言謝

華堂鯨吸看群公轟飲狡獪尋簺長驍昆陽軍馬沸屋瓦一時

都墮畫鼓千撾銀觥百罰促數囂嘈人間甚處紛紛會擲天

外我已闊走窮賓奚通逋客逸出塵近界秋極客逢歡偏易感

莫笑適來胡憋遠憶杯前此時月下滿座傀儺態朝來早過

簾酒氣還在

酒色地獄且君宜為獄

抄

念奴嬌 百字

丁巳仲秋，廣陵寓中病瘧，不獲為紅橋平山之遊，悵然有作。奉柬觀察金長真先生，並示豹人、穆倩、孝威、定九、鶴問、仙裳、蛟門、叔定、女羲、子園、龍眉、雯琴、扶晨、無言諸君

最無聊賴，又西風吹到，小隋皇宮闕。明月橋邊煙景換，依舊玉簫凄咽。綠水全荒，黃花早瘦，往事憑誰說。江山如畫，恰逢秋卧時節。　安得桓石虔來，為驅瘧鬼，放我眉梢結。更把杜陵奇句，高咏子璋髑血。僕病何妨，人言可慍去聲，笑汝揶揄物。曼聲狂嘯

碧雲深深都裂 呼桓石虔來可以斷瘧又昔人評老杜子璋髑髏血模糊手提擲還崔大夫二語亦可已瘧

前後豪言瘧鬼聞之當逃而走矣

瘧鬼不過小作狡獪處此一首好詞耳豈真來病君子

念奴嬌 百字

丁巳中秋玉峯徐季重葉九來招飲三友園同集爲宋既庭劉震修潘次耕徐立齋顧脩恪宋南金即席分賦

擁天峭壁被風吹月浪洗來逾綠嶔崟蒼崖鱗鬣動萬隊熊蹲獅伏碧海青天年年今夜長見金波浴姮娥耐冷一輪細碾圓玉　況復地有名園人逢上客消盡愁千斛瘦石小橋皆逸情掩映疎花秀竹更上山巔龍川墓上爲我澆醽醁醉歸夜靜滿身零亂金粟山上有宋劉過墓

入手峣削不可迫視後閱跌蕩間冷姿態横生

抄

念奴嬌 百字

題劉震修小像即次原韻

平生謾罵、笑紛紛眼底、汝曹何物、醉後辭家盤更句、淚徧倡樓粉壁、柳絮縈鞭、花枝低帽、狂殺何曾歇、側身攬翅、角鷹颯爽毛骨、誰料同學少年、半封侯去、剩我漁舠隻、擊碎唾壺顛欲死、往事明明如月、君賦離騷、僕歌老驥、一樣閑情切、中秋近矣、人間萬頃晴雪、

彊善堂主人對讀

前闋陵健後闋蕭騷筆端變化乃

尔

草色天光一抹青，月移雙影度中庭。笑從烏鵲橋邊指，依約郎星映小星。亂餘益怕說分飛，席帽衝炎計悔非。茶竈筆床安置好，與卿從此總相依。

園中携姬人納涼之作　筱帆

此余丁巳年自題歸里時所作，隨手置檢討公詞冊內。次年入都，以詞冊付工裝訂，工人不諳文義，誤將此紙裱入冊中，可嘆也。辛酉三月小蕃記

念奴嬌 百字

賦得朝雲墳在落花中為黃天濤悼亡姬陸羽嬉作南陽鄧孝

威有絶句云休踏疎簾還遠望朝雲墳

在落花中天濤有一扇〻上丹圖此景

南陽詞客、慣多愁善感、最能吟寫、近為黃郎題恨句、淒咽如聞

夜話、說道江鄉、每年寒食、細雨啼山鷓、落紅萬斛、朝雲墳在其

下、更被水墨輕描、丹青濃抹、信把愁腸惹、短〻墓門花似血、

點入倪迂小畫、蝴蝶成團、蘼蕪滿路、鬧殺前村社、詩情人在、為

他淚點銀帕、

抄

萬年懽 一百字

贈宋子犢先生七十次朱致一原韻

碧海青天，歎橫江下瀨，樓櫓非昨。貝闕龍堂，彈指綃宮乾卻。槍卧綠沉休拓，任半世、鳳飄鸞泊。閒排纂、世史長編，朱黃細界疆索。菰蘆景瞻，誰知向窗前諷唄，肆上九樂。老興淋漓，一笑人間輕簿。郎氣地山猿鶴，只一語、臨風桐託。囑渭水、好把綸竿藏卻，且付春鋤。

遶佛閣 百字

為李武曾題長齋繡佛圖小像

冷牋雪研纖膩滑笏恰稱[illegible][illegible]偷覷閒把有人認是年時瘦詞

駘俊游都雅帽影景離粉衫縷沾麝纏雨啼鳥略記小驛香醉

題帕懽事一彈指可惜花開多易謝此後鬢絲絲只兩鬢時聽

且料理心情消向蓮社帶笠低並捧一軸迦文絹帶經車灑傍風

前冷漏斜掛

武曾人淡如菊此詞描寫可謂盡致

澹淡蕭疏並見武曾風度 竹逸

抄

木蘭花慢 百一字

夜坐偶感

正三更打徧，小簾外，雪花飛。有魏專監奴，天雄內宅，祭渭黃皮。

歇二縣錢會食，契兩行工蜀霧成圍。銀甲山崩鶩玉，舟犯籍

争揮。依稀聞拆，宣遞覽語，笑旋翻話，笑貞公是吾參軍蠻語

相覷然是只如今鸞斗點記綠窗細數游絲情與睡眠佳穩

木禾然美

凄涼雙夢著非

是否宜補錄入作[illegible]第總冊之首

厮隸喧阗吴姬梟娜何堪對寫安得
不坐如針氊耶

抄

映山紅慢 百一字

竹逸用湘瑟詞詠石榴韻

彊善堂主人對訖

三月廚娘，作窈窕、椋桃花滿。恰園葵、金雞過幾，葉新長，臙脂三五。

湘娥竹下啼猩雨，灑鶬淚痕映空山暮。算風味世上，侯鯖襟戀憔。

石山館下，極望嫣然，果已向幽窗，崔何正此際，太常齋日。

摘珊瑚一樹，宛然餘影，還自芳香，賸向錦把，丁寧檀寫，封人共鹽，糸魚言人陳十住誤。

飛下徐花燕羽

○○逸

秀發

雅絕

嬌情至極，着紙欲飛

松下清齋折露葵，輸此芳艷。一結幽渺入微。

抄

石州慢 百二字

題家别駕京人孝感冊弄感舊游次史蘧庵先生韻

旅客睢陽古寺開元，水木妍雅。我方避暑，兄過挈榼，一樽同把。

詎知别後，使君風木衡悽，書來雙袖鮫珠瀉。慧擬補白華，詩備廣

微烘鴻雛，畫纏綿至性。恨抵萊衣，感深封鮓。太息鯉湖雁杳，

遼城寉化。飯僧香積，啁啾百鳥悲鳴，靈旗方惝恍。凡爲馬鬣事，編

流傳，得之余季也。

用韻兀奡雖奇，視鄙作爲小巫矣。

抄宴清都 字百二

曝日也

雪後同雲盡，遥村外、早霞一縷紅暈。扉曦初赤，凍消霜砌，結節恰傍陽坡，喜黄土、泥墻籬際。有三兩、溪友山翁雞

矮屋隣迎。

閒邀趁煖，迎富日、黎參蜀酒新嘗，步閒清

親語軟，無愁無悶，路傍多少行客，奚焉冰花膠鬆不負

想窗紫風光穩

多少長安名利客，機巽使盡不如閒

為讀安詞而憂者

今日月户氷簷蛙鳴鴻呌安得如此

好景嘲訕名客耶讀罷掩卷三嘆

逡。

抄

齊天樂 百二字

梅廬花下送潘元白之劍門[redacted]友人之彭城

笛聲樓上飄來細，又了一年梅事。有客花前，作紫縛絲袴，送至次五陵佳氣。昭王養士，築百尺金臺，憑空飛起。今日遊燕，問誰買駿知心。彭城有人，並艓數蕭條，徐泗沙淘浪洗。長亭遠淺，有如此。彭城

深杯送一樣，故人千里。清明上巳，算總是柔郎住為佳耳。欲浣離愁，倩半江春水。

弱柳新鶯彷彿似王景色

抄

如此江山 字百二

楓橋夜泊用湘瑟詞楓溪原韻

楓橋漁火星星處、鐘聲客航仍度、微窨簾幙、依暝帆檣夾岸多於津樹、船娘吳語、為蘸水拖烟舵來、如許、不管人愁、棹歌杳靄掠波去、如眉月棱半吐、想當年曾闘舘娃嬌嫵、夜市聽鶯春衣撲蝶夢到小將圓賈誤鳴珂舊路、問冶葉倡條可能如故、撩亂心情化茶烟一縷、

神似清真

種穆秀脫詞至此極無餘技

抄

水龍吟 百二字

送梁溪同府吳伯成先生新任閩中臬憲

彈指詞人對讀

無諸城已銷烽鷓鴣雙弭熊旛舞鮫宮浪偃鯉湖波靜鸛月榕
浦荔子搖丹石華漲綠海雲佳處伏九龍仙令二泉茂宰洗兵
馬為霖雨　只我離情萬縷遂留成攀轅士女摩空瘦鶻倚墻
病驥飄零誰評落落禰衡泛泛鑒中裝此身無主送千秋鮑叔紅
旗靜電向閩天去

昔阮亭去後平山風月遂無主人

々伯咸明府復唱驪彩伎三千珠履
從同宴着衣喫飯耶余与爲兄皆因
年而未嘗一謁於甚歲貰厚待故人
所爲諸君卧轍也 玖庭

水龍吟 百二字

壽尤悔庵六十用辛稼軒壽韓南澗原韻

曾經天語憐才，如今老卻凌雲手。開元鶴髮，茂陵鉛淚，海天非舊。長樂笙簫，連昌花竹，可堪回首。笑軟紅快馬，呼鷹緤犬，當時事、還能否。

檢盡瑤臺星斗，水哉軒、夜明如晝。離騷一曲，清平三調，小盤珠走。漢殿唐宮，前消幾度，花陰杯酒。聞箏琶腰鼓，紅櫻綠筍，上先生壽。

如許以淙激壯纏綿懽玉以辛蘇之歷落寓周秦之温麗遂成獨絕

壽朱致一五十仍用前韻

花前日飲近何々須轉佳擬秦手運渦筆頂采裁蓬島月明如

舊歷々神州說々知已幾場搔首問王家可點楠窮靈寶今高

有其人否金印由他如斗且逍遙樂欄紅畫莫愁雙伏只須

詑卸任呼牛走撥蜀前佳太心母半床冷氣來千杯熱々酒嗚嘉九年老崔秦

時毛女捧卮來壽

藤柔在筆墨畦徑之外迥非凡響寫人向

曲曲處低徊不能多讀

抄

水龍吟 百二字

壽黃珍百七十用稼軒詞韻

潛宮與衡乃太遠，易去與二字因改

強善堂主人對訖

楚天解組歸來，顛狂肯放杯辭手。番鷄一曲，千場保社，百年親舊。

起舞婆娑，好風吹帽，野花簪首。試酒酣重陪潛宮，烜景仆髮，

歸從前否。君說崖歌峽斗，亂猿啼，絕無昏晝。岳陽樓階，洞庭

波浪，銀飛雪走。一笑浮生，杜陵花鳥，信陵醇酒。命喜錢、驕語爾

書還總讓，才人壽。　傲睨自得，空後知己，人間以猶福。

慷慨豪宕，不落祝嘏常套，視稼軒

作又加一等矣

水龍吟 百二字

上觀察金長真先生

當時懸瓠城頭，經過已切登龍願。一星忽到，三吳重地，藩公司憲。建業旌幢，廣陵笳鼓，歡聲騰徧。更庾樓鄭驛，錦袍銀燭，高會畫東南彥。

伏謁敢辭踈賤，況盈盈、鄂君舟便。時同健庵學士渡江亂帆吼雨，西風駭浪，珠飛雪濺。聞說平山，歐陽舊蹟，画堂重建。願從公之後，闌干醉倚，眺秋江遠。

00

送入我門來 酒三字

釀酒 金陵泉署作

閒倚屏幃，指點管家鄉，貿事縈繫，遙想相思，霜鬢章緒，最佳哉村

〻燈火收，紅霽便小，羅我鳥黃，沁〻棠排，精床壁役，問真珠箭滴響

亂蕭齋。今日晴朧，早定料釀，王事業不到，五星縈僮，要渡溪橋

策破蒼苔，經過樂王盤，鉦熟餅，一路梅花撲鼻，來笑東風將軟

酒旗漸漾，映水沿街

髯叟不飲，与僕偶見少石之目同馳神

礦手如形那娘以念却云不在酒

似讀無功醉鄉記蕭岑孤邈令人神

骨都清

送入我門來 百四字

丙辰除夕雪用草堂原韻柬里中數子

爆竹驅儺轉船送鬼飢腸鳴鬭春雷榾柮爐紅訂布漫相圍一
年陳事騰騰去被玉兔金蟆曉夜催山城內多少釵幡翠翦樓
幔紅開況是六花披拂阻隔狂朋佼侶吟笑誰偕愁譜淋鈴
絃促柱全摧情悰悽比商船婦又略似飄零雷若木幸東皇解
送梅魂雪魄入我門來

僕終是夕作詩云雲裡藏山孤峰白鳳

右握筆字假定可見我輩感時際
情形近

霜風淒緊關河冷落置身此際真覺
我生之為煩

抄

歸朝懽 百四字

壽馮殿閣太史五十

幾載日華東畔住吟盡上林盧橘樹暫因休沐臥家園舍傍別
築鶯花圃曉峰晴可數玲瓏小鬟添嬌嫵雲容淡風光鱸魚吹雪紫
燕畫梁乳水榭潭香生一縷閒課雛童煎日鑄定瓷翠滑最
憐渠南藥且了朝來註掃花蓬萊侶平參鑾鶴堦前舞頌年年
朱顏綠髮雙向鏡中駐

影疏壓壓輕鬟卷懶踏時無聊思細撚紅絲蝴蝶

以上人懷

新晴

此數字是　先從祖少滴倩公少時之書余裝訂此冊時失

於檢點遂為工人誤裱冊內　辛酉三月重記

永遇樂 百四字 抄

馬殿聞太史招飲兼以軒中遣懷詞見示即用來韻奉柬

碧浸籬門、青粘屋角、風葉鳴路。山後池塘、水邊簾閣、色染瀟湘雨。鳴闌鹿柴(音砦)、棕鞵桐帽、閒數花鬚微步。月長時、據梧提麈、清談大有支許。金門賜第、玉堂延客、過賞蕭齋、烟村絲竹朱櫻、金蘿雪鱠、臨別重尊佳住。少焉暝結、且隨漁唱、挺艇悠然而去、還更訂、相期頻持香茗、共消晨暮。

卯子馬景草星硃點

永遇樂 字有 四

健庵立齋兩太史步過半繭園九來有詞紀事余亦次韻

映竹為園借花藏屋疊石成路綠水闌干黃梅庭院翠滴衫邊雨蓬萊人物峨眉兄弟小覓池亭幽步問誰將粉本蕭齋畫得如許

徘徊徙倚墊巾脫帽隨意臨流選樹掇茗桐陰攤書蘚磴聊伴沙鷗住斑斑雨點陰陰麥浪分付棕鞵歸去呼艇擔風燈颭夜水鐘敲暮

[illegible]呈 [illegible]學[illegible] 小[illegible]年草[illegible]

永遇樂 百四字

丁巳夏日壽吴靜安太史

此日佳哉，衆賓樂甚，爲鎮西舞。閬苑凉生，玉堂碧浸，瀟灑原無暑。詞臣賜讌，郎君摋桂，幼者還如衛虎。算從來、袁楊王謝，郎家古今誰伍。

百年纔半，萬般休論，暫押滄洲鷗鷺。荷漸成裳，將看粉月，又窺銀浦，楸枰茗椀，笛床書幌，非朶几間摹歐褚。年年小紫蘭開候，滿斟緑醑。

到紫蘭開候滿斟緑醑

窮巧極妍，却似白描筆仗行之真

神手也

校

霜花腴 百四字

蟹

雁行陣陣帶夜來西風蜀舸鄉簾鈎偏值新晴且謀小飲霜螯最是宜秋晚軒更幽點吳鹽玉腕纖柔笑人間萬事鴻毛只知他何物是監州

爾雅讀來須熟莫移封越作內黃郭索書

低斟句隃春醪灩灩光浮菊花頭負使聲郭索側和甘

半捲風簾催人向樓

用事巧妙一洗填詞呆板之陋

飛雪滿群山 一百五字

白門署舍對雪

紅板橋南，錦衣倉口，粟綿舞縵漫漫，沙淅瀝，足飄颻，偏倚

屈戌敲彈，巴巾歌玉樹，想千載瓊花未發，獨憐對酒無緣綠蟻，徒

寂寞強憑欄

記起景陽宮舊事，玉兒縞素，憔悴窗鑾，討真負不

禁酒狂蹤，發迷，宮樂無端，鐘陵消歇，翠捲氍毹，幕渾如問，檀來

朝涇去，漁蓑披了，江上看

感慨也源絕綠宋人金陵懷古諸詞

銅駝紫陌之感觸緒紛来令我不忍卒讀

拟

泛清波摘遍 百六

立秋日憺園塔影軒作

稍聞茶響，似有蟬鳴，便作冷香空翠想。無聊無賴，綠水之廊邊自來往。凭闌望半房蓮子，幾節篁絲，誰信已將秋細釀。壁底樓前，今夜明雲分外淒爽。

暗惆悵，蛩語依親枕函，砧音漸生閭巷。怕是愁人此時易添羈況，滆湖上，屋有月嶼風潭，非無釣船茭橈，何不五湖歸去，傲然嘯長

望明河 百五字

丁巳七夕玉峯作　是歲明日立秋

冰輪尚缺。已耿耿流輝，盈堦鋪雪。潭子空香，較蓮子清芬兩般誰別。小荒唐稗史語，認做是鵲橋佳節。想無數樓上穿針兒女，凭闌低說。　風前老顚欲裂。問青海幾處，玉臺銀闕。明日西風，怕點上許多無情華髮。碧簫吹來破，又躍入龍堂變精鐵。喚他起須倩狂奴醉舞，冷光潛掣。

抄

望海潮 字百七

胥門城樓即伍相國祠春日同雲臣展謁有作

鼉咍鯨吼，龍騰犀躍，胥江萬疊驚濤。沿水敗壘，[illegible]風[illegible]，千秋尚祀人豪。英爽來全清，正繫纜書帀，點霞方，太息承麾我來，還為拂蕭蕭。

城樓徑直層霄。悵蘇臺[illegible]鮮，相望山崗。西子笑時，包胥哭後，霸吳入郢徒勞。諷淵響弓刀。笑稽山越樹，今也逢嘗。鼓起神織，倚稀疑吳市中簫。

臨流唱嘆看江影，彿史識詩中可補。

呈栻

春秋

伍相有靈當駕素車白馬而聽此曲異代知己

或亦不下包胥當年

選

計字一百八

過閶門感懷用湘瑟詞韻

銅駝夢華之感，借題抒寫，令我淚漬青衫。

春波回綠，把船檻和愁倚徧。記舊日膽娘門巷，人在畫橋南轉。
靠他家一樹枇杷，流鶯日日啼歌，翎何燕子樓邊，鶯兒酒內生。
愛花憐柳春。到今日思量處，空爇盡沉香火，慢被東風幾陣。
晴絲一夜，吹將往事連天遠。鮫珠休濺，便玉京仙園也，催風景。
年年樹閒愁，莫愁城下，紅桃正綻。

舟次惠山再疊前韻

選

蓬萊山下海波淺
麻姑爲僕

楊柳岸曉風殘月視此何啻傖父

綠楊金線記此地經過向偏曾舊遇水仙祠後月裏游船初轉

記凭幾樓膩粉闌干水晶簾子桃花扇正一色衫紅兩行蛾綠何

處鶯儔蝶春

聽檀板孜孜拍似唱到小秦王慢恰水煙一派

衝開笑語鼓兒撾了人兒遠年光濤濺也思量再覯重來無奈

心情換尋春須早莫待百花齊綻

風流極調自顧古人誰

擲

選

抄

山下與顧景行話舊三疊前韻

[illegible]

風箏脫線向水驛山程繞偏笑十載求仙任俠只有金丹難轉

又那知舊侶重逢淒涼似說秋風論燭前情青衫少日曾

訂厚盟深眷　且與作開元諸聲漸際四條弦漫笑年來爾我

行藏略似交情直比春山遠酒槽珠濺向當壚小語香醪可許

新詞慎惹他一笑欄邊臨風微綻

結語嫣然更深煮字療饑之感

秋風一掃無地傷哉

子獨為景行言之也

抄

疏影 百十

題影字

咏虞山毛氏汲古閣兼贈斧季

絳雲燼後。有隱湖小閣。突兀晴晝。錦褙團窠。戔引泥金。珊瑚石尉休鬭。黑花蝕處香偏洌。官窰何須覓毖。記開雕北宋南唐漢碣秦碑同壽。　寒具慎教輕觸。牙籤除付與。萬玉纖手。灔灔油窗。的的春藥。靜對瓶花句讀。纍纍便是劉伶鍤。縱萬戶千鍾何有。任誇他帝子臨春。比閣更饒妍秀。

選

疏影 百拾字

獨坐祖園聞顧庵約園次在吳門未及一晤詞以寄懷

軒如畫舸，載筍床茗椀，終朝閑卧。鬭酒生涯，桃笋年光，恰值濃春剛過。菖蒲散好慵吟寫，說不盡、心情難妥。似綠窗、一種嬌憨，懶對盤龍梳裹。　聞說淛中老輩，丁儀共曹植，也客江左。小鬟鸞黃，小袖雲藍，笑口思量同破。空園寂寂誰傳信，且閒倚、赤闌橋坐。正水邊、颭起微風，滿院綠毬花墮。

詞人未到這一種風情，詞壇獨讓其人

題後目好

抄

八寶粧 百十來字

詠荷錢

欲綻紅衣將擎翠蓋先放錢錢葉大已自成盤休許客有琲還
能盛果水邊樓上誰家嬌困慣攜五銖閒向欄干簸不料繼渾
深處偶然輕墮　幸值綾步江妃將絹攬取青蚨猶未曾破又
怕被土花偷涴傍綠水鋪來停安笑笑樣皆般誰做祇如鵝眼
些兒箇中未解遊藏彩鴛莫便一雙卧

此十五盈盈初嫁時也王家桃葉便不堪移贈
矣簡公近事可妒巧借荷錢欺人耶　或亦欲盡理還
之喻乎

6

○

抄

沁園春 百十四字

留別韓聞西 彊善室主人對記

昔客京華，花月無愁，文章有神。記歌終慣寫，念奴笛曲，酣來曾吐，坐相車崙，俠骨嵯峨，壯心騰上，肯受藍田醉尉嗔。休驕肆笑，本非殘客，詎是窮貧。

百年幾度佳辰，且乞取溪山自在身。想後園鶯燕，新篁尚澀，小橋梅事，瘦玉將殘。戀棧何人，為脫帽亦可。歸歟，趁風光美早春，難忘處，只隔窗燈火，兩月情親。

摩去駿龍當受縲綠工彝律宜其

御筆遣歸何与我相如作伴也

偶憶同父斬馬事稼軒自是俊物豈
待越石辭去而後謝耶信哉秦無人

選

妙

沁園春 百十四字

題袁孝子重其負母看花圖

吉貝沿街，椒殼叢闌，葵榴映牆。笑三牲五鼎，貧家時缺，千紅萬紫，夏日方長。衣着斑斕，躬為痀僂，負得萱闈出北堂。籃輿少，笑相君之背，勝匪惟（？）。

筍雞藥塢，偏惹向髮逢迎，歡意轉傷人記。早氣歌鴉花誰上鬢，中宵東鳳單畫紫腸人說，說賢天教健。攜畫還憑顧長康，快圖來較，看花上苑，事定誰強。

重其負母圖題者多矣，罕年歌鵠數語

陈髯獨標新聲

6 ○

抄

沁園春 百十四字

贈徐竹虛 竹逸令弟 家有我園

彊華堂主人對訖

彼君子兮，菉竹青青，而中若虛。是何家第五，名齊驃騎；蜀中揚子，賦似相如。疇昔賢兄，滇雲遠宦，常羨優游下澤車。今偕隱，成往來二老，西淵東籬。　我園景物蕭疏，有雪檻、烟廊水竹居。笑磕頭促膝，一群梅鶴；望衡對宇，幾箇樵漁。與我周旋，小園日涉，近手花枝壓架書。他家事，笑平泉綠野，乃作寒墟。

清眞如話，填詞老手，親傳粉黛綠志

同畫千里光韻

選

沁園春 百十四字

舟過楓橋見鄰舫女郎倚舟攬鏡同弟緯雲賦

節是花朝，地是姑蘇，天又新晴。見參差畫舫，紅欄粉幔，嬌嬈飛燕，翠袖銀箏。衆裏一人，憐馬自惜，出匣圓冰響一聲。玲瓏甚，爲綠窗浸水，覷得分明。

酒潮瀲灩初生，便周昉丹青寫不成。正畫眉橋畔，籤錢年紀，淡蓀灣後，撩鬢心情。百幅鵝黃，半篙鸚綠，碧浪東吳處處平。誰識取，又一輪春水，織筍斜縈。

如聞其聲

是此雅題宜是此艷詞雖在褰帷擁髻脂水倚窗閨中作

迦陵多未必然亦何妨只賦之乎殊為此女寫神無限

又。

沁園春 百十四字

贈雲間何伯輝 工治 △

有地行仙作大樂王我今見之自兩儀失曜光翻銀海百靈奮
怒訣付金鉋日月爲璫陰陽作治爭豐光明藏導師分明甚見
月中蟾兔世上醯鷄古今幾箇英奇戲邀取先生妙手醫是
周時老輩高餘左史秦庭烈士霍後漸離半黍空囊幾莖仙鬢
發覆開矇在此時吾還已爲看花霧眼并仗君治

寄情曠筆便如風雨蛟龍爭發並美。秋
手排異雄偉氣俯視一切

迦

沁園春 百十四字

初夏同徐李重張邑翼朱致一葉九來家躬乙汎舟郭外

過晤葛龍仙於攸聞上人精藍兼送龍仙之西村別業

半艇晴雲兩岸楝花滿禽喚風正坦迤江鄉繞籬竹樹零星烟

寺映水簾櫳渠几明窗禪床茶磨天許閒人作亥中同僧廚綠是

盈香侭摘筍嫩繞烘何須避世墻東有無數前游似夢中記

當年漫興流連花鳥平生豪氣傲睨雲龍能幾何時一寒至此

對坐相看鶴髮翁桃源路倘漁郎尋到莫遣雲封

駢麗中音節瀏亮詞義激揚不止流連
景物叢擇艷藻爲一時絶事也一往移
情亡我作十日書
讀先生此等詞輒歎喚稼軒作老兵矣

8 迭 6

秘

沁園春 百十四字

彊善堂主人對記

溉堂先生客南昌幕府屈首經師已踰兩載甫歸廣陵詞以訊之

純是自寫胸懷溉堂得毋同身結

尤冷情

奇孩以磊落人而注蟲魚猶然訊之況鬚如蝟磔縮居幕下與同驥渴屈依經師車廄三間兔園半冊求我童蒙極角兒真奇事似販茶商婦出塞文姬

墨磨膺鼻能爲乃夏楚終朝手自持更灌嬰城下三年烽火彭郎山後一片旌旗月黑燈青樽空夢破想見書堂兀坐時歸來鬢惹小蠻怕問雪到如斯

迓

題汪舍人蛟門少壯三好圖

圖作群姬挾箏琶度曲擁書萬卷數鴝尼醉酒其旁圖上題詞甚多豹人則欲開閣禁釀于皇則欲焚硯燒書二說紛然余故作此詞

酒庫經堂，正競箏琶，客聲沸，傳是秦川遺叟，整襟而入，杜陵野老，列侯眼而前。或道荒淫，或規放誕，於語訴辭盡可傳。喧遂甚，似輸攻墨守，訟箏爭田。　不聞博弈猶賢，但適興焉能便舍旃。況溉堂集內，頗言聲伎，茶村暇日，詎廢丹鉛。卿論誠佳，吾從所好，須喚蠻娘鬪管弦。牙籤畔，漸玉簫風起，吹動觥船。

借賓作主，懽悅恣肆，腐遷得意之筆

酬贈黃交三即次原韻并示尊公仙裳賢昆月舫

8

疊三四年來老惰亡聊惟耽小詞任世皆嗤僕爲無益事人方目
我是有情癡花月前生水天別館似夢年光暗裡飛菖蒲紙把
心情淡寫偷寄崔徽　君才十倍陳思怨愁病羈窮屬和遲況
豪吟老便聲情銷落狂歌法護才調恢奇我渡京江重遊隋苑
惆悵閒行杜牧之當年事記萬家水樹紅袖齊出

老筆橫九州

選　

八歸　百十五字　

杜家廟距濟南四十五里有旅舍頗幽靚砌下玉簪一叢
尤楚楚可念徙倚久之詞以寫懷

鞭絲小弄征塵乍浥雲水一片寥廓涼橋卸馱郵亭憩遥送明
湖月影突垂氣森濤小閣矮窗新粉壁更繞砌疏枝幽艷堦之處
暗着花名瑣事頓縈看　惆悵臨行那夜低鬟偏髻惜別心情
故昨側門迴盼倚欄人在扶定腰伺纖弱歎萍蹤一霎峽雨湘
烱楚天各方思量瓊釵滑膩枕畔朦朧三更和笑落

此词恐不可与周姥读

迦

賀新郎 百十六字

贈何生鐵 鐵小字阿黑，鎮江人，流寓泰州，精詩畫，工篆刻

鐵汝前知者。曷不學、雀刀龍笏，騰空而化。底事六州都鑄錯，辜負陰陽爐冶。氣上燭、斗牛分野。小字又聞呼阿黑，訝王家、處仲卿其亞。休放誕，人笑罵。

蕭踈粉墨營丘畫。更雕鎪、漸臺威斗，鄴宮銅瓦。不值一錢疇惜汝，醉倚江樓獨夜，月照到、寄奴山下。故國十年歸不得，舊田園、總被寒潮打。思鄉淚，浩盈把。

運筆既豪，縱之金鐵皆鳴

雖奇光怪如豐城獄劍上干
星象豈僅鐵牛錚錚哉

迦 賀新郎 百十六字

春日拂水山莊感舊

峭壁哀湍瀉。枕春山、此間原是，裴家綠野。金粉樓臺還歷歷，已被苔侵綠褥。有蒼鼠、竄穿藥架。今日西州何限感，指花枝、翻惹流鶯罵。誰認是，羊曇也。

西園疇昔高聲價。倩相攜、香閨博士，彩毫題帕。人說尚書身後好，紅粉夜臺同嫁。省多少、望陵閒話。公定還能賞此否，恐冥冥、東風戀柳腰月身姿炶黛綠正堪把

此詞全吐似嘲似諷比香山燕子樓詩更覺深婉

也緣氣慨絕似唐人銅雀
臺詩

校

賀新郎 百十

題思嗜軒為姜勉中賦仍用題青瑤嶼原韻 六字

軒前棗樹數株為貞毅公手植故以思嗜名軒

半棗經霜鑄記當年狂歌脣點甘同嗜鮓老幹虯柯三四本冷翠幽光團射曾脫帽行吟其下一自人纏風木恨剩檐楹只礙欹危怕蘿蔦翳離離挂三年淚為思親灑尋亭軒崢泓明瑟

重開圖畫粉壁隸窗仍靚好拭畫塵埃野馬果熟也莫從人打不是灑西饒說惜是前人口澤斯存者歌纂之陰堪藉

細譜孝思纏綿悱惻所謂詞有以
記以傳者是也

選

抄

賀新郎 百十六字

題郎官山雪霽圖送家伯騶還八閩

閩嶠盤天際悵連年幔亭峰高夢枕邊頻製得郎官山半幅
目斷層崖雪霽飛不透鷓鴣聲裡今日真成歸計悵漲蠻天一片
南還騎橈桹變家山味　　前灘與同鄉音細傍榕陰暗九萬顆
依然斜綴綠蠣房邊紅豔綻笑應門童御僕殷許飄零情事
少頃武夷君有語也頭童面皺驂鸞至騎此幾年歲

丁令威化
鶴歸來
同此悲
感

奇思妙語觸緒紛來真是詞場獨步

賀新郎 百十

繆園與毅梁話舊

鵑舌啼春冷記并州十年飄泊蝶使蜂倖花露微添晚柳信
閭闔香說飯歸多少簾痕帽影燭依新翻楊枝曲字斜行填上
春衣領只此事君應省江南四月殘紅靜又逢君斜陽一水
盈盈舳艫轉入芳園聊話舊坐數綠蕪三徑笑髮散來月佳定卓手吾天
鴻爪那能長隔住笑繫腰鼓袓徒窺井一彈指三生頃

字字生香言言韻玉班劉偶語情景如畫

賀新郎 百十

竹逸齋中紫牡丹枯而復生為填此詞

日煖鶯聲細。喜亭亭、依然玉琢，吳宮小字。轉別紅塵剛一載，還傍畫樓珠砌。都又鬪新興鬟髻。多少桃腮和杏臉，笑舊人、遠勝新人麗。論族望，雖陽魏。　看花漫憶當年事。記人名、一般顏色，幾般才藝。自被子規催去急，零落嬌香滿地。拚舞榭、為伊長閉。若使紫臺真再返，笑鴻都、枉用驂鸞計。花凝笑，又含睇。

如乘雲御風，驟然駕鸞遨遊其中，至樂不可言。

○6

抄

賀新郎 百十

舟泊楓橋同吳、廣、辟、小飲金閶昭齋中歸過寒山寺因憶昔年阮亭王先生入吳夜已曛黑風雨雜遝阮亭攝衣着屐列炬登岸徑上寺門題詩二絕而去一時以為狂今別去六七年矣悵然賦此并懷阮亭△

纜繫煙汀尾。見一派江村橋下，斜陽水市。西舫東船那可語。且過幽齋謀醉。恰海蠢蠹甘盈也。歸路歌譚如棧狹。映頹墻、倒出驚詫奇鬼。人道是。寒山寺。

寺門語向同行子。記王郎、昔年黑夜。

衝泥經此。掾吏兩行爭匿笑、、看官今何事、乞火照破扉題字。

今日滿廊蝸篆綠，捫壁間蝌蚪無存矣。誰會我懷人意。

賀新郎 百十、 六字

題孫赤崖小像用曹顧菴學士韻 圖中三女孫遠側

入洛人如璧、記當年才名爭數、江東孫策、況值賢兄新奪幟、謂扶桑殿元也細馬春游禁陌、看兩兩、油幢綉戟、倏忽浮雲生宮殿、十九年、罰作長流客、纔出塞、鬢先白、 京華握手鳴珂宅、劇悲歌、錢眉勸酒、酡酥行炙、今日閶門重見面、更盡杯中琥珀、總莫問、鴻泥雪迹、一笑披圖三珠樹、羨宗兒、皆字獝奴、又呼驛、獝兒驛奴皆前人小名萬戶、樂君休易、

賀新郎 百十

贈徐月士次友人韻

萬事都成眯。剗胸中、不平鬱起，峰巒崩崪。我有匣中三尺水，[illegible]泚。盡寒鋩冷鍔。夜〻聽秋城鼓角。青眼誰人吾竟老，喜逢君交道真堪託。忘不了，燈前約。　封侯自有嫖姚霍。且高歌、譚〻舞，我烏〻和。昔十載樊川狂客夢，贏得揚州一覺。漸移徧、四條絃索。綠髩黃花拚盡興，管來年綵筆驚河朔。休只憶，江南樂。

悲壯跳盪似工部贈王司直詩

選

賀新郎 百十六字　蟹舞堂吏對讀

送姜西溟入都

去矣休回顧。儘踈狂、長安市上，飛揚跋扈。誰道天涯知己少，本世人中呂布。伏彩筆、憑陵今古。伏櫪悲歌平生恨，肯車中、閉置如窮婦。君莫信，文章誤。

楊花細捲京江渡。恰盈盈、一組船兒，當柁樓撾鼓。屈指帝城秋更好，寄語冰輪玉兔。為我照、望諸君墓。相約當年荊高輩，噉明駝、侶載琵琶女。蘭陵酒，色如乳。

有崢嶸睥睨之態

意氣豪邁旁若無人者

抄

摸魚兒 一百十六字

哭王越生 越生常數夕作詞數百首，說云舊作其敏黠如此，故篇中及之

記年來、百無俚賴，郎將小令閒做。同巷有人才最敏，每艷句、頗能賡和。花影箋、寫小字斜行，各色蠻箋大攜來，說我每賦柳豪蘇。一宵立辦，說詩餘課。

誰能料、彈指一坏長臥，心傷腹痛車過。歷歷前游還在眼，郎當只來入夢，劉向隱笑浮世，生前謹語。

惟君可慎毋計左，不信看城南王郎旁，鬼夜雨絲絲哀怨。

新

只如說話

悲纏哀綫，不忍卒讀，結語毒喝

尤覺婆心痛切

妙語寫生可為春風原上第柳七也

掖

金明池 百二十字

臬署有寒伎屏鶴紅女史梅花畫扇感賦

歷〻殘更，況沉〻深院，坐令官齋燈燼，雨簷人聲漸悄又〻郎外。茶鐺將熟，想外邊片〻瓊英，都解向紅板橋南，佳殘恨何十尋。香無聊屏畫小檻窗紈零扇。遠〻意恰粉娥調脂，盈合和淚勻鉛。恐寒波飛鷺，沿格玩紛翠羽，沒綃帕全音，足料霜毫寫答成。時襯纖月，如銀斜支，歸去且吟，莫空花摩淨，抄扇也，笑探梅林櫳。

換頭以後筆〻如畫，但恐周昉黃筌無此烘染耳

彈壓儕輩定評

妙被畫梅譜綠濃詠梅詩同沈孫山
鄣尉方靚羅浮始媚
極蕭瑟中吟紅醉綠不減金釵十二
始見綵筆化工之妙

多麗 百三十九字

詠冰

玉壺中井花澈底都凝訝漣漪風穴佳處潺湲一夜無聲太冷

瓏鱗堂貝闕偏硼瑩玉梵銀屏烈士心邊佳人肌上一種晶瑩

彷彿當還應似飛仙劍俠灰冷萬縷[illegible]都[illegible]被寄寒苦凍鍛鍊

纔成

記前冬蘆溝南下歸舟卻阻河凌因絃彈頗黎劈裂萬

梃擊琴筑琮琤玉駁鉸總珠飛兒孔蓬窗千里夢魂清回頭笑

京華象年歲歲火雲蒸還虛歉沿街六月喚買京冰

是髯公自道何關冰事

奇思妙理錦繡璣求先覺誠屬

神手

瑤翻玉灩鼉吼鯨呿絶非人間恒境

学綠衫同花紅面似古人題句
寧林里卌二郎

多麗 百三十九字

清明兼上巳 丁巳

笑風光依稀纔過，傳柑又取次，韶光媚眼，今朝三月逢三，映一
行、水邊粉緤，幾簇、橋上紅衫，皂筴園中，丁香樹下，春人影落
百花潭。又何處、東風作陣，吹綻碧桃緘。從古是、清明上巳，兩好
難兼。　恰經過、幽坊小市，衣痕鬢縷簾纖。翠鐵招、流觴巷地，黃
鸎喚、潑火城南。艷粉墻頭，紅香帽底，花枝婉娩礙晴簷。爭留住、
餳簫戲鼓，准擬待、斜陽歸來晚。梨花院宇，情緒懨懨。

春人影落百花潭是未經人道語不知者以爲張三影矣

迦陵詞

蜀中後學李準敬題

右原本少柳舍人處
二部科
迦陵詞寓園閱訖抄訖

此本係寧堂詞已有刻本尚缺抄十八首

石

南鄉子一体
赤棗子
法駕導引
幷州子
醉太平
點絳唇

浣溪紗又
偷聲木蘭花又
好事近
散餘霞
相思引
画堂春

山花子
城頭月
南柯子
醉花陰
採春令一
雨中花

鷓鴣天
花間虞美人
賛成功
鳳銜盃
侍香金童
獻衷心

芭蕉雨
玉梅令
鳳凰閣
殢人嬌
隔浦蓮近
解蹀躞

風入松
婆羅門引
四園竹
側犯中調
紅林檎近
爪茉莉

洞山歌　秋水　鶴沖天　石湖仙　愁春未醒　鵲踏花翻

塞翁吟　滿江紅　水調歌頭　滿庭芳　夢揚州　塞孤

滿庭芳　八節長歡　天香　八聲甘州　醉蓬萊　揚州慢

長亭怨　月華清　玉蝴蝶　高陽臺　垂楊　念奴嬌

百字令即念奴嬌　龍山會　五福降中天　東風第一枝　換巢鸞鳳　無愁可解

萬年懽　遶佛閣　燕歸慢　翠樓吟　月當廳　桂枝香

陳其年詞集序

同學友弟蔣平階大鴻撰

今天下工文辭稱才士者且甚多而吾必以陽羨陳其年為之冠盖以文章家所應有之事其年無一不有而其所有者又能度越餘子故也予與其年壬辰定交早定此目迄今二十五年所見後来之儁又不知凡幾而終不能易我昔日之言何哉豈天之生才止有此數乎哉其年詩古文雖世人不能盡知然大率

震於其名知與不知同聲推服獨填詞爲其年生平所亂忽未有專書予以爲此不足輕重乎其年也今復示予迦陵詞集五卷予發而讀之竊謂今日之爲詞者又可廢矣此如搆名園者必稱主家沁水石氏金谷蓋以天家貴女耦國高貲率其材力雖搆數十園而停有餘裕然後以之搆一園則雄觀麗矚（殆）非耳目所常經矣吳下有顧辟疆者隱約之士亦以園名彼一丘一壑之幽奇從能窮天工極人巧而蹇畫之

態不覺自露又何得比于煌煌鉅麗哉吾謂其年詞之工不工于其年之詞而工于其年之才人必見其年之詞而后稱其工何足以知其年矣

南鄉子 二十七字。

老杜以古樂府直翻時事此詞可與千載競爽

江南雜詠

天水淪漣穿籪一隻撅頭船萬灶炊烟都不起芒復落日撈蝦
水田裡
躨魍喧逐楓根漬滙綫成一灰澤國不知山國苦銅鼓[illegible]巫覡夜深
作蠻語今秋水鄉盡沒而山民復十室九病故詞及之
戶派門攤官催後保督前團毀屋得緡上州府歸去獨宿牛車
滴秋雨

鷄狗騷然朝驚北陌暮南阡響西風狸作人言如鬼老拳挪家
騾鈴尾
萬艘千船今年來價賦常年官可富房填蟻穴愁絕不願官家
言改抑
大為痛切
笳蓋從風旁旌竿十丈壓桯紅下式相如第歷笑驚昔同輩屠沽
并傭保

赤棗子令 二十七字 末二句對。即桂殿秋

偶紀

春漠漠，雨踈踈，綺窗偷訪聽濤居。凝情低詠年時句，人在東風。

二月初九結句余舊作無題詩句

艷句撩人

甘州子十（抄）令三　三字○

新霽同湘（南耕）散步，（原）竟向園亭主人不在，題壁而去

○沁園春在畫橋○，雨花月價賤如泥○，碧城高○與粉牆齊○，擬把○數行題○，題題未了，斜日亂鶯啼○。

即景雁句他人正不

維揚華

又（抄）

○銅環半面澁，鎖鸚鵡，鸚鵡睡○，懶呼茶○，臙脂○月○新新○，小窗紗○，柳線漸勝○鴉○，無人到○，開徧○一○園花○。

此弱柳新營

嫣在雅絕

法駕導引 弓字 三十 抄

渭公禮斗甚處詞以紀之

銅芝盞，銅芝盞，縹緲結祥烟。碧奈花開忉利市，紫陽宮近夜摩天。一枕小游仙。

又

西風動，西風動，閶苑一愁無。毛女弄琴紅捍撥，井公戲博紫樗蒲。閒話鮑家姑。

又

彊善堂主人對訖

元始殿、元始殿瑤陛一層層、丹竈經聲仙院笛、瑤池千盞雕壇燈、人靜露華凝

又

梅廬閉、梅廬閉長日不曾開、絳帳黃絁晨控鶴、綠章赤篆夜扶鸞來往總仙官

雲璈天樂鐵遂儺音至人神

遊玉霄了好

抄

醉太平 三十八字 ○ 対

題孫無言半瓢居傚宋人獨木橋體

顏淵一瓢。先生半瓢。傍人笑問團瓢。是吟瓢酒瓢。巢由飲瓢。

先生住瓢。行窩何處非瓢。任肩挑壞瓢。

引顏淵以一字起半字，引巢由以飲字起住字，真

是巧法雙絶。結句尤得無言歸黃山意。

抄

浣溪紗小令四十二字 抄

陸上慎移居東郊 照前詞抄甚佳

彊善堂主人對訖

背郭沿溪路不遙，杏花村裏菜花橋，故人和燕定新巢。藥果煖分花影曬，漁簑閒受柳綿飄，小樓長聽雨瀟瀟。

又 抄

水驛家家看打漁，晴簷日日鳴提壺，知君高臥一愁無。 不可

小詞填幼婦，不妨新論著潛夫，明年花下聽鶯雛。 好辭

語語真色，欲語淨洗，句面與天下婦人閱

好極

偷聲木蘭花 四十五字 抄 对

咏錢

青蚨鑄就開元字相看似有團圞意欲籢還慵惱煞輕狂小沈充

來好卦全無准買來好事多無分揄筴由他偏逐東風不看家

擲

擲

性真可真，何似好　當

好事近　小令四十五字　抄　対

丙辰早春得雲間張洮侯寅冬所寄書

春水錦鱗通。忽把故人墨跡。一紙三年纔到。詳紅牋無色。

初高讌五茸城。畫江東裙屐。記得傀俄酒態。有瓊筵醉容。

好事近 四十五字 抄

食蟹憶渭公 時渭公以禮禮斗齋宿道院 对

覺善堂主人對訖

○溪友饋霜螯、細擘纔嘗漫嘆、更憶精庖細注、賞半窗晴碧、游仙今夜憶曹唐、正鎖旌陽宅、料在雞壇深處、倚空庖吹笛、

儘此時人遂争供吾詞料

抄

點絳脣 四十一字◦

舟行秋望　幽景可思

歷亂烟村◦推篷愛煞晴秋爽◦柴◦門◦罘◦㯶◦風◦定◦誰◦敲◦響◦野鴨濛濛◦懶漫勁依槳◦漁罾莽◦鷺飛兩兩◦觸損玻璃樣◦

一幅漁村圖

沙

散餘霞 小令四十五字 対

十六夜即景 元夜暫晴此宵復雨 彊善堂主人對讀

昨宵皓月涼於水，粉漫萬家，彈髮花下，幾兩車兒翠盈盈，偏穩。

今夜紅燈成陣，被雨絲淹盡，一隻銀鴨床頭鎮獸獸春困。

姍姍而来步有餘妍

抄

相思引（小令四十六字）

元夕後二日夜雨即事

彊善堂主人對說

綺陌將收五夜燈、後堂鐙到第三層、畫檐殘燭、細雨恐難勝。○歌板鼓愁飛火鳳、枕堅貯夢結紅繩、覺來還記、踏月六街燈、

寫情布景踽踽欲動

抄

畫堂春 小令四十七字

東原韻 但覺鋪綴工緻

春景和少游原韻

今年愁似柳條長。春宵夢斷昭陽。杏花春雨隔簾香。瘦不成粧。

十載流連蜂蝶，半生淪落湖湘。殘紅幾斛葬花裳。和淚同量。

言短愁長，淚添溪漲矣

抄

、山花子 小令四十八字

送姜學在由吳門之宛陵清明掃墓

○魯國男兒是孔融○如今流落號吳儂○燕子○柳條○能釀恨○舊江東○

二○謝朓樓邊灓布社○琴高潭上石尤風○送爾片帆春上冢○雨濛濛

惺泉可思

抄

偷聲木蘭花 小令五十字

題南水上人詩卷尾

对

彊邨堂主人對訖

六朝僧語三生事。雨後人歸花下寺。我最憐渠。不數琴聰與蜜殊。東坡呼惠聰為琴聰，仲殊為蜜殊

借師禪板為歌板。唱到江東春又晚。晴絮泛泛。縱使無愁也斷腸。

致在淺中得此禪券不振

妙

城頭月 五十

宋

月下

對

冰輪偏向城頭掛。河漢寥〻夜。一片哭長干秋。楚天萬長更寥

時照何如。移向東湖。含照萱桐。分力[illegible]草。鄉響寄橋明。山二[illegible]兒女

追涼語

好語無限悲涼

甥南耕　史雲臣同日勝讀一卷老莊

三

抄 南柯子 五十二字 漫叟堂主人對就

午睡

磁枕搖新竹，藤床傍柳陰。人間有箇寒宮來，可言幾處彷彿

絲風一簟滑涼於水，小睡時屏翠作窗，花陰失歸佳遊覓侶長

一笑夕陽紅

南華史雲臣曰：一笑中了却蠻重蕉鹿紛擾，龍爭蝸戰但堪一哭，北窗午睡真是羲皇，不非婦人語也

醉花陰 小令 五十二字

撲螢

齊紈似粉誰新斫，愛把潭香惹。金屋夜無人，熠燿初流，笑覓輕羅打。

迎涼不是閒貪耍，指定花陰罵。千古好雷塘，總是伊家，做出興亡話。

吳園次曰：直定罪案，最快絕。甚張湯磔鼠、陳髯罵螢，固同一深文也。

畢竟文章隨

抄

探春令 小令 五十二字

試燈夜對雪 湖海樓主人對

六街料理做元宵。奈雪兒偏下。小鸚哥隔着鞦韆架。將六出花輕灑。滿城何處尋鈿（羅）帕。掩重門閑話罷。想年時。多少畫橋深巷。一片紅燈掛。

穠艷絕世

即景妝景總在無意

雨中花小令 五十四字 抄

雨窗咏梅和渭公作 南耕

彊善堂主人對讀

連日春工寒勒住，繡不滿、枝頭嬌[illegible]、一點胭脂半郎香雪開在

漫倚畫簷垂玉筯，我含淚、細為花訴，四海青衫二八宮

無人處，紅粉幾陣風和雨

字字令人酸楚，梅花有知，友亦無恨

鷓鴣天 中令五十五字 抄 対

元夕前二日聞渭公元白諸子雪中有龍池之游作此詞之

滮滮街泥未肯晴，羣公高興愛山行。一行翠穷因骨幾隊紅，木椅炊綵

邅映雪明。真敘歷霜凄凄清，寺橋猶欠一聲鶯。冥來更值往燈

落雨地風光酒不成

一場敗興多為得如許風致

寺橋猶欠一聲鶯可為會真記暗度

金針

鷓鴣天 小令五十五字 抄

贈莊山人七十 懷善堂主人對讀

雨後青鬟翠可捫，風前畫縠綠成痕。桃花開徧傍漁父，胡蝶飛來認耳孫。　書滿架，酒盈尊，舉家耕讀住乾坤。也知九藥今晨懶，偶愛聽鶯過別村。

不意羽衣僊響尚在人間，三復之。[illegible]

贈李雁莊 懷善堂主人對讀 对

身自月中来矣

篋裡還存寶劍篇，舍旁已買瀼西田。鬚我久廢中年後，鴻雁雖尋絕塞邊。　撲帽雪，隔籬烟，綠楊絲隱釣魚船。[illegible]封休恨君家。

廣仙李由來結大年

雪乳而水花融而蜜使事之圓敢以
此贈

抄

花間虞美人 五十八字

為廣陵何茹庵題象像在荷潭竹嶼間旁有兩姬人侍

角弓硬箭黃金弝，須上凌烟畫。不然脫帽五湖天，耦絲篁粉伴茶烟育前綠。雄心畢竟輸餘子，知我佳人耳。雙按裙帶繞花行，涼軒水檻十分清說平生。

氣槩雄邁生平可畫虎頭神技也

对

抄

贊成功　中調　六十二字

憶梁園客夏避暑開元寺南湖草堂與徐崧士宋牧仲家　對

京人别駕四五兩舍弟偕雪笠日夕談讌别來遂及一載

詞以誌憶　彊善堂主人對訖

○

好風涼夜新月疎桐一年前事尚歷歷記曾避暑梁孝園中野

塘水碧古寺牆紅　溪友詞客雨笛霜篷遇弄人衫子釣絲風别

來一載憔悴江東南湖魚鳥定也

牽情性事黯然銷魂

抄

鳳銜盃 中調 六十三字

觀音山游暮歸即景

香紅暖翠風吹散，依舊在心頭嵌。滿恰殘[illegible]騰[illegible]臺青粉[illegible]。

家館正陽水，飄歌板。柳絲樓[illegible]花[illegible]雨濛濛，迴船歸晚[illegible]。

菜連天，檀心嬌煞無人管，黃了春城一半。一種嫣[illegible]。

菜花是常物，一經點染便成奇景。

較韓冬郎香奩集多外入情

抄

侍香金童 六十四字

題閨秀畫扇用湘瑟詞韻　対　彊蒼堂本對訖

驀馬平沙、六扇屏風摺映的的腮渦紅暈頰擘阮研箏都未愜

只、把檀槽粉偎酥貼　偶臨花蕊楷閒將螺管捻襯幾筆烟條

露葉料瀰剪枝上鍉偷齋紈燕、覓鶯蹈

全瀅潤宴著眼覓璁、璣琲狼藉滿地香閨十里

抄

獻衷心 中調 六十五字

商丘城外二十里曰水壁鋪此地白蓮花最盛綿亘數十畝予友侯叔岱山家焉常坐臥花際詞以懷之

記故人家在水壁之東荷十里白濛濛想兔園殘雪尚綴藕塘中偏作態將膩粉換香紅 花隱約月朦朧此間疑在廣寒宮筭最難忘得雨幔烟篷今何夕人悵望水連空

以兔園殘雪擬白蓮乃謂本地風光也幽孫

綿芊懷渺 文生于情矣

抄

芭蕉雨 中調六十五字

驟雨

日午絳雲烘，黑墨淯鳴偏掉尾戌，胡赫一霎，溪風涼激，誰人十萬

冰絲輥來霹靂，急雨琤琮，裂帛萬瓦，戰鐵轟餘好猶思壞

墻壁比際，白煢涼衣，猶動上快，階臨風長嘯石砂

大悔庵曰：快（真豪）甚，如曹景宗耳後生風、鼻端出火時

秋

玉梅令 中調六十六字

同雲臣諸子過放庵禪院看梅時積雨新霽

彊善堂主人對訖

禪房甚綺有粉英嬌倚連宵雨幾枝臨水恰小停響後簷隙已微紅紗窗日影頓添半指 茶鐺酒竈都饒名理只軒外悄東風起曬成團香雪休去舞春城須片片墮金尊裡

說得是佳花名錄[illegible]

鈔

取次景物都成佳料

鳳凰閣 中調六十七字

虎丘喜遇侯記原大年

對

如坡公以街談巷語而詩

記摘船吟雨，詞樓題和，樊川水樹輪攜手。一自消魂賦別，幾度

回首沈家今世，帶畫較瘦。帽笠從短，但甚半，雨木橋邊，背走故人勿遇。

半塘口矣，知尹綠小車，和並起，本開久去人，事還眼和人。尹綠杞園 中軒名

情事入画更無筆墨痕跡

蕭洒中郎具瑰異內家粧束豈惟情可彷彿

別後照憐當尋秋諧月时宜其词

意纏綿如此

抄

殢人嬌 中調 六十八字

、晚浴　叙景物極佳　对

幾陣蟬嘶，趕了一枝花影。簾底下、井華水冷。綃裳不耐，角一更糸酥

寒凝似、素綃漫勾碧湖千頃。浴罷徒憐晚妝，慵整且消受涼

花綠茗盈盈，皓月漸侵窺金井。又畫就、深深院夜香風景

丁藥園曰：摩訶池上孟蜀宮中此夜清涼庶幾相似

差復不佳

隔浦蓮近拍 中調七十三字

賞荷

彊善堂主人對讀

空明雲水浩淼，水水看瀨瀨，葉葉幽，徑徑絲絲，爭佳絕，言言空濛，亂瀟瀟，消閒。

鸂翠鳥潑潭，穴絲絲裊花，開了數枝，見蓮娃極浦，細細徑君，爭邊青。

月燒盪盪，翠樽困，可意見付，工階前閣，量紅酣，廝烈，霽小雨，回風，發白几，波翻，浦濃。

木灼舸競小紅，階寸寸小小，系系白，八几，波灩木。

聲香徐笛邊，如危齋及遲，幽窗深陰煉霜樹行。

磴 嶰 劑 縫排 恒境

且爲快

抄

解蹀躞 七十
角男號 五字

秋雨夜宿田舍　　对　彊善堂主人對読

淼淼孤村斷靄，墻只浪花翻舞。蕭蕭自緑，紗窗伴人語。休問紅糯
黃粱總寒孤米，爨繚濕烟難煑。　夜將曙，白項鴉啼棠梨，雨
近宮路叢叢，古廟老巫擊銅鼓，賽今歲西成，祇祈暫歇休頭
淙淙秋雨。

悲風結句滿目淒涼
第上正復陰陰瑟瑟

妙

風入松 中調七十六字

納涼

对

當年結夏映僧潭，脫帽卸輕衫。紗絲斜颺，陰篷捲，釣檻外碧色。微漾橋背嫩涼，涼淺淺，村村頭負老樹，槮槮。水天間，語語佳哉城市。我何堪采菱放鴨，鴨眼佛無人問，老子濠濠，大字世飛，鴻雪今古。山窗葉落庵。

彊善堂主人對記

一窖託高遠，勝性逸韻非他人所能逮。

史蘧庵先生曰：此等作固是騷襟情所寄。

抄
婆羅門引 七十
香橼
對
○晚風千顆纍纍繞與畫簷平綻來剛趁秋晴恰做的圓圓小許青
女手搓成迴廊小摘拎拎音韻旋生 冰甕翠罌疊在小小絲籃
弄影夕陽黃處檀暈偏明空香如雨最宜人昨夜恰微醒何須
數西崦霜橙
景色鮮妍咏物專致

抄四園竹七十七字

龔鼎孳卧疾東郊秋日過訪用片玉詞韻

山光水態。濃淡上烟痕。菊塍蛩語。壞廊人卧。茅亭岸幘。

歌翠掌疊又頻。況小窗風月應知。漫淒其。牀頭尚有龍泉。從

君且訂交。用戲作藥名艷體。閒檢方書。寫上香奩。品欲去。日影

斜坐。茶烟。颺簾帘。

稚綱名拍

抄

側犯 中調七十九字

百花洲訪南水上人 响微雪作

鬧尋芳茂苑摘船破偏住琉璃滑明月炎望半畝靜廬思卜林樾空香占來

茗甸野翠連巾拂幽絕想夜夜經臺浸秋月只宮以窮女塵

比舊調多二字

往事和誰說舊時記盈盈水面蓮歌徹幾陣西風繁華吹歇

滿汀絲鬢一懷黃蝶

信手拈來字字幽秀

抄

紅林檎近 中調七十九字

大鴻有西河之感作此代言 大鴻次子無逆没于嶺南幕中

黄鈴況香浦綠犀惶恐灘山郡荔枝葉驛樓鷓鴣斑鬱孤臺高

一去瓊島水濶難還金盞細綾花間萬血灑紅蠻黎女雙袖

淚梅嶠有重關檳榔椰子枉勞貝闕珠宮悵花田草滿海天月

出小籠失却金尾鸚

似昌黎海南廟碑古色斑駮讀之不可

卒曉

抄

八茉莉　中調八　柳耆卿體

茉莉　十二字

彊善堂夫對訖

此句以下耆卿原調不合

○暑完追涼意炎荒軼事纔良偏覓天粉地任他開落樹望與離花相映更帶晚綃雪成團沿坊叫賣夜市贛州船下至吳天伴羅綺相籠愛夜堂空翠而今離背判分攜幾千里料幽花也怨月明如水海天冷那易睡

錢葆馚曰別有深情在楮墨之外他人那易知

抄

洞仙歌 中調八十三字

上巳後五日游吳門觀音山 对

紅船綠浪雁翅排將徧早有香車候春岸內家粧誰要小鳳簾

畫和笛柳闘取腰月纖軟　麝君風白石豔色粉郎畫倚晴巒

譜幽怨脈脈祝空王櫛眼兒良歲歲幡前見又語悄風微

怕驚知早杏臉潮生碎接花辭

篮輿露面咲語生嬌絵出游女神情

抄

簇水八十四字

○舟過梁溪不及泊舟遥望龍峰有作

冒帽青簑漁舟簫簫起雲如半村郭外人家縈抱歷歷

幕花明處是水仙之廟正離上一縷殘照　隔水橋幾日金風

弄霽做晚翠十分蒨蒲也似鳥翅競向秋空矯古寺五湖游倦

重與亭吟櫂茶鐺佛鼎認山邊

覺秀聽墨畔

禄禄是龍峰亭色正

乃作龍峰遊記

穗秀焰炎如龍峰縹色照人眉際

語語入畫結句尤堪回首

風流雅賞大羽上人作價

彊善堂主人対

抄

石湖仙 中調八十九字

題放庵上人紅豆詞卷

春愁天樣將紅豆詞吟愁歸天上紅板橋西湘簾颭最閑情處板橋西楊柳岸

青簾颭紅豆詞中佳句也

綠窗有人爭唱吟紅[illegible]紫盡舞[illegible]沾泥無恙梅放

把一樽簷際相賞南朝許多烟景被啼鶯[illegible]乾柳浪千古興

亡只枕斜陽片晌且趁踈狂朝眠碧山亭暮鼓高鳥[illegible]閒騁望一生

看屐幾兩

抄

愁春未醒 八十九字

墻外丁香花盛開感賦 索京少戴山和

攀來尚隔望處偏遠算開到此花陳珊春已在長空簷〻粉樹酥

小紅墻角倍分明年〻此際驟歸馬上遍徧春城昨歲看花

有人兒襯辟院攜手恨新來梁間燕去往事星〻曰有隣花依

〻不作路旁情夜深佳〻話續紛花影多〻寄情滿空庭

悔庵云篇首空有丁香結不見楊花撲面飛

此先生四月十〻日作絕筆也先生三年冷署

人情炎涼惟〻托〻筆墨此詞其一也當時先生

索予輩屬和予[illegible]草〻命筆實不知先生[illegible]

意指所在不意此篇而後遂如廣陵散不復

彈矣噫 壬戌端陽後三日[redacted]

三載眠吟一宵歇絕夢回酒醒不堪再讀 藝山

抄

鶴沖天 八十六字

題鄒生巽含小像坐萬山梅花中一童子煑茶于側

寒崖綠染，侶竇低於甔，極目總蕭林，堆蒼艷、更梅花作海、縱香雪飄千點、幽人巾自墊、趺坐苔陰、香霧水明山店。瑤翻碧灩，磵底泉澄湛、童子潑茶光，連幽簟、翠花飛，瓷注茗、花沸，乳珠成紺、風情何澹澹、衣屈吳綾，廻味略如橄欖。

輕輕點染，淡淡著描，傳神阿堵妙逸三毫

抄

鵲踏花翻　中調九十八字

健兒吹笛

彊善堂主人對訖　对

○十上燉煌，三過代郡，翩翩練袷黃金勒。曾在僕射營門，塞女如花，偷譜沉香，畫笛長城夜月，一輪孤戍，戰馬千羣黑。今日鬢點霜花，誰識故國，何年歸幾徧，聞尋舊曲，纔當入破，又犯邕茲急。卻陽城外遇鄉人，一聲紅豆春衣濕。

大夫鵲印搖邉月，大將龍旗掣海雲。今古同一雄槩。○前闋第六句

宜七字後闋第三句宜七字查文
長及諸詞皆然幸商之

抄

塞翁吟 九十二字 对李俭岩(?)…见赠 营构造巧

秋日過竹杖庵訪靈機上人不遇與寒松上人茗談

疆善堂主人對訖

出郭秋光好，黃葉風飄霜空，條織石泉通漱玉淙。三生

堂後名僧至，乘興杖笠過從。擬問取寺門松，可仍舊龍橋

東。誰延佇，虎溪三笑，逢蘿識盧山遠公。說曉起秋山有信趣眠

夜出岫間雲，仍返山中。姑緡軟語飽，看禪窗便榻古楓。

抄

滿江紅 長調九十三字

梁溪顧梁汾舍人過訪，賦此以贈，兼題其小像

二十年前，曾見汝、寶釵樓下。春二月、銅街十里，杏衫籠馬。行處偏遭嬌鳥喚，看時誰讓珠簾掛。只沈腰、今也不宜秋，驚堪把。且給箇、金門假。好長就、旗亭貰。記爐烟扇影，朝衣曾惹。蘭樂繞填妃子曲，琵琶又聽商船語。笑落花、和淚一般多，淋羅帕。

縹緲離奇，鱗鬐飛動，髣髴其猶龍乎

抄

滿江紅 長調 九十三字

故友周文夏侍御没已及十年矣幼女在閨尚未字人少司馬山左孫怡庭先生興懷宿昔特為令子議姻荊溪人士高其誼爭作詩歌以咏之鄙人太息亦填此詞

江左周瑜年少日雄姿歷落記十載霜飛獬豸風生臺閣宦績還如春夢短人情劇似秋雲薄舊事早付綠苔生都非昨問鮑子今雖行憐弱女憑誰託賴同官偏念異時花笑高誼漫言察偶大華堂定讓歸居樂翟公門一世鼓求鳳凰羅雀

向子期試舊賦劉孝標絕交論合而

爲詞至文之

逸調高飛

刪

滿江紅 九十 三字

萬修承五十用呂居仁韻

北郭先生門恰對峰迴澗曲且小隱漁莊蟹舍長廊矮屋雨過柏添香作霧日高爆筍酥於玉向紅塵不到處逍遙襟懷綠

林瀲瀲烘楓燭濤瑟瑟鋪梧竹問貂蟬簪笠誰榮誰辱早架仙棚三徑在黃雞白酒千場足便水田今歲不曾收來年熟

讀竟爲撫髯一噱

抄

滿江紅 九十三字

秋杪同渭公魯望弟過東郊外殿元叔祖廢園感賦

醉袖籠鞭，正杏苑、一枝新奪。歸卧處、溪山窈窕，亭臺層疊。公館本第

梧烟榮容夢、溪茶潤筍醒人渴。盡次昇平江左玉堂仙，風光別。

繁華事、行人說，淒涼債、今生結。又蝸黃蘚綠，斷碑殘碣。細雨零

星漁榜火，亂鴉風沼僧籠月。記小樓、一片使衣紅，年時節。

覩此荒悰，追思全盛，廢與之感，可

為浩嘆

抄

○滿江紅 九十 綜三字

对

送梁桐初還東阿即次其與曹雪樵倡和原韻 抄

若且歌乎急配以哀絲豪竹念來夜故人一去月明人獨風吼軍都山忽紫雨收背亢天全綠笑好官幾箇讀書來休耽讀　吟復僞蟠蟠幅冨與貴蛇添足但逢花便摘有泉須掬建業雲山通地肺姑蘇烟水連天目算穀城雖好不如歸眠鄉曲

水調歌頭 長調九十五字

夏五大雨浹月，南畝半成澤國，而梁溪人尚有畫舫游湖者，詞以寄慨

翠釜一朝裂，銅狄盡流鉛。江南五月天漏，煉石補仍穿。驟若溪龍噴沫，狂比長鯨吸浪，廬舍沒長川。菱蔓繞床下，釣艇繫門前。

今何日，民已困，況無年。家家秧馬閒坐，墟井斷炊煙。何處金簫鍠管，猶唱雨絲風片，烟水泊游船。此曲縱嬌好，聽者似啼猿。

真實剴切，字字清深，不且言匯

古陵靈切悽懷後取悲涼燕雀以

謂之聲河滿子雙淚落當前也

抄

水調歌頭長調九
調歌頭十五字

憶菊莊宋介子西湄草堂 对 彊善堂主人對訖

○雪苑女牆外、水色綠於苔。郭南潭子尤勝、淼淼漫樓臺。長記昇
平舊事、彌望風亭雨榭、攜將百壺來。誰向鷗前說、說罷使人哀。
西湄好、憶客夏、寄高齋。大字烹熟、為余細糝、棐几淨纖埃。君笑熱、
由卿至、僕笑熱、應還我、戲語類優俳。檣沒烟去、背指野棠開。

徐陵奉使至魏、魏魏人宴之、是日甚熱、魏收嘲陵曰、今日之熱、
當由徐常侍來。○齊沈文季與魏崔祖思在高帝前戲爭羹
膾為吳食。祖思曰、鼈膾鯉、似非句吳之詩。文季曰、千里蒪
羹、豈關魯衛。帝笑曰、蒪羹固應還沈。

歎歎敘來寓情於景讀一過令我神往

西湄

秋

水調歌頭 九十五字

新秋寄冀沙徐仲宣 对

彊善堂主人對訖

秋色潔於雪，澄湛到簾鈎。憑軒憶爾，更屬君亦念余不。記客泉亭草寺，閒弄吟蓬釣笛，相與狎沙鷗。一笑别君去，四節忽如流。

大江邊，殘照裏，仲宣樓。烟波蝦菜，料爾生計盡優游。此地孤城絕島，長被蛟涎兔汁，鍊足一天秋。横笛吹阿濫，叫醒古今愁。

纔笛一聲江濤野沸，可鼓王仲宣登樓一賦

抄

水調歌頭 九十五字

溪之

彊善堂

長佛如上魚能名鉛把斜

对

誰送來城闕，總恰是兩溪風。吹泛泛銀畫時雪浪天水有無中海到簟

紋平畫處處人闌覽水香月極一色玉令請目從閒鷗鷺偏角占空濛

舄一篙波萬頃清無翳今宵圓月定何處詩絲鱸腸五

渺風景悽慢來生心事香霧縱笭篷一笛中流發乃是綠簑翁

曹顧庵先生曰鐵笛一聲空江轉碧能使老魚跳波瘦蛟舞

抄

滿庭芳 長調九十五字

丙辰元夕

明粧儼然丹青以李成

戰馬千群，戍旗一片，江東月又團圓。凝粧艷粉，何異太平年。樓上冰簾絳蠟，參差在、弄鳳管鸞絃。樓兒下，金蛾玉繭，風景倍嫣然。

碧天何限事，一生能得，幾度燈前。況春城不禁，拾翠尋鈿。員衫紅釵紫生，愽圖畫、凌烟歸來晚，闌珊夜火，人立小門邊。

幽妍冷蒨，置之絕妙詞中，自然青出於藍。

抄

滿庭芳 長調九十五字

郡别駕林天友先生招飲同雲臣賦贈 对

荔浦樓臺榕城甲第相門君羨讀甥詩篇宦蹟雙闘早梅清纔

度桃花浪煖賢勞最轉餉神京纔歸也楚天在望又聽夜猿鳴

山城父老說孝侯一去蛟虎縱橫憶使君刪事十載齋名昨

夜筵前有我行春暇綠酒紅箋剛過雨新鶯語滑喚起月盈盈

頌美處穆如清風使事處天衣無縫化

工之筆

抄

滿庭芳 長調九十五字

重出

不寫

郡別駕林天友先生招飲同雲臣賦贈

荔浦樓臺榕城甲第相門群羨賢甥許論宦績雙闕早梅清幾度桃花浪煖賢勞最轉餉神京纔歸也楚天在望又聽夜猿鳴

山城父老說孝侯一去蛟虎縱橫憶使君政事千載齊名昨夜張筵召我行春暇綠酒紅箋剛過雨新鶯語喚起月盈盈

清圓秀爽絕不似應酬之作

抄

滿庭芳 長調九十五字

花朝後一日林天友先生邀同雲臣枚吉為南嶽之遊詞以紀事

○翠榜欹烟、紅船委浪、水簾低捲晴暉、曉山欲笑、迎我在春磯、歇馬誰家園子、游絲靜、嬾上人衣、憑欄望、樓臺易主、金粉未全非、

霏微○小雨過、花籠寺閣、瀑濺僧扉、正使君愛士、野客忘機、斜日仍操畫艇、紗窗掩、玉椀頻揮、城頭望、半溪燈火、爭認醉翁歸、

尋春吟眺無感樓臺易主情文並

对

妙

綺羅絲管萬恨縈愁本九

滿庭芳 長調九十五字

清明前一日溪干觀劇 修細对

彈琴室主人鑒記

近水人家弄晴天氣清明恰是來朝曉鶯無賴鳴我罵過橋多

少歸溪女花枝颭香粉輕飄東籬畔蘭芽未綻開到十八分嬌

垂髫剛十五新聲解唱淥水紅么憶少年同學半插花我

向江村漾新年恨比舊還饒秋還過東風攬寸一片戲鼓簫

抄

滿庭芳 九十五字

亳村舊宅之東有屋一區名開遠堂，堂頗弘敞，乃先農部伯父別業也。堂久已不存，門內且賃為酒肆矣，賦此志感

彊善堂主人對讀

宅列光延，門齋通德，君恩曾賜山莊。勝衣膝下，粉署早含香。句

猶華韶擁鬢，東頭屋、綠野名堂。依稀記、畫簷鸎喚吠人蛺蝶鴛鴦。

滄桑今已換，暮花楓葉，一片蒼涼。小戟門未拆，酒旆新颺。

坐誰人競唱邊州調、白草黃麏。繚垣外、西風吹到，憔悴舊家郎。

紫陌銅駝宮槐絃管讀罷為之鉛淚如瀉

抄

夢揚州 長調九十五字

蘧庵先生久客維揚詞以寄懷　對

彊善堂主人對訖

蜀岡頗記狂夫舊日曾遊薄倖樊川一夢三年青樓紅橋上小隅

絲絲變當時費盡疑眸平東葉記可憐逝水悠悠老矣

先生何求也雨織煙帆比聞肯字鶯鬢開元老淚銅仙爭流

衣落盡西風起怕隋堤最不宜秋隱隱見一江燈火人隔揚州

悵惋悲歌都是奇情艷色

萬千磈礧借題抒寫讀之聲淚俱盡

不減於河滿子也

抄

塞孤 長調九十五字

早春寄周伯衡先生并訊倪子闇公先生從征楚幕近客梁溪

彊爵堂主人對訖

○

問湘天、滴黛何時晴、曾記周郎英發、坐擁油幢、大別軍笳奏。

空一字

鄉心截、舳艫盪浦、如麻鎧甲、便樓成雪霰、颷破磧、古樹都孤。

篷輎入吳、老鬢絲、憐聞第二泉聲嗚咽、瀑走銀虬三四疊、衝動

防身劍篋、料此際、共覓寬看、水上粉英繡、定吟殘、夕陽山伯月。

渾脫流麗似天馬行空不可羈靮

滿庭芳　颯岦

彊善堂主人對訖

抄　滿庭芳　九十五字

送吳初明南還秣陵

颯岦寒鴉聊蕭凍葉西風壓雪將低蘆溝南下立馬惜分携此
去雞籠山館江梅瘦恰與簷齊都門事墻頭過處（酒）爛醉爛重提
當時臨發日王郎作畫送別青谿看無多幾筆不數迂倪勿
論風流二老相關甚正有鄰奚長鬚到歡迎隔浦仍是杜家稽

初明比發時王安節圖畫相送畫上作兩人臨風揮手一童
子荷擔將行一童子牽擔立為摒擋琴劍諸器具慇慇殊甚
故篇中及之阿段阿
稽杜甫家童奴名也

抄 八節長歡 長調九十六字

元日後二日積雨新晴偕大鴻雲臣散步城南望銅官一帶翠色春巒久之不克遊南嶽而返

竟欲成村似爲看雨霏五橋邊盈〻臨水寺添〻丹青一日笑溪痕

入畫年光惹醉遶城袚禊人家茶舫最好佳戲春乍霽肩則禁偏帥偵袂人群

峰一笑嫣然高低影數行秀鬟其掉揚袂詩風前淺淺淡淡迎人

去陌又遷延悵何事未斜陽客子歸還終有日雙柑斗酒續前

緣

南山黛色無賴撩人須與鄉夢酬之

空中結構畫情渲染蜃樓海市
瑰麗非嘗

抄天香 九十六字

咏桂 雅善堂主人對蔬

玉芬謝人初稿

靈隱門前，番禺城裏，秋花一種清艷。碧海冷金，風陳壁下，數堆黃雪。上齋湖月，說不盡、幽芬清淚。金粟一番開謝，冰輪幾回圓缺。

曾經記根瑤闕，幾番人間風月。記偷折、自與廣寒輕別。記不起霓裳舊時闋，世帶開愁結。

蘩香種播，好是香風縹緲。

賞之咏桂集館舒争天風縹緲時名廣寒宮 桂

雅奏

遂意說桂而謂種遂焉是能操吳
剛之斧而修月中桂者

拗

八聲甘州 長調九十七字

客有言西江近事者感而賦此

說西江近事最消魂啼斷竹林猿吳灌嬰城下章江門外玉碎
珠殘爭擁紅粧地去何日遂生還寂寞詞人句南浦西山誰
向長生宮殿對君王試鼓別鵠離鸞怕未終此曲先已慘天顏
只小姑端然來去伴彭郎煙水月明間終古是銀濤雪浪霧髻
風鬟

感時傷事孰快至此杜老垂老無家詩
作有韻箴矣

彊善堂主人對訖

少陵云婦女多在官軍中古今
同歡只有小姑未去齋慨愈深

抄

八聲甘州 九十七字

丙辰夏月邁庵先生游廣陵諸同人以先生昨歲七十矣補作詩畫奉贈初秋歸里持以示予遂於卷尾亦題一章

恰秋江嫋嫋碧於烟先生峭帆歸有錦幝儼幨芙容卷絲笠蔻織題更愛寫生妙手烘染自鐵眉花月揚州路猶未全非曾唱千秋歲引向春燈桂處滿汎玻瓈羨銅仙崔髮今古似公稀偶重經玉人橋上昔群真諍嗇鳳凰詞閒披賞簫絲正熟孤未剛肥

说何年既经写得春生笔　陈彝之笔

不愧化工

抄

醉蓬萊 九十七字

虎丘月夜見有貴官呵止遊人者戲填此詞

正歌塲匝地舞榭臨風碧天如畫官自何來拖麗衣紛紛從事

喧遝郎君貴倨禁遊童趨走千載吳山一塲秋興月偏作祟

黃鶴飛仙玉清謫吏偶趁風光閒來林藪此壁容與車渠笑

叩七貴貂蟬五湖烟水問誰堪長久且索清歌化為鐵笛作狂

龍吟

寫生猥瑣齷齪之輩情態俱活筆墨

跳梁煙雲繚繞

袁中郎作遊虎丘記描寫纖為盡
風景如人竟以紅綃行麗人讀詞
未半不禁撫掌

抄

揚州慢 長調九十八字

送蘧庵先生之廣陵并示宗定九孫無言汪蛟門舟次諸子 蘧善堂主人對訖

十里珠簾半城畫艇百年花月維揚有君家丞相每松楸舊祠堂
每年到清明賽社傾城士女愁弄絲簧只無情堤柳舞腰還鬭
宮粧 扁舟上冢聽鄰船重話興亡奈石馬嘶風銀鐙弔月往
蹟全荒我亦當年薄倖曾吹過一帽紅香問桃花認否風前
度劉郎

磊落蒼凉不減五噫之歌令我思伯鸞不置
也

杪

長亭怨 九十八字

送鄜伯還西泠倚玉田詞韵同桐初京少次山賦

有墻外紫丁香樹簸影鈎簾牽留數、可記年時鳳城燈市夜遊否黃金臺古招手喚燕昭共語霎地秋来便去也匆匆如許　雖去暫盟鷗狎鷺奈肝膽酒邊還露烹羔酌若歸及見江潮堆絮看萬陣犀弩張時正百丈銀瀧喧處意氣儘昂藏肯只鳴榔漁浦

字字生新却字字穩押如遊仙人宮闕觸目都非凡境是易和難中追魂攝魄手段

言念舊遊歷歷如畫兼抒新緒節節相生正似江潮起落全以神行益見運筆之不可及

〇〇

月華清 九十九字 抄 彊善堂主人對讀

十三夜舟泊望亭對月有作

寂歷閒汀，微茫水驛，尚隔吳山半舍。懶漫長年，何不使侶焉

搗香羅霽緻斗帖翡帛帆仍冷鴻鷗是良夜語憺霍

惹。惆悵只恨佳夢，似零泊江天，客舟聞否，淡彩無情，偏向愁

邊亂。鴻想連天，楓葉盡、花何處彈田羅，自今夜斗王鍾畔

風光 文畫

觸手皆成綺艷，君手不可以斗計

風景蒼涼，可謂情生於文

綺豔芬芳，如風起泉湧，不煩撚斷吟鬚

意新語艷縹緲照揚所謂興會
酣來不覺筆歌墨舞也

玉蝴蝶長調九十九字

山游席上書所見

彊善堂主人對訖

十載髩絲禪榻，東風又起，吹到閒情。誰遣枇杷花下，驀遇卿卿。綠水曉、滿眶嬌淚，黃楊軟、一捻身輕。鬪傾城。金丸綠幘，分外盈盈。

回程。蘭舟同上，如規月的，似簟波平。羞暈微紅，半腮香玉臉潮生。燕聲鬆解，調陰語、鶯喉脆宛，轉秦箏、酒微醒。向小樓今夜，春夢難成。

形神俱活，寫生妙手

高陽臺 百四字 抄

繡佛

彊善堂主人對訖

榻畫鬅毛刺完花卉生憎滿幰春愁一事縈懷終愆又到心頭濟尼
索繡曇陀像猛思量此諾須酬研綠綾香要先熏樣要親鈎配了
五色長生縷記鴦摩夙業迦葉前游纏線飛針盈盈分外纖柔狂夫
悄問儂何貌暈春酥恐笑凝眸且添他幡蓋飄颻水月空幽

妙

抄

垂楊九十九字

上巳萬柳堂雨中即事用竹山詞韻同京少戴山艾

彊善堂主人對詠

花間微雨響蘇蘇幾點依聽前還小徑冷泥香鳳城佳節游踪悄

記曾騎馬橫門道有夾路紅深翠窈甚前番坫麥易小禊飲節到今來

偏少　挨把春光濕了枉青粉墻內漬其斜攜蝶潤晨夢華

遺事何人曉落紅旋被東風掃掃不去閒愁縹緲縱然晴也奈

濃春漸老

節物尋心低徊盡致

抄

念奴嬌 長調 百字

顧梁汾雨泊蛟橋填詞見寄得軟繡迷香二語狂喜跳踉失脚墮水書來語我以故不覺捧腹詞以調之亦用朱希真韻

把意結出數字

空江泉石記錦袍醉墮昔年李白今日蛟橋傳故態千載重來此客擬探驪珠海天此夜休遣龍綃隔翻身直下驚濤跳起成雪我作持須無方君休一去曉夢迷銅鍱乾後蓬萊絹井似可有人間花月煖翠熏衫鬧紅壓帽狂殺何年歸玉京桃放待

余折則同折 足此雖詞即墮水亦不惡

附梁汾原詞

東風鬢影向花前吹上一絲絲白算只浮家堪位置第一飄零詞客軟紅街横迷香徑曲彈指成塵隔茶烟蓬底自吹簫眼如雪　錯道舊雨無情佳時直任誤了鶯和蝶僕本多愁渴不起罨畫溪山風月蝦籠筝船鮫橋酒幔選勝還須歌蕙蘭開矣泥人清夢周折

抄

念奴嬌 長調 百字

游楞伽山上方寺是日微雨 彊善堂又對讀

石湖一幅似春羅鋪在楞伽山下上有叢祠螢火照遍盤門萬瓦何焉三良蘭溪小妹綠鬟搖紅春夜憑闌遙望水雲奔集畫來往招颭花枝離披微雨倍覺添妖冶長髮縷衫絲絲都一樣總愛東風飄灑亂石陂陀群峰峭倩滿逕沾瀾陳蘚半湖綠黑伍胥潮又來也

詞中是畫

風氣如生目前

垂炎詳書極何記遊之能 末句捲將壽焦

陳

贈程嘉玉

○彈箏堂主人對詠

萬家水市被垂楊映得酒旗都綠細雨淋浪春欲暝愁殺浦帆

二八幅烟裡停橈比借問卻從小門幽邃人屋素絲亂繞定雪果然人淡如

蕭君自生長錢塘移家吉春巷畫紋繡說在東風驚吉裡

聽慣鳥絲曲詞客生平男兒意氣何必曾相熟欲辭長嘆

君盡此醽醁

渺渺紀實詞情漫語

似曾相識故素是素心之友

抄

念奴嬌 長調 百字

雨窗懷松之南水

絲〻點〻聽簷前不住鬧紗窗滴一片黯雲遮遠岫那辨銅官
離墨寶鴨香焦畫廊花瘦院又無心摘茶因颺起細煎花乳字翻
白幾日梅子應黃先將此〻雨送箇愁消息我在家鄉愁欲死
何況異鄉羈客窄帽停舟衲衣持鉢買酒還無直知他何處水
邊插盡吟徒

鬘華室主人對說漫

雨中情景筆〻入畫形容二字更

以席所傳神

繪雪繪寒故是神品

念奴嬌 長調百字

雪灘釣叟為松陵顧茂倫賦

翁家何在在三高祠下景太奇絕一派漁莊連艤舍百里水雲
明滅最怕躁鷗生憎野鴨占了涼波濶釣竿斜淥珊瑚樹上輕
拂昨夜凍合江天糅綿[illegible]絮冷[illegible]龍宮掣[illegible][illegible][illegible][illegible]壺問叟
悍了頻風杉月茲米家鄉清虛世界萬事何須說夜寒[illegible]火推
篷起掃殘雪

君箇漁翁堪入畫一簑披了撥凍雲歸

雪灘風景宛然在目

送徐松之還松陵兼訊弘人九品聞璋電發諸子

松之亦名山松

8

生平慕藺，笑人間、竟有兩相如者。解唱春城寒食句，却是韓翃也。廿以年前記曾與汝，爛醉皋橋下。我髯君黑，路旁紅粉輕罵。

今日髯已成絲，黑還似昔，重會劍南樹簾裡，雲山話倦在。只被雨淋風打，攧箇旗亭頭，鐘禪院，總是凄涼話。垂虹橋畔，飄零多少同社。

詠竟，吾為起舞。

起從同名，結生同社，不但題意包括，而機趣橫生，真神手也。

拔

念奴嬌 百字

淮陰閻再彭以破環詞索和為綴此章

淮王城下，有扶疏叢桂，香分蟾窟。倒掛團欒天上影，[illegible]就[illegible]鏡奩。中物。立本清高，香[illegible]陛輦，綰[illegible]同心結。紫金跳脫，讓他光陰[illegible]。髮。詎料鳳去鸞孤，瓊枝一樹，忽被罡風裂。[illegible]無[illegible]。堆。[illegible]安[illegible]雪，畫簾閒摟，尋來失卻，一串玲瓏，月半規，破鏡[illegible]。仍飛上瑤闕。

奇情幻想俱出意表

念奴嬌 百字

客有善絲竹者以箋索詞漫爲賦此

旗亭舊事記曾經見汝寶釵樓傾頭樹兩行誰最少第一屏間

白描翠濕綠鬟草綠香桃艷色紅絲紅絲黏千金直買王庭上紅頭衆裏爭

擅今日白髮可堪青衫司馬乃會稱文宅能幾迴渾脫舞

清淺蓬萊非昔紅豆村莊梨花天氣淪落無人識根根邏迸不

堪聽汝重彈

紅顏化爲白髮[illegible]化作[illegible]

[illegible]吟生[illegible]

聽生公揮麈譚禪頑石亦應頭點邁庵

抄

百字令 百字

贈程令彰 令彰新正五日

則程令章為四十初度

東風纔動，正賞開五葉，飛飛六出。雪正晴時天含好，越顯帝城春色。門挂桃符，釵搖綵勝，節又臨人日。風光如此，拚他爛醉須直。　愛爾句闢蠶叢，詩驚鬼膽，餘子何當嚇。四十功名年未晚，且涵朱門杯多。二陸才華，謂雛兄綉章 兩程家學，底處無人識。行燈漸闌，為君摒擋笙笛。

抄 龍山會 百字

暮秋蕅庵先生自吳中歸詞以訊之　彊善堂主人對讀

颯沓梧宮葉舞偏西風又送人歸也稻粱吳地倫天外雁棟畫寒汀空下誰識故將軍只亭尉偏工醉罵王和醰銅仙月中如鉛淚瀉剡曲興盡王[illegible]超嬾心情最聊蕭雞過買烟航雨艇歸詩穩入手碧鱸紅鮨我詞佇摯帆樓覓君浦帆怡鈕陽刁樹一尺錦絲堪難把

倦游情事活現筆端可謂能寫難寫

三影讀竟更爲滿引一大白

牢騷歷落旁若無人結語置身千仭真有
塵視軒冕之意慨衰颯不能當也

〇〇

抄

五福降中天 長調 百字

丙辰元旦和蕃邊庵先生韻

彊善堂主人對訖

翩翩何青帶冊〻之也將近江大年錢驛馬婪尾深不換頭小令治習那

能銷尋任他山驛換年光也雁占意慵寄闌干側帽不恐

弄因色 差喜漸無人識樹嚴霽庭寂三窒苔鋪一籬

梅定相與從無東窗雀竄草階雀早柴門宜春付帖愛敘簇浪

斜橋成小立

寄托追深聲多為壯一洪彩情

喜無吹女小窗之讀

樂志論耶遂初賦耶元日詞得

此尤爲兀奡離奇

○

抄

五福降中天 長調 百字

穀日和蘧庵先生仍用元旦韻 彊善堂主人對讀

春回躑躅開將徧，紅透水橋，烟驛隔歲，盤昨宵金勝，又聽青鳩得得。逗寒都釋，正墻喔花冠，隴翻嬌臆，且把農經一卷映午。餘晴色。春意窗槅先識，雨工行雨罷，茅簷寂寞，入梅園翠歸。蘭闈裙幄，料應鋪盞，歡生祈穀，兆叶占年，比閭安帖，閒看蜻蜓。釣竿絲上泣。

春光駘蕩渲染饒有別材名手

何疑

抄

○東風第一枝 長調百字

踏青和蘧庵先生原韻

鶯溜纔聞、街泥乍滾、花梢日影搖午、陌頭霽景曾妍、水邊烟光添嫵、茜衫笑檢、憶春在、謝橋深處、正沿堤、鬥燕吟鶯、吹滿一天風絮。

籬杏粧如塵、鬢縷溪柳、眉卷帶烟、朱戶畫完、江左亭臺釀成花朝節序、為歡併日、況漸逼韶光百五、約鈿車來日重遊、又聽小樓宵雨。

盡情渲染却乃質任自然其天真爛

熳者耶

抄

換巢鸞鳳 長調 百字

雨中憶陰綠軒前梅花正開詞以代訊

彊善堂主人對訖

○倦理紅裯，有如塵似夢，萬斛閒愁，漾漾沾繡幌，況漲銅溝帽。簷小側，燃花枝，倩鶯語，卻簷前雨鳩，春山景恰幾日，都如中酒。低首東風後，記得君家，一樹偏嬌秀，每趁年光，慣將香雪窗。惹倚樓人手，開處霧浮，悄綠漫明，指求雅稱玉肌瘦，雨窗問訊只，今番是否依舊。

詞家憐梅之魂，若雨壹至，小軒以杯酒澆之

無愁可解 長調 百字

題楨伯詩詞卷尾用粘影詞韻

記少日從君使健筆如風鮫鰐盤攫更短衣破帽横穿谿度絶

漢號鞠彈箏豪士約撫掌轟轟笑樂似阿黑一輩人裂眦奮袂

神色甚惡　詎料淪落關河將冶習狂名一朝除却笑古今青

史細碎渾如蝸腳讓餘子纍纍苦吟只佳句清抵空山夜泉[illegible]

燈讀密誰看

真豪狂風槩猶在目前

讀前闋如欲楯上磨墨作檄文讀後闋如松風謖謖

清磬無聲想見才人跌宕如是之示

校

萬年懽 百一十字

壽毛阜人

猿鶴相聞說先生今秋正滿花甲又值秋晴門外金風颯颯鶴

背朝元漢醉笑人世滄桑一霎游仙倦輞紅塵何妨儒相

題壽宜仄 對訖

佳新

當初竹林贈答記分攜阮徒爭何鈴詎料栖烏別繞

樹三匝誰識開元舊事說律眉只除是碧窠紅蠟君須醉莫負黃花

宜平

多一字

宜押

精廬琥珀新歷

壽詞爲難賦遂如此學者不能爲之

抄

8

遠佛閣 百字

由劍池循石磴上至平遠堂側，復徑復折而下，至小武當，有奇石縱橫林立，亭亭久之。

嶺款棧，乃循壁俯瞰，潭子深黑。風起濤湧，此句緣被包山老龍青。得古苔綠蝕，騰擲直上，霜稜如戟。高處奇絕，蘿闌望翠屏支研翠。螺鬟。暫息塔鈴俱，又蹈虛空臨不測，潤鮮滑竟凡艘深昌極。見老樹槎牙，三兩離立，霜淋風裂，似揉秋鬢鬚，似爛錦包劍秀。鬟化為奇石。

聾人奇句可眼攜此捲首問青天

幽奇瑰艷，如讀長吉歌詩

如柳柳州小記峭拔(折)詭豔處處驚魂動魄

形容入神讀再過可當臥遊

抄

燕歸慢 百字

虎丘遇劉元玉因憶東臯舊事賦感　彊善堂主人對訖

前事濛濛，對天邊皓魄，塌上晴空，僧窗秋夜話，霜磴故人逢。蘇臺原是綺羅叢，裏牧笛吹來幾陣風。揚州舊花月，也應與此間同。

歌舘院，舞衣散，玲瓏老，野狐窮。歲月已非，光景在、望常到，夢魂中。蓮塘墜粉，汀香紅總綴就，閒愁點，窗逢杏霤，棹歌響、又何處度疎鐘。

對景逢場觸緒增愁，此是里情

廨

抄

翠樓吟一百一字

小院　彊善堂夜對記

小院鍾鍾斜橋燕燕依依觸起閒事當初粧閣影亂織在濛濛
秋水餅金觴費只趁月藏鉤隔花傳謎依稀記遍香窗眼漫嬌
杯底顦顇此月重來剎榆莢漫天錢鋪地心情何處寫擬
寫上繚綾白帕子研來鬆膩怕未便織愁還難盛淚斜行字況吟
小滿竹帆空翠
畫

小疊紅箋書恨字遣此[illegible]

費長房縮不盡相思地女媧氏補不完離恨天愁腸淚
眼觸緒傷心矣

抄 月當廳 字 百一

虎丘中秋東邁庵先生用梅溪詞韻 先生時寓皋橋　彊邨學人對訖

碧海此夜冰輪滿臨講堂老鐵吹裂波心斜倚廣寒一望兔宮崖青

深照徧是玉宮廣儛臨徒簾子濕絳金更多少起舍燈火水村

一隱今　人舸燈

詞卩　茶當正穩皋橋串子木田女風光搞船試約開琴月半浦湖詩

笑有沸潭立日疊一夜竟從一石場鬭桂花都上巾蘭溪春雞女不覓我意歌

酬木競從人士鬭木花都上

處在斟酌橋陰木卩

半塘月底吉貴馬才華擅板歌聲妙在席上

造語奇峭運筆孤清梅溪尤當遜席

蘧菴

抄

桂枝香　百一字

石亭探桂和竹逸韻　彊善堂主人對説

晴秋澗僻，肯閒置車中，擧婦人態。大閒郭先生約我畫窯，漱手決石

亭老桂，槎橋甚續，前游何妨，今雨霜蓬，混酒偏廬，爵多言，妙彈說不言

怪時有談鬼，伯嬰婦事。漸一石壁斜斗，翻暮靄照亂，斕叢篁，鮮浪墨，蘆想忽放

狂顛老子生平無賴，酒風泥劍去，英雄去手，中步頓年，封攀辟雕，城陰

歸晚，繽紛金粟，帽簷殘戴

縱橫出之，無不如意

韓淮陰之用兵

起句丈夫氣，結有少年氣，知否

陈髯老当益壮也

拙

水龍吟 長調百二字

送張慎齋（憲）副視學江右

彊簃筆人對讀

一川紅藕花開，樓船西上潯陽去。江迎翠榜，風吹絳帳，玲瓏無暑。崑洞儒生，江州僚佐，歡迎溢浦。料匡廬九疊，淺粧濃黛，向鷁首，競縈舞。

漫說閑山金鼓，奏簫韶、中流容與。滕王閣[illegible]，琵琶亭子，緬馮懷古。諳日才多，岳階士賤，青衫失路。仗先生獨具，說日才多鮮，金目輪，冰鏡作斯文主。

況乃維假熟聞危句　焉書彩蒼涼二十年

拔水龍吟 百二字

安慶龍二爲舍人光能知風生事自言蓋凌波池中老人也魂夢往來時常髣髴又言生平每當凄風苦雨則膽躍欲狂一遇晴霽則吻燥神怡快快不樂睦州方進士其爲作傳之最詳凌波池在西京終南山下

彊邨箋人對讀

三生石上精靈依稀認得重來路終南山下凌波池畔紅泉綠樹水國前緣鴛宮閒話冷風颼雨已井因友鳥揚鬐戲浪復碧落朝懸圃 一自甘泉獻賦簡工塵匕間珠鐵笛滄洲穲朱

樓館幾回龍駕悟太液鮮紅玉河屋里舊游何處正霜天萬斛西風隱隱有銀濤怒

壽人壽子縱鴻夢難凍

便覺濤飛山走

抄瑤花長調百

瑤花二字

鬪蘭

閑心往事，纈眼閒窗，臥浪紋湘簟，幾番親記有邀花開是露條你

烟臉蹙翠赬相宜，相傍東簾從檻，愛風情世帶條斗色已，只恁

誰憐翠補空谷裡

細點一朝鬪喬斧也，十分勃浦雲黃里湖月參差，長空谷絕代佳

也仍勞荒竊員，還而今夏也，長相仆遨沒冷豔思量門，吉入引

纖指下餘香猶遶

細膩切貼古人所難

毛稚黃曰細膩風[illegible]我獨知

石州慢 百二字

冬日舟過亳村舊居有感

黃葉村中，綠水灣頭，帆影零亂。小橋夾浦，依稀認有，舊時庭院。小樓還在，記得人在樓中，而今凝望如天遠。即裡歌吳舲，似迷巢林燕。

淒戀。聞鼓畫橋遙指，紅樓有端思，偏可惜滿園槲葉，半河荒蔓，別院日暮，更兩兩私語黃昏，料他也為王孫，吳搖櫓過前汀，驚水禽飛散。

一聲河滿子雙淚落君前不能為卒讀也

抄

花犯 長調 百二字

咏竹逸宅内薔薇

弄晴天、紅薔十丈、盈盈媚初夏、闌花小架、恰倒影迴塘、綠水如畫、柔條亂舞、銀墻錦、臙脂千斛、瀉鴻龍、霽鼠代枝、近手偏嬌惹、老松蟠雲吼、濤聲繁、英爭蔓、弱松都化、似天半作勢、燭龍將下、看燈、猩飛萬點、照十二樓、前漢不夜、還似晚來風雨、紅顏偏早嫁

因薔薇將小高余物一一絵生正佳當聖所

云爲丁駆使神之處也

抄 花犯 長調 百二字

同雲臣題南水上人過竹逸齋頭看芍藥

漫[illegible]人對訖

愛君家、崢泓蕭閒，門庭寂如水。雜花鋪綴，任紫艷紅英，圍繞籬

次年年、步蝶隨蜂至，許多花下事。等只有風前鈴索，知人吟賞

意。今年東吳到，詩簡相逢，何況又落花天氣。禪板靜，相將鬭

賦才清綺，誰知道有花謝後，還領略粉香新月，花凝望久，為伊

凭煖闌干、紅梵字。

詞精句，為名花開生面矣。

風流[illegible]洗出國色天香

抄

倒犯 百二

秋日雲臣齋頭同大士展故友許生武遺墨感賦

觸眼見官奴數行，悲花遺墨，零紈碎墨。秋光映碧天如拭，爐熏、茗椀幽卉，陳花晴窗側。盥手忽驚裝潢，几看波瀾如斯，其人頃成昔。深悔舊時曾賞鷥君，何當矣護惜。記半幅寫偏，舞鬟帕江樓，驀酒攀船，擘騰折楊繼句時，鄰家夜笛，總香猶存，人亦安歸。涎鐵應遺珠識。

閑篋淚盈襟，只君前日書紙物感懷

屏山六扇，畫柳千條不地

追悼

同一深情

抄還京樂　百三字

萬紅友養疴僧舍暇日戲取南北曲牌名為香奩詩三十首用填此闋寄跋卷尾

辭如蜀錦可惜子花筆上　[illegible]

碧箋紙更用成都粉水桃浪砑松綾纖膩非花字格閒吟閒

寫恰翠承朱亞澄心絲泥鎮銅甚臺瓦孝穆管爭原化作珊瑚為架

想僧廬暇竹籬邊行散閒招仁甫酸齋（白仁甫貫酸齋金元院本中高手也）

際月下共取趁拍牌名與三唐較量聲價似繽紛纈繡錦成紈（紅友自署也）

侯鯖製鮑歷亂紅幺點江村蠻豆盈把（豆村山人）

抄

探春 百三字

[illegible]壽堂老人評記

連朝大雪計桐初尚未達東阿也詞以憶之寄京少戴山起

四野瓏鬆一城飄瞥滕六作黃塵舞低路憑陳遙天策馬人在

最微悲處背對君家說且看了春燈方去那日矣一夜離情過花

擔囊何許雪沒中原無路料尚隔東阿幾日到求今便

龜山卸馱酒何何時貫及遍處上店夜鐵一燈無言夢入

江南小庭梅樹初記

黯澹之中別意濃至桐初於此亦能一振

吟鞭乎定知興復不淺也

初

瀟湘逢故人慢 一百四字 校

彊□堂主人對訖

九日前一日竹逸約同雲臣枚吉雪持諸子石亭探桂

今秋冷艇，隨涉鷗浦，鴨仍泊[illegible]（纔）桂香漱漱，溪[illegible]樵徑采醉小

字字雅貼

叩禪[illegible]欄蘭階好，排當竹翠苔[illegible]，今日山靈兒我，秋肅[illegible]

不[illegible]惱，晚粧好[illegible]峯髻，月迴舟亭[illegible]，烟衣[illegible]路葉[illegible]

嘉[illegible]魚[illegible]鶯[illegible]，佳[illegible]狂歌[illegible]，[illegible]斗奇絕，溪山殘年[illegible]

[illegible]牧[illegible]置我其[illegible]

語語精琢，紀遊絕調

搖琴動操，衆山皆響

逸興遄飛，清思雲湧

真情真景一幅秋遊圖堪追摩詰画

抄 二郎神 中長調 百四字

玉蘭花餅

彊善堂主人對訖

東風叔靜，幾樹珠明雪映。低亞玉羅窗，篩碎小鞦韆影，餉晴日晏。

與舊稍異

定粉揉衣裳休點了，怕惹起、香閨春病。向花下盈盈，小摘付與，

當壚說餅。　嬌靚，薄抵蟬紗，圓踰月鏡，想一尉娘指螺紅一縷。牢

九上、織痕猶凝，粉殘莫悵，佳人命相賞有金尊綠茗，也省到[illegible]

啼萬片、飛邊拋街填井。

牢九，餅名

有

情多殢細傳能刻畫乃

抄 月中桂 百四字

咏丹桂

○月。嫦粧。成、時何。銀河淺。灣自鳴。上月盈、紅芳歛、灩早。西風篩上幾堆

金粟。緋衣梳裹好。卻嚴妝、穠粧束。偏皐秋籬外。望來、絕似雁

背夕陽幅。纍纍、絳綃微蹙。愛瓏璁、細額相間、黃玉。枝頭桂、校

想。夜。來。微知。奈也。雲錦。月霞。裙足。仙翁顏渥赭。帶笑。睍孀娥。邈獨繻紺天。

香。滿。銀。鈴擣來。丹。江熟。

起處峭秀，結處縹緲，不意咏物有此妙

構

9

抄

解連環 一百五字　彊善堂主人評訖

暮秋看窗前杏花

碧秋澄澈把江南染徧是他黄葉忽一朵半朵春來也淺暈明
粧薄融酥頰雨膩晴烘笑依舊茜裙微摺只夜涼御禁露重誰
悵望語淒咽　回思好春時節正桃將露透蘭漸成纈樓上人
醉花天有畫鼓銀鞍寶馬翠塵往事甚總迴枉這盡西風問說佛
空江駕雲橋一帽落花戰雪

若能書花至以見之
類某作詞家物色宜
及咏物要訣

奇麗是一篇美人賦讀至末幅使我淒楚如不勝情蘧庵

抄

解連環　長調一百

奕用片玉詞韻　弟椒山峯曰

峰岳奇巧以來顛袖中石　皴　瘦

漏湖棲記，向荷塘香露，柳陰綿邈。有一帶、油渚籠窗，恰臨水倚

眼比烟太薄。畫困心情，更絃上懶周郎，索且新月半邊容手

談聊代樂。花陰半庭閒共，津石中爭棋，上曼佩靜覽一

流彈聲將殘，冥宗炎耳，來宵燭爛了樵柯，又謝蓬萊桃惝

無人萬松沸處，微聞子落。

拟解連環 長調 百五字

丹霞觀弈用雲臣韻

荷香清興更松風滿院簷鈴戛觸有數客書畫圍棋傚也

曹靈分楚蜀布算凝思漸懸几光連幽竹笑看無一下意念子

僉白部空局須史山飛海盡起悲喜觀爭看林際紛逐斗景樓

叟工成枕醉黃粱起已炊熟何似安眠且輟戲閒消三伏他人

猜奕窮妙手阿奴碌碌

史雲臣曰讀劉夢得雁行布陣虎穴得子之詩知夢得必長于手談觀東坡勝固欣然敗亦可喜之語知坡公拙于奕

格此詞欲子收舊意只使空處立局忽收而寔寥

斂手寫照也書佳以為一笑

弟綿雲曰此題家兄又有一闋乃用片玉詞原韻者其結句云悄無人

萬松沸處微聞子落尤為精妙也

抄清江裂石 長調 百五字

人日送大鴻由平陵宛陵之皖桐

彩燕粘雞鬭酒天輕軟到釵鈿准擬暗塵元夜覓羅帕白月底燈

前詩舴艋早來（迎）何（太早）覓買綠帆拖雨貪看水成圍殷勤問姑溪瀨

水陌似濶湖姍二月向龍眠樅陽城下可還有士女鞦韆酒

訊望是潯陽琵琶亭下見說道邊愁已入新年對東風倚江樓倘

遇鯉魚紅尾寄我碧桃箋

[illegible]湏中好處耐性多詩家凡浣花叟

石[illegible]

秋霽 百五字

本意 [illegible]

步屧欹斜，向黃葉村邊，閒眺青綠。水映漁莊，霜明菜圃，陣陣寒
鴉落木。遠空似沐。好峰數點，修螺矗。更冥冥、極浦淡海，帆影織
千幅。憶昨素舸，汎汎長淮，水涼燈暗，和雁同侶，夢家鄉西風
菰米炊，炯脫斫鱸膾，玉壺夢醒，蒂花已聲，蕭蕭。詎意此際，故園淼眼
秋光一杯雪蟻，幾枝風菊。

丙申秋暮颯颯之夜
人瑰夢偶書

抄

傾盃樂 長調百六字

正月十三夜預卜元宵月

絲雨如酥，小窗似夢，睡獨難穩，試燈夜，鳳脛慵點，香階潛向姮娥預貌元宵，可有冰輪分奈瓊瑤，舞縈幌拂簾逾際，安黃剔翠，都到眉峰砌恨。隣院女盈盈來，聞說青鳥黃塞，原有信要，春城一色，鋪銀夜市萬家，堆粉正雪後，玲瓏燈映，又陌上軟紅驂鸞，潤當此際，纔湯上團鑾玉鏡。

以腐遷筆法作大晟詞語，已臻千古絕調，而選字傳神，尤極

幽峭安得不令人魂銷也。史蘧庵先生

落想靈奇，選材香雋，使人跳舞，使人瞇瞑目。黃珍百

抄 頌杯樂 長調百 化木 六字彊講空之畊記

風致棲之孫不覺出此詞似此亡

品茶

由其力去而思細

雨後新晴，林巒小，階陳簾窣地。正罷大字華下，卷幾般綠雪嶽。

僧新寄，瀏覽約取，嗚泉試借。繼良支九釗系，田言問茶事，松風入耳。

琴之珠跳聲，雪沸，綠鬢女，春鬧搯，擣掛尾，玉盞鈔小石，淵絲戈鬟翠。

繼韻未鴻先，專茶壯爲，還遷帶，漸言入名，柯公主里，冬人閒髮。

風致七杉，後王八子，饅飲秀翁斛。

南耕曹潤曰：敘次濟楚，布局處實，然有餘于此，悟作文之法。

儲雪持曰：先在題前點綴一番，寫出一派空濛寂歷，便已透出品茶神理，不似他人

浪淘沙　龍團鳳餅等破

抄

望湘人 長調百七字

贈南水上人 上人住吳門百花洲

自歎秋邊柝了，杜宇啼殘，白鷗新句。驀遇維摩，來游畫卷，畫姿草草才情。

教詩口長著，雨意樓臺因緣，箭開花只語。書今更擅才情。解唱瑤雲月暮。借問師家何處，在百花洲畔，近胥江渡。此地我曾游，千載最消魂路。昔日無限歸帆柔櫓，縹渺波南浦想，月中趺坐，香臺尚有精靈來去。

贈僧詩詞易入枯寂，此作風華擅

瞑膺託遙深信是詞壇神手

惜黃花慢 百八字

晴郊訪菊

郭外烟林趁板橋夾浦迤邐秋尋溪翁隴口半畦嫩蕊園丁屋角數畝濃霜[illegible]離梗開坼鋪如錦縱藻耀偏覺菁菁林選野岸倚風[illegible]草陽澗樓琴濁醪無伴孤斟漸林霏小叢醉[illegible]泥家居晷過廚方膾玉人懷[illegible]西風何事吹帽便短髮菊也須簪攬客心閒村碎杵零[illegible]

彊善堂五八時記

藻耀偏覺菁菁

一詞兩黃花寫照

點染蕭冷而一段豪吟跳盪之致勃不可遏

抄

慢卷紬 長調一百九字

彊善堂主人封記

賦得秦女卷衣

長城西去。嶢關一望。萬古消魂地。悵漠死秦宮、隴樹洮雲、棧連。深、盈隱涌燕魏郡。嶺渾河。灞陵紅樹。鳥鼠山。如髻有六郡良家。四、姓小侯、盡隸都尉。金鴻嘹唳。蕭閨忽憶。寒衣事。刀尺擬裁。量。怕帶圍。雖憂記。上響秋宵。逾霽、鳥摟、銀箏鼓。蛩殘。木葉、疊在紅緗。裡、倚寄到軍前。念。人烏高颭。樓翠。節封淚。

前關則水經山誌古與幽深後關

則藻耀瑰奇漢魏古樂府也

抄

五綵結同心 百十一字

賀馮躬暨納姬

彊齋堂方封說

隔街争唱、相府連催、西鄰香鐔初裹、紅絲絲、來車兒穩、繡簾動、壓角

紅珠駊騀、只愁、阮婦剮覓嫁、飄呈語繰、邊過、怕難兒粉防脂

邏安、揗最宜諦妥　連晨書樓上鎖、料也應推說、棟花風大千

騎今年事雙雙、去笑上丹翠輕舸、郎君佳話人傳、偏懼疑事端端

然瞞我、倘相逢春宵踐上、自說深杯分可

秒

八歸　長調　百十五字　彊善堂主人斷說

春夜偶成　斷紅零翠不堪思憶

城陰水際，閒尋往事，光景零亂難寫。畫眉橋北沿牆去，曾有迷藏伴侶，簸錢亭榭。生小誰怜鉛共粉，說不盡、衣裳淡雅。碧檻外、鑾柳絲絲，旬線恍如畫。

今日延秋坊畔，令狐宅裏，依舊好花開也。杏梁燕子，玉籠鸚鵡，高說十年前話。水晶箱子在，遮莫還存聖檀帕。東風起、櫻桃細落，捲上當初鞦韆紅粉架。

按

摸魚兒長調百十六字

早春接山陽陸密庵先生札兼惠我月湄詞賦此奉酬

彊善堂主人對說

悵連宵晴風吹雨春寒歌在簾箔忽聞鸚鵡籠中說佳言送香詞來也披咏宛似脫線真珠句句窗櫳瀟灑篇篇無價更周柳纖柔辛蘇感激才盡出君下

為君說我有鸞笙鶴自能將風月吟寫旗亭他日從君讌準擬避君三舍君莫許縱牛嶠顧夐今日誰憐眷花間曲罷又孟蜀宮前摩訶池畔春草綠盈把

萬斛源泉隨地湧出自有遇方成

珪遇圓成璧之妙

古雞瑪瑁如王子年拾遺記

沁園春 百十四字

秋日登姑蘇玄妙觀彌羅閣

霧彡隱蕭蕭，以風亭高哉，見飛鳥衣桐垂轅車木梁深

井龍鬼遠鬼，燈燭閒燎，金鈴金鐵，角雷霄帕劍，是

南陵朱鳥，北極黃龍，玲瓏月殿，開門兒，斗繡文彩，點正

井微化戲座，弔宵鞭，樹書峯，寶劍，日閃開，交魁

五和文成未閟，才錦鸞瑞笑，動錦寶，裡金案寧

彊善堂主人對記

三年試十年乃成此州別獨兩秋龍珍在貼切不徒以

張碩德此

如披山海圖，如讀長性錄，令人目
眩心悸

抄

沁園春

為錢塘女史雪儀作仍用錢虞宗雪持

鬢影東嚥吟卷叢殘風淨名題忽誰家[illegible]遞香詞一闋人間那

得群玉月雙星一角碧詩顛重溫舊夢語謙翻懺未能吳山下想

歌飄林雪庭漏點銀瓶 [illegible]青堂已津春冰說小妹天人家許雪儀

妹已許字[illegible]奏雲忽和鸞[illegible]國掃眉才子[illegible]西陵[illegible]為

[illegible]人[illegible]

斯文紅絲作聘[illegible]飛瓊入畫屏東皇約要兩般艷雪[illegible]戲[illegible]櫺

時雪持有待闋鴛鴦

之意故為兩雪之語

華香早艷名里牙籤玉軸

裝成卷帙

我未成名君未嫁同一感愴不必問其畫眉
入時無否也詞特跳脱飛舞令人目光飄忽遥菴

抄

賀新郎 長調百十六字

彊善堂主人對訖

輓冀沙朱南池先生

先生諱士鯤明末以明經謁選得粵西柳州府武宣縣南荒僻遠　國初尚未入版圖先生忠於所事歷官至吏科給事中子滉任北流知縣壬辰　王師入粵先生偕子滉暨闔門三十口俱殉節於北流之黎村後數年其子溶徒步七千里覓先生埋骨所卒不得遂慟哭歸余敬為詞奉誄并寄令嗣孝廉澂文學溶

起得世上淚濕蒼梧杜是千年蠶人誦宮雀鳥鬼路中壹國易三十日風
木楊馬人詩窟金云路多多詩
壯
水碧靈旗似雨光剡剡雲中頁暮鉛古毌潭西羅律中廟笑迎神中王贋
方八炎二雇暮金金二羅神廟笑示木
昌黎句須讓爾歆椒糈　招魂哭入大荒去痛孤兒泣畫角目淚
詩言音叔木　才云哭大荒三痛孤兒泣畫角日
萬山愁霧蔭婺壁懸崖藤暮壓日泣周咏翠羽鵑鴣常處
霧山容懸山藤暮壓日詩日咏翠羽不偏廣古日
收得雄誰認當年高馬箕容大猩之夜共獠互言雀鵰新絲祠宇
言認當年馬箕容大猩之夜共獠女言雀鵰新絲祠宇
渾似絕似傳六騷六賦非是詞不足以誄南池
先生

賀新郎 長調百十六字

渭公蓋之侯養痾南岳山房初夏同雪持南水放庵過訪詞以贈之 是日有五虎踞坐棲隱寺門

卧疾禪房裏。問君年、纔過四十，胡為如此。人笑君同師白髮，君只狂吟自喜。狗竇豁、儘容鄉未。猶了對東能決，勿更何妨擁鼻。哦經史、石可漱、礪吾齒。　青鞋且踏南山寺，更同行、詩僧詞客，善談名理。噉罷山廚櫻筍飯，佛閣晴空漫倚。一飽後、破除萬事。誰坐寺門閒說虎，萬山松、一霎腥風起。堅搖手，真來矣。

用古巧運筆靈復說佛數語覺
市虎不須三人

氣韻沉雄　如也齋老評

賀新郎　長調　百十六字

送蔣京少隨尊公學憲之任豫章

雙槳揉青雀。指長江、潯陽西上，浪堆銀屋。郎月荣秋湓浦闊，

會諸生、白鹿洞，公子翩翩綠那。君去鯉庭多暇，畫舫更何人和我。

迦陵曲，誰共翦西窗燭。秋容一望真如沐，照江山、蕭寒新綠。

一輪圓玉此地，王郎題賦，後夜舊落霞孤鶩，文彩事，算君堪續。

莫道漁陽過雁少，倚西風念我成貧獨，須寄好詞讀。

余少此去未免戒心詞中風流文采然

孫翩之筆

抄

賀新郎 百十六字

連朝霽色殊佳桂叢復放而寂寂空齋秋尋無策兼之溪蟹大上手中不名一錢俱恨事也詞以自嘲并柬雲臣竹逸

興字犯重擬易他字

彊善堂主人對訖

六曲銀屏矮晃書籤碧空一片秋晴光無賴料得空山叢桂畔潑徧朝烟暮露貪結伴鳴榔款乃篷莖青蚨愁罄有窮今年連了秋尋債任自笑興胡儳 還自 爾 老饕僵卧誰能出閒覽涎流千丈口肥香筐蟹盡就橙蘿餘尋得否溪友得錢方賣笑吟興闌君都賦

佳節來朝重九是，戰西風、破帽今還在，只愁被、秋[illegible]礙。

空囊敢飄時，讀此姿過，

意氣始得豪。

抄

賀新郎 一百十六字

○ 丙辰九日

廢業經秋矣，竟歲下品絕，渾澎湃，浮生身世感滿

眼黃榆紫塞，天一碧，關河無賴，多事鬢良，是飢容易成戲馬

消安在，賓豪客，黃刀無羿，平生快，胡為丹陽男子

適來誅儒，田世羊更驍，度哥閃要，下憑歷，在簾干之外

麤飯罷，吾事畢，東街且了黃花債，今古恨，漫興慨

登城遠眺浩歎也歎絕似劉琨一

如農文詠集新歷言之吾不

沉摯

嘯綽有豪氣

按 賀新郎 一百十六字

如禰生撾鼓塞憤激平生意

彊善堂美對箴

中秋前一夕坐月虎丘時移物換不勝今昔之感

月上空山早。暮今之、夜關河一碧，浮氛都掃。二十年前曾醉此，（余自丙申中秋看月虎丘，坐客錦衣玉貌，事已作開元天寶，獨留孤。今已二十一年矣）

都是前朝遺老。

光成太息，影秋燈已照。歎哉老，且把金樽倒。

茲調是從前，燈前懷抱，覽高歌青衫，文長袖舞。

一笑詩舊曲人間絕，兆滄海月明渾是淚，料來宵月看逾白。

重枕藉，澗邊草。

生公石上曾閱黃草野馬之曲，飲不暢，後之覽者將見寓於新詞。

感今思舊，寄慨於歌，作者情深，非為虎丘片石也。

點染雖事，蓋足生色，尤如在中秋前夕，確不可移動他夕。

感痛淋漓，聲淚俱落，不異劉越石吹笛當年。

遐庵

抄

彊善堂主人對抄

賀新郎 一百十六字

丙辰中秋看月同雲臣雪持賦

風月佳無比看石上冰輪瀲灩長空新洗金虎寒光猶未散大已

吳宮劍氣越鬟得翠奩口女刀貝巨元宵今人依風春燈山甘佩

秋山裡十萬盞殘珠綴懸崖疊巘笙簫船曲兔久山西女妻嶠

嬌歌又起簇坐蘭湯酒分夫盟可露綱香風臺上樂字生肩絲

似谷天明天車玉石透星星宮佃火是如長長兔自飛西墜

以賒叙元元宮形容繁常絕妙文心

語語紀實風景九佳可作吳天一則雋話

紛紜難皆描寫足致圓 蘇響家似陳檢討中郎後五記

新聲看景觸緒紛來僕讀之益

悔未同遊樵也

如入廣寒宮裏聽霓裳羽衣之曲

渲染盡情是畫水畫聲手 蘧菴

俯仰之間感慨係之眼前如理

抄賀新郎 百十六字　月人拈生

十六夜步月惠山泉亭

皂簿詞前月又隨我春申澗畔慶相林梵越誰道孤光今夜減依

矣笑衤ノ澗田ノ杉樣

巒峰泓映微人尚在廣寒宮闕只恐青天偏有意散霜華點盡

愁人髮搔首望素娥寒　孤亭坐久狂歌發亂山之間中宵驚起

木瑞棲鶻意盼是宮絲管歸月宮風簾畫揭今只有泉流眼減

林之木鶻什日居ノ扌

宜寂寞除卻似此笑歌舞終須智此意是誰達

口ノ卜文哥文宛糸〻尉什止

曲終不見江上峰青雜似法時意況

泉亭玩月補騷人所未及寫得凄涼如聽雪稜際〻

吉是

十六夜月

十五歸五十六直山不多與盡盡

意於子猷泛雪益多吟詠

甚年泛月去來者詞則源溪月舫

不更在剡溪雪舫之上乎

泉聲月色寫得殊清華如許讀之遂失其奇

觀也

霜毫迅掃逸態横生正以近情為勝 蘧庵

賀新郎 百十六字

戊申、余客都門時、風塵淪落、而合肥夫子遇我獨厚、填詞枉贈、有君袍未錦我鬢先霜之句、一別以來、余承乏詞林、而夫子之墓已有宿草久矣、春夜偶讀香嚴此詞、往復纏綿、淚痕卯紙、因和集中秋水軒倡和原韻、以誌余感、昔夫子填此韻最多、集中常叠至數十首、今者填詞用此、亦招魂、必效楚歌之意也、并寫一紙、以示伯通、

事已流波卷。憶春帆、酒中餞恨將詞排遣。填到消魂千古曲、燭淚一時齊泫。紅漬透、吳箋蜀繭。知已相憐袍未錦、論深情、碧海量還淺。丁香結、甚時展。

買臣自分難通顯。又誰知、此生真見禁林春扁。俛仰鍾期成隔世、便化雲中鷄犬。也刻骨、銜恩未免。今日錦袍雖換了、記前言、腹痛

將。他。典。買素紙。向公覓。

[redacted]先生疾革前一二日執予手稍追感合肥先生不置夫寒士孤窮牢落中得君臺一聯便欲心死而憐才愛士之心出于真誠便人沒齒不忘則合肥先生其僅見矣適檢集得此詞因憶此語不特悲先生之遇而又以誌合肥先生之盛節于不朽也壬戌端陽後三日粲廿記

抄

賀新凉 一百十六字

立秋夜雨感懷和尤悔庵原韵

驀又廉纖矣想天邊也應長恨泪如鉛水墻脚野花無賴極細

箕今朝開幾攀摘罷定然流涕擬到橋頭尋日着問半生骨肉

六字凄絕

何如此行人少天新雨　颼颼況是秋盈耳憶家園騃婁有婦

宛然鄉里颯颯西風吹去了留贈黃金鈿子難怪我桐枯心死

冷雨茜裙都染血恐相挨送入秋墳裡憑恨曲喚他起

此安仁悼亡詩也凄凄惻惻不堪多讀

「抄

賀新涼 百十六字

七夕感懷再用前韵

鵲又填橋矣滿長安千門砧杵四圍雲水長記常年茅屋下住節團圞能幾有和病雲鬟撣滯縱病倘然人尚在也未應我淚多如此彈不盡半襟雨　如今賸有孱軀耳便思量故鄉瓜果也成千里誰借針樓絲一縷穿我啼紅珠子奈又說春蠶竟死囑付月鈎休潋灔幸憐人正坐羅窓裡風乍吼粉雲起

賀新涼 百十六字

中元感懷仍次前韻

節届中元矣、九門邊、冷雲新畫、明羅疊水、朝罷千官紛咲語、知我凝情有幾、悄背着紅墻流涕、悕不成行、西苑柳、奈秋來是物猶如此、能禁得幾場雨、　總調薑橘徒然耳、想姍姍、魂來也怯、路三千里、函倩蘭陀張淨饌、拋作貝多羅子、早勘破人間生死、露蓮燈飄萬幾盞、儘胭脂傾向銀河塘裡、化一片彩霞起、

抄

賀新涼 百十六字

中秋感懷再和前韵

皓魄飛來矣鳳城邊打頭驚看一規涼水今在市樓歡笑滿盡
道此生經幾只有個人兒雪涕便是月華圓不缺到良宵端正
長如此翻令我泪如雨　酸歌詎到姮娥耳轉嬋娟漾人簾外
一晴千里醉奪吳剛脩月斧腊盡金蟆兔子更斫得枝（桂）枝齊死
若使冰輪能解恨知雲鬟但入重泉裏何必要又東起

抄

賀新涼 百十六字

九日感懷再用前韻

又值題糕矣、滿長安、綉旗斜颭、車如流水、記得杜陵重九句、咲口此生開幾、也不似今番揮涕、誰去登高誰落帽、筭秋光枉了濃如此、轉不若多風雨、　諸君未識吾悲耳、儘豪狂、功誇漢武、智誇樗里、到得傷于哀樂後、幾陣隣家笛子、不許英雄不死、歲歲黄花清瘦極、有和花比瘦人羞裡、腸斷也、怕提起、

抄

抄

賀新涼 百十六字

十月朔病中感懷仍用前韻 是日京城士女競燒冥帛于門外謂之送寒衣

伏枕經旬矣捲晴窗誰為稱藥誰為量水又報鳳城頒正朔佳
節來年有幾便有也徒增悲涕壁角風吹殘曆本細於塵銖網
偏縈此新和舊恨如雨 梵鐘故遞愁人耳是鄰家寄寒衣到
北邙萬里疇昔春衫誇樣好描花畫兕鳳子總直得紅蠶一死
今日縱然隨例送怕燕粧難稱伊心裡燒罷也絲灰起

異鄉風物觸目驚心直是奈河滿令人斷腸

抄

賀新涼 百十六字

臘月初六是余生日即亡婦忌辰也詞以志痛仍用前韻

嫁與黔婁矣、憶糟糠、撫他不住、兩眸清水、為我懸弧繙楚炙、下到瑤箋第幾、真綰得、鸚哥流涕、今日蓮幢余轉賸、願相憐、再世休如此、花款款、墮成雨、

安排果繫千夫耳、記當年、代占雞卜、徧央鄰里、更喚街南盲婦卜、姪彈動、香蛇絃子、推測盡五行生死、磨蝎早知真見祟、便長貧、恐容易、夢裡朝飛雉、寒雞起、

拟

賀新涼 百十六字

辛酉除夕恭遇兩宮徽號覃恩，臣妾亦沾一命，感懷紀事，仍用前韻

一歲將闌矣。悵年華、挽他不住，滔滔似水。五十餘番婪尾酒，愁類今番有幾。爛燭燭、也替人流淚。凝絕客又逢是賀，盼征軺、尚冀人來此。渾不道，竟成爾。

栖遲只為君息耳。寧不念、茶香膏滑，銅官故里。今日五花沾一命，波及臣之妻子。敢尚許、臣飢欲死。倘此黃花人尚在，制翟衣、寄到深閨裏。雖病也，定然起。

抄 金明池 百二十字

丙辰秋日書事

落〻門〻攜琴〻閒〻架帚道，添賦窮小市對蝎廬，馬磨綺房

朱扉盡戢，鼻和他，鐵戟鎚酖。一例載，步付泉刀，祝籍有銅山

兔脫金穴，龜營褆野，婁酉空。便卷空豪，風蕭瑟，盡堂帷幕

烏遯逃，無術人，說天家，權酤誰，學仙翁，點石，更天邊月付

清虛臺，未瞿曇，佳女，丟見，敘葉，刻奉，識盡外，多少題門

讀字

时乎如此言之能不鼻酸

中诗来益为惨也

尚欠磨礱

但覺構造精瑣點相映不知其言之悲

南耕

彈善堂主人對説

李哀鬢于蘭畹寫此恨手金荃酸酸楚楚一字一淚矣

抄 金明池 百二十字

詠雁來紅

砦綠倉琅，蔓縈屈戌，閒鎖街南空宅。見一片、霜條露葉，伴臥楚

冷絳如織。想斜陽、雁背微丹，斜壁下、灑向枝頭堆積。似顦顇秋

娘，寂寥班女，倦軃畫欄無力。 颯颯、賓鴻南雁，日正天水濛濛，

關河歷歷，悽涼楚清溪柵口。惆悵宿黃陵廟，俱徧江南，一夜西

風便也。學春鵑啼喚紅顛，恨漠漠、無它吾陵少杉口，沈青沙足。

題 咏物皇宜深穩，取神遺貌解象，源陽地湧生

彊善堂主人對読

渾脱瀏利後闋寫来字變化入神結語托寄幽深極章法之妙

孤情一往，使人無奈，僕本恨人，何堪閱此

抄

西平樂 長調 百三十七字

春夜寫懷

象管慵拈，鸞箋懶炙。春困斜倚圍屏，往事難追，舊愁易惹，更添夜雨淋鈴記。一騎衫痕似血，半夜簟紋如水，鳳凰橋上吹簫鍛。霸陵下，呼鷹幾處，鞦韆綠水，風狂影篩，亂石碧潭星。秋娘一去，酒徒何處，萬水千山，有影無形。縱有日重游洛下，再過秦川寉。髮相逢話舊，覓遍樓臺，祇剩寒鴉，興沉[illegible]螢。十載浮名，半生故國。且剩閒身，野寺山家，布韈青鞋，花前到處飄零。

一聲河滿子雙淚落君前此中山所以聞樂而悲也況情至之語乎　史蘧菴先生

抄

玉女搖仙佩 長調 一百三十九字

登姑蘇玄妙觀彌羅閣

彊善堂主人對讀

仙壇巃嵸複館飛簷架住蓬[illegible][illegible]孔刻畫仙靈雕鏤龍鬼百怪
躨跜梁栱眩神悽恐更閃電金泥綃窗月湧到鳥雀更無聲
處恍惚瑣樓寒氣微中童女守丹爐碧桃花前玉笙閒弄前
度劉郎情重笑拍闌干何限塵埃蠛蠓銀漢沈沈丹（絳）霄寂寂許
與舊遊鸞鳳淚灑鮫盤凍吳宮事恨當初羅種空留下湖山
幾點蘇臺一帶年年花草恰如夢東風外綠波微動

形容觀閣是（寔）造爲鳳樓（瓊）手須第呂
宮廬（邃）悟三千犀甲學仙者未免豔
心達觀者可以悟道

抄 玉女摇仙珮 長調 百三十九字

詠水仙花和史遠庵先生原韻

海國春深，洞天日晚，飄下幾枝仙艶。望去疑無，看來入畫，朵朵

風前擁髻。欲取餘花比，奈緋桃綠柳，大都難似，鬟髮是楚天女。

夢湘水，如昔月明千里，有三兩鮫人，群弄明珠，凌波游戲。今

夜空廊單枕，酒冷香焦，忽墮花前閒淚。憶得年時，那家庭院，細

雨窗簾，幸丁字人與花同倚。說不盡此夜，一欄空翠。誰信道、畫樓

天遠，綠窗人去，看花長住，心懨懨地。料花也、舊情還記。

前闋段落縱橫風神跌宕似子長諸傳記後闋則想窮天際百感風生吾不知其所以然矣

抄

多麗 長調百三十九字

初夏同雪持南水放庵游南嶽小憩風隱寺

弄微風城南畫舫旗偏且屏當棋局亭亭第五橋邊山嶺如將春雨波田尚未成風沙欲生香空能翦翠人家四月畫茶天邊邐處林脂石骨碧音寺門剛僧對窗中雛寺下山泉試飲同亭堂金粉漁舞共染多年書畫郎試半龕佛火雕闌槙一抹寒田徑何行人覓提往事小樓鶯語最輕車圓支頂久花圍亂木冥色漸蒼然係歸去群峰常我晚髻尤研

前段寫景入畫後段敘舊生嘆一篇絕
妙紀遊文

抄

豐樂樓 二百四十字

辛酉元夜同戴山賦

上元許多往事，摺鑾戲倦寫對皎皎一片冰輪，背人鉛淚偷瀉，記年
少心情百種，拋來都付傳柑夜。月將圓，狂到妝燈，那宵剛罷。要識
狂奴蹤跡，除是問寶釵羅帕。喜人月一色，相看盈盈，堆滿簾鏄粉墻
西火蛾低旋，軟慢左飛蟬頻卸。也曾招花朵般人，倚風輕罵。誰差
詞客去作官人，舊情仍亂惹。況今歲鳳城中炮，梆外添了萬盞晶籠。
水邊斜挂，獅鑾假面，參軍雜劇，繡帷飄得天街滿，更夹路香謎惑人

打鸞韃獸旗毬群牙帳毬門彈毬紫陌坊庭　昇平士女京國樓臺倚九重放假嬉閶闔雞人漫唱月總西沉人恐空辜舞場歌棚綏扶薄醉御溝斜轉前門不立偏姑煞綴犀釘鈿粟綠垣下往來月裡摩挲多被春纖絮伊情話燕京風俗元夜婦女競往前門摸釘為戲相傳讖宜男也

嵗詞已有刊本

歲寒詞

宜興陳維崧其年號迦陵

抄 喜遷鶯

立冬

擷[illegible]堂主人對訖

西風忒峭把似錦濃秋霎時都掃林影添黃潭痕減翠易損他鄉懷抱甕頭索郎未熟坌口獵後還少燕市畔漸消寒九々排當盡稿那曉人世事月令歲華慣是田家好摘菜淹菹燃糠煨芋夜火村々打稻惆悵年來殘夜催着朝衫偏早憑誰說向茅簷曝背溪南詩老

抄 夢芙蓉

寒月 彊簃堂主人對訖

倍覺姮娥寡。柰金波早凍。素光空濾。此時帝里。六館并三尾。擁爐圍

粉帕疇憐夜景。如西讓碧空中只一丸。獨自冷向鳳樓挂。除是賀

蘭山下。老將營門看。潟分明也。清輝縱好。此外誰知者。長宵更鼓打。

兎華莫也生怕。且待新春點紅燈。萬盞照着鬧蛾耍。

抄 畫堂春

小春 彊簃堂主人對訖

不寒不暖好年光依然人在江鄉春人偷嫁與冬郎便小何妨記渇年時嶺外梅妃猶未勝粧如今花滿紙糊房紅紫成行

抄

風入松

寒鴉

欹斜嬾漫徧燕關僵冷甚衰安誰將水墨濛〻画做邊城一抹荒寒小日曾藏栁葉前身慣上釵鬟

無端誤點早朝班髩鬅認龍顏六宮怕有人爭妬帶昭陽日影飛還惆悵舊遊何處孤村流水之間

抄

瑞鶴仙

慈仁寺松

爾頭童齒豁又短如翁伯小踰臧紇年高尚存活換一番兵馬一番

宮闕雷轟電掣早煅就秦銅漢鐵任噎歐萬怪揶揄閃爍百靈洞喝

奇崛種於奚代長自何朝忘他始末空餘獵碣略記汝生年月只

新來廟市喧闐處踏闌入市場豪猾趁天風鱗鬣狂拏舞場田鶻

抄

淒涼犯

寒柝

對

彊善堂主人對訖

對

一星星火紅猶在更闌空館繞覺甚地勾欄那條京巷暗鳴腷膊墻

根市角風遞到一城郭索終不然啼結弔月或是夜絲絡　此際無
衣子冷巷間坊睡何曾着敲時和夢似徐拋零星珠雹陡觸霜威愁
殺是此身寒薄者崩騰柝聲四起山月落

踈影

黃梅

霜天殘臘綻緗梅濕樹半開微合嬾闘春園小白長紅只愛新興蜜
蠟鬱金堂外糢糊見貪耍學厭禳粧法惹綠窗鎮日昏黃錯認薰香
睡鴨　曾有箇人雲鬟摘盈盈半朵和簪低捧戲罵花枝何物檀奴

也上香鎗斜壓如今人去花何用索性把花枝齊掐攬斜陽別樣心
情且喚浇愁鑾榼

抄

霜葉飛

黄芽菜　彊齋宣三又對訖

輕鬆纖軟評春雪此言殊耐尋玩昔人句子巧形相又入春趺贊細
擬議兩般俱善不如单咏霜蔬便每未到春盤早顛甲嬌孳雋永那
数禁鑾　此際風雪豪家點酥抑鮓花壓羔兕紅淺寒酸腹內膭蔬
畦那有羊来踐只千里湖蓴路遠鄉愁菜把權消遣對稀疎憑小摘

忽憶情親躊躇未免

黄山谷詩云庚郎鮭菜二十七太常齋日三百餘上丁分膰一飽飯藏神夢訴羊蹴蔬小摘爲情親杜陵句也

抄

宣清

玉河氷　彊善堂丈人對訖

結定銀灣凍合銅溝裝成玉玲瓏砦到月明轉覺嵯峨使風吹何曾澎湃迴思客夏翠椀涼虀千家賭賣只今朝堆滿逕文園縱渴誰愛見宣武門邊西河沿上有氷床一帶更紫罽猩絨穩墊嬌鋪滑笏瑤京若比風檣尤快是誰家葛裙斜載逗香肌氷前偷賽還將四絃

猛彈破空潭問吟龍安在

長安臘月水面多設冰床以供行客其捷如飛

抄

花犯

西山晴雪

張壽堂主人對訖

徧嶔崟玲瓏晃耀瑤篸捧千點六花飄颭照綺旭温馨光彩逾瀲遥

憐獨騎迷山店禪扉又早掩再好問何村賒酒吟情遮莫減　誰工

西園論人間除非倩妙手迋倪寬范潭柘寺雀兒寺粉裝銀蘸群峰

只東偏消早依舊吐一枝青蕋萏憑欄望吾狂甚矣笛聲吹阿濫

阿濫堆曲名倪迂
范寬俱画中高手

抄

十二時

觀獵

儘生平骨偏騰上那識世間劉表嗟落魄古長安道市上剃高又少
見說城南群公會獵撫掌轟然笑有十隊細馬輕裘硬箭強弓圍簇
盤鵰綉襖 往觀乎且為豪耳莫以粗材相詡斛律諸人教會若輩
馬上詩偏妙倏髐鳴戢鵵拂林迅落飛鳥 坐平岡燎狐炙鼠燕女
如花迴抱熱洛河斟婆羅門舞渾不似彈邊調只李陵安在碑前野

彊善堂主人謹誌

烏群噪

生兒高足昂眉氣崢嶸〻逼人去使

掾軒交莊從者在下風飛登雖後

與絳灌等伍　快讀書思如玉家

少年騎尾角捉跂上樹探巢數

真是傲睨一世不意老收教終爾〻

弟陸子手僭評

迦陵詞

通家後學冒廣生敬題

宣園高孫藏書之記此冊全了

綠

迦陵詞

清湄夫上未壽嘉未堤湖書屋

沁園春 李友人操葉大山 水中書園偃者 彰曹中樂高 中丞常北譜

春從天上來 鐵娘洛野君登巖來遊偏義

金菊對芙蓉 少 九日牧仲招同四蔚携示樓登高 又次方韵 別曰蔚

過陵數文村接蕃贈 舟次湖上江南 韵

念奴嬌 贈雪公上人 用元寺衲字韵

賀新郎 敬魯公八閱高韵

安平樂 贈鄭紀勝 韵

廿

瑣窗寒　月華清　金菊對芙蓉　換巢鸞鳳　百字令即念奴嬌　解語花

渡江雲　東風第一枝　遶佛閣　雙頭蓮　琵琶仙　大江東

木蘭花慢　看花迴　翠樓吟　壽樓春　水龍吟　拜星月慢

喜遷鶯　晝錦堂　安平樂慢　春從天上來　綺羅香　西河

望湘人　飛雪滿群山　風流子　疎影　五綵結同心　還京樂

蘇武慢　沁園春　丹鳳吟　摸魚兒　賀新郎涼　綠頭鴨

西平樂　彊善堂主人對訖

六州歌頭　彊善堂主人對訖

鶯啼序　彊善堂主人對訖

瑣窗寒　長調九九字

乙卯元夕東雲臣竹逸竹虛　彊善堂主人對訖

今歲元宵禁晴架雨暗做霜嫦娥何處盼斷一天冰彩偏春
城街泥未消蓮花梅萼徒瀟灑笑六街寂靜火蛾蠟龍歸紫姑停
賽窗外聞愁大笑冷淡光陰歲華虛擲叶坊曲多殘雪嚴
還在記當初小市夜橋月明笑語春如海漫如今只有東風似
小吹燈帶

音節韻聽較片玉爲勝

幽思縹緲著紙欲飛柳屯田不得擅美於前矣

月華清長調九十九字 彊邨定爲文對說

讀芙蓉齋集有懷宗子梅岑并憶廣陵舊游

漠漠閒愁濛濛往事勢似柳絲留把記解春衣宿昔揚州城下

粉墻畔謝女紅衫菱塘上蕭郎白馬月夜正游舸爭回取綠紗窗

挂如今光景難尋似晴絲偏脆冰終化碧浪朱欄秋殺

江如畫將半帙國香詞做一夕西窗閒話吟濕被淚痕沾滿

銀箋桃帕

李武曾曰雷塘煙月一種迷離絕懷杜書記醉倚紅樓手

便作鬢絲禪榻想也

人孰無情誰能堪此讀之使我鉛淚如水

抄

金菊對芙蓉 長調九十九字

詠單縣琴臺臺爲宓子賤巫馬期舊台臺有二賢祠

古樹雲平荒臺嵐潑兩賢留下祠堂見蛛絲網院馬覓盧牆承
塵畫壁皆於夢千年事陳蹟蒼涼江南游子無聊側帽有恨循
廊迤邐漸下牛羊響落木西風颯沓層岡悵琴聲未杳嶺澡
誰將擬尋地歸陵石字來語桐伴他鄉那堪斷碣摩挲已遍
一笑斜陽

法老音宏

彊善堂老人對訖

韓陵片石浪得名耳不堪復捫
也

抄

金菊對芙蓉 長調九十九字

九日牧仲招同山蔚振衣樓登高填詞惜別即次來韻奉酬

楚客有言悲哉氣也君宜原不宜秋況帆亭江上人倚樓頭菊

英介管人離別鬢檳榔綿打塊成毬那堪筵輕敲檀板緩節秦

謳歎昔日暮付風流盡落帽中偎戲馬臺近更一時參佐千載

英游語賓有風雲想算不口嚴岫清幽從絃鼻坐筆牀茶竈

中至老俟淹留

易水歌耶雍門嘯也

情深擊節意澹揮絃

金菊對芙蓉 長調九十九字

又次前韻酬别山蔚

彊善堂主人對訖

杪

鬱鬱中原蕭蕭老鬢不嗅歸弄晴秋記數間茅屋卷畫東頭每

當月吐長谿口水明夜雪鏡冰毬幾村風葉半灣淡淡牧樵

謳好趁涼涼寒流去窈窕崎嶇山山歷歷經經丘只離離情還戀梁苑

朋游他鄉老婦君少諒屏句瓦界空邈一樽當髮上下尺陏

暫為君留

通首如唐人留别詩不偏生於賦物而不

愧於詩餘之名

兀𡵺空幽他人不能道得箇中
髯應捧腹一笑

拔 金菊對芙蓉 長調九十九字

舟行遇大風仍用前韻 彊善堂主人對說

霧暗瀰鼉吟布帆低卸斗西風小霎時春系平楚尾翠入吳頭盤

渦急洑旋光陰鑄一點陽谷金毬定樓長駒過人偷舞海若供謳

十載柴棟更飄流只贋無臭橋賣餅安逗喜今朝凡馬方佛

天游水雲混混粘無極真欲犯珣珞空幽只憐今夜瓊宮高處

清冷鏡蝸

形容大風壓倒前人風賦

滄濤淵湃絕似晉問一則

抄

金菊對芙蓉 長調九十九字

舟中有示仍用前韻

彊善堂主人對訖

泛泛清溪，迢迢樊素，相隨單舸高秋。學水雲一色，亭宜稱頭包。

沙沙杉影

山此去，千峯山木，高低綴羅，月霜毛趁三更。水面吳娘，女木繞一上清。

漚卿復央月，來休由言可念，江同望高丘，恐周峯達兩岸文國。

語酊亻日氵亻礻亻氵氵訁語失達古

清游簟文文駕鳥鳥定君莫管後色幽，祇秋高鳳閣訟唱。

系ヌ禾六メ青目亻乙礻禾女卩舟亻口

氵氵鳥己

王樹麗儷

倩羊高歌 東少見伯 為湖之東 學後逸世

裙拖湘水髻挽巫雲此中大有機

鋒未許少伯叅得

抄 金菊對芙蓉 長調九十九字

過溪數文村居猶用前韻

紫艷章裾紅青葵帽千編花鳥陽秋有佳兒膝下少婦樓頭紅

櫳來居另冊木日木夕魚魚成述有時月上前爐送至收筩樵

謳言一任金樽日乾笑昔日金長一半荒郊且芒鞋野服散誕

優游栽花釀酒攤書外無事叩人境又逃但逢酒熟恰當花放

我到還留

人境雙逃惟桃源洞差來於是以當之不

意今日復見此地僕讀詞不禁神往

彊齋堂主人對訖

東城老丈喃喃數語使我涕泗横

飛

抄

金菊對芙蓉 長調九十九字

舟次漸近江南仍用周削韻

或抱琴書，或攜粉鏡，平分畫舸，過女兒浦口，新發負秋

光瀲灩明於雪，映水上、黃帳銀槎，起帷子臨風，把釣吳

謳。依舊冬冬江汎，還半下吳門，半繞巴丘，只江東繁處

來游遲歸，沙鳥應相笑他，很另有甚，邀請簪花，過此紅蘿重過

誰把君留。

[illegible]盡[illegible]笑[illegible]白[illegible]角

樂志論耶遂初賦耶

金菊對芙蓉 長調九十九字

抄

南歸前一日宋日堂中觀演西廂記七年前余初至梁園仲衡爲我張筵合樂即此地也撫今追昔不禁人琴之感詞以寄懷兼呈叔岱仍用前韻

繡轂鈿車酒旗戲鼓月明初漫延秋與教坊全部雜樂高頭一聲奈內前魂曲風不定燈影不[illegible]毬絲人膚簾幙一群鶯燕嬌謳可惜四節如流指間過檻似吟華屋山丘悵朱門舊宅[illegible]江心前游光陰負我堂堂去空遺下庭砌清邈闌干醉榔追飛雪亂

往事休道 入吳詞

撿今追昔如張白所云人語開元

遺事

鹿門家慶吳市高歌可以儷此風流

抄

金菊對芙蓉 長調九十九字

惠山夜飲坐有娼人同園次仍用蝶庵詞韻 娼趙姓嚴州人

隨善堂主人對說

人比花嬌，娃堪綠綺，問名云杜家秋。且餅煎寒具，鱠切橙頭。相逢滿酌梨花凍，歡場鬧、打馬拋毬。忘憂館後，水明樓上，妙囀輕謳。

酒罷暗許飄流。說家本嚴灘，門枕丹丘。奈兵來雁蕩，烽接龍游。琵琶彈入思歸調，助空山、落葉聲幽。江山如許，英雄難覓，舊日婆留。

艷香黏宕，字字飛舞，必傳之

作借姓生情一結雄放尤夢

二義也

抄

換巢鸞鳳 長調 百字

春感 彊簃堂主人對乾

月煖絲柔。正花枝裊娜，鳥語鉤輈。斜橋雲似彩，合澗水如油。漚風却憶少年游。閒踪亦偏旗亭酒樓。如今也只，淺淡眉痕相對。知否人感舊，深砌蘼蕪，綠窗畫記得年時，朦朧繡幕深巷。紅欄前柳飄風盡，楊花雨偏肥，摘來梅子，春先慢恨，風光更消人幾，偏回首。

雨花睡柳纏指深結愁裡一寸扎里

千萬緒人間無箇安排處也

抄百字令 長調 百字

壽邁庵先生七十 乙卯元夕後九日

元宵過了，喜華筵重炤，銀花火樹。南極老人星屬玉，恰接春燈三五。旗壓溫邢，才雄管樂，伯仲伊呂。昇平盛事，堯年老鶴能語。今日鬢髮氣氣，關山歷歷也，長安何處。三見蓬萊清淺甚，一笑人間今古。鐵笛仙翁，錦袍學士，輞涇漁樵侶。陽江長嘯，月明何限更鼓。

筆端迴無凡艷，真是吞蛟吐鳳之奇

拙

念奴嬌 長調 百字

送吳豈衍歸宣城兼寄沈方鄴梅耦長 豈衍工詩善篆刻 季野先生嗣君也

淋漓頓挫借杜陵長句幻成波磔凡其蒼涼盤剸硬欒嵒飆颿

浪舶巉削虛無琱鐫形狀萬壑蒼皮坼李潮吾衍古惟二子堪

匹歎息世態媕婀人情淟涊奇字誰曾識只有敬亭山色好

鎮日相看亦得歸臥烟霞閒逢梅沈定問余蹤跡豪情冶興為

言都不如昔

竟是一首八分小篆歌筆端飄激如有神助

抄

念奴嬌

小盎春蘭盛開與水仙相掩映風梅暗香復爾清冽雨窗無事婆娑其間詞以咏之

蘭滋梅粉，被宵來、嚴浥嫣然新沐。曉色幽幽涼逼硯，冷翠遥連苔竹。更喜山窗，兼[illegible]水國，也把幽芳撲。嬌顰媚靨，一時雨後開足。

浪說天上瓊花，月中桂子，多少閒榮辱。只有疎枝和野卉，領略一生閒福。散髮林端，支頤澗側，日取南華錄。素窺凝雪，小廊又報茶熟。

[illegible]梅水仙[illegible]本無[illegible]後取寫云

妙々我入林々志愈堅

綿雲弟八載京華昨始旋里尚憩西村未遑握手先寄此詞

彊善堂主人對訖

湖帆浦溆是吾家遠閣闌干間物下嵌老梅鋪錢鮮點綴池塘
嶂壁八載雖歸何端横集往事成鴻雪長安輦上知他若箇豪
傑喜汝徑就歸裝買揚州小婦趁春潮發後少憩村窗夢穩
笑問燭闌誰識我在街南何時對許盈顛華髮更闌吟罷明
江此意如月

寫景入畫言情入骨信是
豈非詞壇神手

憶半雪懷綿雲南鄉子詞有云燕闕三度梅花不共看之

之句今梅花開候綿雲南返而半雪之墓已宿草矣詞
以志痛仍用前韻

嗟乎余仲歎詩負酒溷化為異物記把一樽長憶弟同晝吟聲
撼壁每到梅開便啼鵑血紅了千林雪金臺可怪是他羈絆英
傑今日卷過溪橋天涯人到也梅花重發日是題詩人去久
字讀也應磨滅故國荒蕪殘年棲累恨事多於髮水明樓上總
標界上纖月

靈運池塘夢東坡第月之
詞鶺鴒原上不堪高唱

抄

念奴嬌 長調 百字

渭公堂前綠萼梅花下作用東坡赤壁詞韻 彊善堂東人對詠

押韻超雅

空庭何有，笑幽花以外，都無長物。一樹綠毛么鳳挂，零亂明窗粉壁。斜倚闌干，微拋酒盞，笑玩林間雪。春寒猶淺，凍禽驚起倮倮。

可惜花以當年，春花人漸老，悲歌空發。料得前村更好和了，水雲明滅。欲折繁英倩他壓帽，可奈東風鬢用聲吹落花前，堆滿晴月。

花前人老吟此，唾壺敲碎

抄 百字令 長調

百字 南耕

春日同綠雲、漏公徧歷大宗嶽者園林，仍用赤壁詞韻

起句高秀

春山勸我，只今朝、須盡此杯中物。莫把閒愁千萬斛，題遍酒家墻壁。石畔泉流，林間風起，颭數枝香雪。一樽相酹，千秋射虎人傑。

況值北雁初歸，嵒巖花隨飲興，共參差發。何限向來吾樂事，一笑浮漚生滅。日落巾車，風颭花欹帽重，與翠偎毛髮，游々頭丁戀々空山，定好明月。

攜琴動操，欲々衆山皆響，想見

撫髯高嘯

抄念奴嬌 長調 百字

玉峯閬若韓盛珍示王成博近夫諸子公讌余輩於南芝堂席上同青際竹逸綿雲紀事用赤壁詞韻

玉峯高讌，看簪裾滿座，一時人物。況值杯中山色好，[illegible]晴崖翠壁。金馬新知，銅龍舊識，只我頭成雪。烏絲題徧，羣公漫許詞傑。

坐有舉舉師師，寒簾纔卷，一笑嬌歌先發。若使主人知此意，應遣蘭堂燭滅。住固爲佳，居殊不易，種種余之髮。明朝歸去，綠簑長釣溪月。

[illegible]

知己前輩不覺賣弄青色此江湖海

氣如綫烏絲白髮之漸生毛鬢之盛矣

抄

念奴嬌 長調 百字

由亳州至歸德途經木蘭故里有祠在焉

昔日蘇遙見靈旗玉貌翩然巡處尋是木蘭遺廟在多少神絃

賽鼓綠袷蛾眉紅粧後拓翩諷乘與軒轝此佐才華世間何限

女今日滿目關山極天士馬殺氣連營昔安門飛鏑

歷徑蕭郎娼娶娘子軍空娘郎記魄何悲令古空墻壞塌遍

衣剝落如雨

鬚眉無人移巾幗將以激英雄也

寫得英颯如生頓令紅顏吐氣

抄

念奴嬌長調

贈雪笠上人 百字

上人係石城僧，時寓居睢陽

彊善堂主人對読

小長干里，記巖花嶺鳥，六朝霤窟。一自秣陵消散後，難忘故山

風拂處，跳天龍、抨彈獅象人。境俱雙奪，衲依手捉，絲角經幾載飛

雪。可苦槃孝，壹笑蕭寫，陰生青，多磨戲，快詣衲，不耳漢

隱，眉間爽闓，古堂寸成，陞破羅胡，面餓律戲，果暘，不是笑芒

堂，相求東谷 木華 日宮

歷劫之僧，斯可与談生滅

禪心俠骨不分兩橛知此方許入道

抄

念奴嬌長調 又百字

周弁山携具八関齋同京人恭士子萬弟諸君夜飲風雨颯至炙蟹畫解詞以紀事

狂飈挾雨恰冰車鐵騎一時奔突月石轟徑拔大浮沿門高十丈無數巨魚

人立飽啖高秋横陣車馬從立奇青涼國台鳴風一笑鼎毛羹鬚口

秫木馬凡行行行臨風鮮長才文

磔記否同雨樓頭舊遊星散多少南和二十餘年五章竟老

石吠木蕈

高飆得暮雲堆碧只有周郎仍然年少同作天涯客無多祗我為

君起舞長笛

龔峰畫西高歎鬚髮多人

彊善堂主人對讀

俯仰今昔感慨淋漓令我不忍卒

讀

六

抄

念奴嬌 長調 百字

開元寺納涼聽客話闖賊破城舊事

夜涼水寺，有何須閒語，傍鍋牛屋。說起黃巾初入洛，正值中原
百六。萬馬俱瘖，孤城欲沒，殺氣騰原陸。鬼耶人耶，啾啾市上歌
哭。 語久嗚咽難勝，向戍樓背取，四條絃絲盡斷，不見女墻絕鐵色
恨。血至今猶綠，落日黃河，老鴉啼向項隊，盡賢豪勿休論生事碧
天。今夜僧新湘

也鳴感慨不下弔古戰場文

鬼謀人社啾々市上歌哭如讀平淮
西碑一字千鈞

抄

念奴嬌長調 一百字

游京口竹林寺

彊善堂主人對讀

長江之上，看枝峰蔓壑，盡饒霸氣。獅子寄奴生長處，一片雄山
莽水。怪石崩雲，亂岡沐雨，下有黿鼉睡。[illegible][illegible]者，挾飛而食之
勢。只有鐵甕城南，群山高秀，畫出吳天翠。絕代小喬初嫁與，
顧曲周郎佳婿。竹院盤陀，松寮清嶲，最愛林皋寺。徘徊難去，夕
陽烟磬沉杞。

京口山川本雄麗，乃名詞遂使倍增聲勢。

京口山川雄峭，帶以秀麗，故是偏霸形勝，不能抗衡中原也。詞却豪宕自喜。

抄 念奴嬌

毗陵道中有懷四弟五弟即用四弟感舊原韻

麥仁居兔記斗陽分手柔腸欲絕從此奔飛餘一隻雁長征
不曾緊書盧下句哉楓岸風景增悲切昨過江上赫坊一片成
回今日貫酒蘭陵銅官列岫山向水窗明滅
兔鬼故處好月聊萊左車搖狗賣嘲余
令儡品佳想

誼切原鴒不覺云云旅摯

連牀夜雨令我益深原鴒之慟

抄

念奴嬌

秋夜攜姬人稚子借宿椒峯東園追憶與白生讓木叔氏
處堂讀書此間已十七年矣今二子已亡而余重復經此
不勝今昔之感詞以愴舊

彊善堂主人對訖

枯荷敗柳恰書郎再過畫樓全圮十七年風往夢斜倚風廊
重記向時高人竹林賢阮諸父饒名理飛觴覓句琅玕刻畫空
翠今日擊筑筵空絕纓會散人去多年矣我亦似驢鳴黃葉下
況痛忽焉盡致繦褓童烏雲籃小妾圖一笑屏風地癡兒騃女那

題○○○○○○○○
前了八心事

东園之處絶似西嶺之惕歷笑屏
風地亦復氣而不倚
兒女英雄傾向墨瀋中躍躍欲動化
工手也

抄

解語花 長調 一百字

子常弟昔年曾與一年少為狎游昨偶遇市上而此年少
已不復相識歸而悵然因記昔年都下綿雲弟曾宿一北里某
家明日拉余暨晉望跡之而此伎驚問誰何亦漫不相
記憶與此事絕相類因作此詞用調子常他日綿雲見
此定復一軒渠也

如許多大煞風景里語者乎

柳花似夢鶯語初圓人遇章臺下舊愁縈惹記曾與宛轉風軒
水榭金丸拋灑伴不認隔年司馬恨無情悵歸來擬碎揉花

打。因。記。杜。陵。元。夜。有。春。衣。醉。濕。肌。沾。氷。麝。重。來。繫。馬。誰。提。起
昨。夜。月。中。私。語。揚。州。夢。假。煩。寄。語。嬉。遊。小。謝。任。盈。盈。露。井。倡。桃。
向。粉。箋。休。寫。

治葊倡條依舊調，撮拾以成集語。及
讀此詞惘然自失，始信文人筆鋒可
畏

抄渡江雲長調 百字 [redacted]

寒夜登城頭吹笛有感作

孤城一片看千家樓閣都在雁聲中歎牢落關河飄零身世烟水太濛濛今宵赤壁想周郎年少領艨艟有許多銀濤雪練楓林映戰旗紅　江東我携長笛斜倚危闌作霜林數弄總則把一平生遺恨許與長空一聲繞入梁州破天風下擊入蛟宮嗟橫竹慎毋戚沒為龍

錢笛之聲江水沸騰何其雄橫耶

抄

渡江雲 長調 百字

揚州感舊追悼兩樵荔裳伯璣介夫諸先生並懷阮亭豹人穆倩定九舟次無言諸公

彊善堂主人對訖

揚州何限好無情江水送去酒少天涯風流推宋玉更有烏衣門第舊琅琊珠簾壁月賞徒盛多少繁華記當年小樓妓謝滿地采蓮妓窈窕一城畫鼓兩岸紅燈共萬家鶯亂者與風周歌來館閣花枝之巳老青樓與重過帷側管謝余風定處聞迴隱琵琶

追悼安山湯湯留寄懷安南波波
洞見見友誼深篤
如聞華表鶴語不禁通身汗下

抄

東風第一枝 長調 一百字

詠玉蘭花

[illegible][illegible]堂夫人對誌

細雨搏酥，好風搓粉，枝枝斜壓闌檻。墻邊無限玲瓏，樓頭許多掩冉。瓊姿簷外，總不受鋒侵，蝶把自生成別樣心情，誰耐風光穠豔。隔着水盈盈，飄颻看霧亭亭，雅淡似悄杏，把紅薰微嫌桃，將絳染空濛，迎潔來相伴空房，小簾捲玉樓，一片花光遍，得艷追鏡暗。

詠花情景深切可謂細如髮

遶佛閣 長調 百字

寒夜登惠山草庵貫華閣

亂峰堆髻夕景木末殘雪崖際一泓空翠飄堂語情山片忽落松
子小樓欲墜斜欹巖壑躋攀奇鬼冥色晴霽鬟髮絲禪風渾忘在
塵世開士暮歸鉢向石橋深磵洗坐客松窗鐘鳥黃葉都
喜今夜關河一碧千里感傷身世看六代青山月華女水是千
秋倚闌人淚

卅

抄

雙頭蓮 長調 百字

夏日過叔氏山水野鋪同諸子觀荷用放翁詞韻

老樹空枯，偝風幔斜張，儘堪棲寄。飲如渴驥。碧筒勸、領略野香荷氣。詎料蒼莽中原，有粘天雲水。依稀似。蓴脆鱸肥，風光故園還記。

攜手散步林塘，羨無愁鷗鳥，同夢蘆邊。江南游子，誰尋我、水上倚闌心事。擬倩繫日長繩，奈斜陽貪逝。風颭處。十萬紅衣，倦眠旋起。

羅羅清疎令人意遠

𠂢邈蕭踈墨痕欲化

抄　　廿一

琵琶仙 長調 一百字

泥蓮庵夜宿與寺僧閒話庵外白蓮數畝

倦客心情，況遇著、秋院擣衣時節。側帽一鞭凝青寬念，

三間古寺，小窗斜，一聲聲磬，相香月，殘茶，休論塵世七景，

清絕。詢開士、杖錫何來，奈自江東舊狂客，愁起奈朝零，

與東籬隱郎有多少，西窗閒話，寸禪心、剛說漸風蓮，

後滿湖雪。

張善堂主人對訖

這詞也說話便是舌吐青蓮

一幅輞川圖人景香幽

抄

琵琶仙 長調 一百字

題汴京大相國寺 寺相傳魏信陵故宅 唐尉遲敬德監造

近婦飲醇悵失路英雄暮年無己尊魏車騎侵人全寵朱門換蕭寺

賸人是留題舊蹟憩恨有夢華遺事傳說東京當初燈火遙映

南內休言相擬枅棹泥沙只畔地曾經滌洗剩萬痕蟲篆

無豎碑字正羅酒憑闌時候遇西風落葉砧多少落拓心

食扉石情點零泊世

多少權門貴宅多為梵宇僧寮道林所以視朱門如蓬戶也

縱橫今古歷々寸管間如一串驪珠

抄

沁園春 長調百十四字

送友入山採茶

十里溪山，竹粉縈紆，蘭風漾川。有嶪冉紺律，葛潎灩羲，月明旦坦迤澗壑。何捎林泉，夕渡湍歸，鳧晨漁緩，岫谷暈吟韻，邈綿居此，肴是秦時毛女，漢代琴仙。人家四月開園，送君去，剛逢穀雨天恰晴。村綠崦數，間窗竈，清江翠箬，一帶高船自雲盈，焙餘丹。歸臥迴廊，便石邊，松濤沸正，龍團一只，砑蟹眼初煎。

山谷詞秀蒨可使兩腋風生不若髯之雄

詭藻耀令人神摇魄奪也

抄

沁園春 長調百十四字

梁溪西郭外有芥野草堂吾宗沂州公别業也公子其豪情斯在治習未忘乃以李代之平泉用作井公之博進千金一擲園屬他人迄今已三易主矣公四世孫集生暇日扁舟經過此地臨風感舊惆悵絶多作詩紀事同人俱有和章余亦填詞一首

過西定橋有芥野園崢沿坦迤記化陳樂嬉島何濆燭丁雨瀨水太羅樂去來鳩愴深銅秋牧當吹風夜起波憑高望悵

舊家光景邈若山河。小樓一桌經過，奈三度、亭臺易主。何縱
王孫無恙，東風認否主人。重到燕子，知麼笑說當年。標補一樻
絕似名姬換馬，馱君休恨，較品春結綺博進誰多

轉眼滄桑何勝金谷銅駝之感

抄

沁園春 長調百十四字

泊舟胥江大風雨

胥母門邊，暴雨奔渾，艑過撞春。見後潮文重，包崖嵯峨，前山鬱

求戈黛迷濛我岸茶，得非古白臣，少家園來宮闕何事

江樓縱貪愁水愁風。須臾幻沉中融，又浪靜波奔遠近

魚龍歌舞天連島外，鷗鳥翻飛日在篙中，鴉青過一碧

依舊殘汀野廟紅，五雲笑問來何事天公

怒濤驚浪白作雪，日光風草端勿出，使人如聞鐵娥之歌

張壽臣堂主人對玩

抄

沁園春 長調百十四字

由丹陽至京口舟中放歌

月里人菱亭風亂，練湖雪山，豈白正楚天人谷，壁壘木多少方英雄，波依

染出琉璃女墻，對此蒼茫，居然遼落，記否江東霸才，斜陽照悲

行人憑弔，商女悲歌。丹徒客作，帆開鑿，寄奴今安在哉，奈

二十年來，壘壯銀浪，洗千尋鐵鎖，一飲火土，里下陳角角木，江土馬

重見連雲，夕戍排吾，笛似吳，且沽京口酒上，文莫高臺

古色斜陽感懷酒帛堪与少陵 未谷

寒峰諸詩爭雄

似曹孟德短歌行雲飛水立劍拔弩

張

抄

沁園春 長調 一百十四字

從盱眙山頂望泗州城

彊善堂李久對訖

立而望之松耶柏耶其是乎見半空樓閣掩映從風城

郭沙澗縈紆去顧泗州窪然在下郛眷成泣水一盂中央著界

幾條冷瀑一線明珠洪濤日夜歸墟截錫鎖貫穿空中盧木村翔翔春

奔渾檣馮神功混淼轟逐賽鼓天籟讙噪十廟刀句年帶礪

落日平田隰野鳥堪悲恨歌風亭長泗上雄圖

詞似古歌又似古文求之宋人恐無其匹

神龍繡虎奔雷掣電不可名狀

抄

沁園春長調百十四字

○月夜渡江

彊善堂主人對訖

粉月一規雪浪千條何其皓然正稀微見了佛狸城下參差楚火胡豆洲邊忽聽江樓健吹橫笛今夜魚龍[illegible]未眠推篷見秣陵似夢似步成因吹揚州更鼓遙傳記小杜曾遊是昔年奈適來情事鬢絲禪榻當初況味綠箏紅[illegible]萬古精靈一[illegible]溪塞都在[illegible]磯牛渚爾吾長嘯把一杯在手[illegible]笛江天

氣象高曠与太白衣宮錦袍自夜遊

采石夜渡饒奐

一杯在手好箇江天聲淚俱落

丹鳳吟 長調百十四字

送別越生和雲臣韻

彊畬堂主人對訖

花穠柳軟離緒牽人不作狗喜慷

悵正自盈人勝數

細數頻年游處，舞榭鶯花，歌筵燕市，熱巾側帽，雙倚東風院落。簟紋新染，烟水小定，更憶溪邊，樓斜陌，似夢如儷，情緒事去。凝思花影，還鍍墻角。今夜陽關怕唱，玉樽歡艷，持旋却到。無諸國有連天嘶馬馳樹，飛鵲輕紅荔子籠，偏戈船綃幕，我在江南殘照裏，只行踪樂託武夷，回首倘依然，念着。

抄

摸魚兒　長調百十六字

澄江客舍水亭前有野鶴二日飲啄行潦中余傷其淩霄之質而辱在泥塗詞以唁之　嗟竟邪而之雜

倚西風徘徊顧望細流淪〃如許月榭水軒臨斷岸落木亂鴉無數誰延佇有兩〃幽禽涉淺頻來去柳陰深處看〃滿陂蘆葦一川篠菼何計可留汝

思前事處士亭栽梅樹岳陽樓枕湘楚玉京瑤海閒風景何限吹笙伴侶時已暮歎蕭〃眼雞群噲等為公伍相憐不語笑古往今來事多如此且聽夜窗雨

孟德之橫槊賦詩處仲之唾壺擊碎
忼慨悲歌千古同調

抄

賀新郎 長調百十六字

彊簃堂主人對讀

友人蔣子馭鹿落拓都門遨遊王邸綠池應教稱曠代之遭逢清夜陪游極一時之際會既而淮南仙去子晉丹成悲翠輦之潛移悵金牀之不見新愁入夢昔事銷魂憔悴南還傷心實甚適儲子雪持相遇吳閶歸言茲事為賦是詞

朱邸分青社。記當日竟陵文藻。臺城風雅。盛世天家敦玉牒。花萼交輝其亞。正內殿霓裳舞罷。龍子一從歸大漢。悵陳王不懌

皆生樹呼賓從銷閒暇 鄱陽泊洛江潭夜剔秋燈故人重見在楓
橋舍憔悴白頭論往事多少鸞箋鳳帕說不盡銅輿佳話今日
金風吹兔苑任西宮花放還花謝槖夢到王門下

雲臣曰感時傷事如殷東陽惆悵江
潭庚肩吾還自會稽但覺聲情憔悴

說舊事淵而情琵琶行多此娓摯然
不還我青衫

抄

賀新涼 郎 兵調有 去六字

飲葉商原齋頭追憶錢吉士先生先生爲商原婦翁余嘗執

經門下

叙致悽惋詞中史也

彊善堂主人對訖

三十年前事記童年章華曾作屈平高弟家本寶華山下住門

映石湖荷芰有一帶東軒曲砌憶崖建鳥困燈之後半

歌山鬼風尔古長成錯凄涼閱盡人間世春多少經堂書庫

杯爲馬卿舊日生徒今亦老相對賢門佳婿更以舅魁然無忌

是日并晤商原令嗣

且畫君家黃菊酒論人生一醉商爲佳耳西州慟成何

追往述今情真語雋非多情篤不能

瀟

初 途次遇華子贍憶二十年前子贍與秦對巖太史齊名均遊處略同對巖官禁近居林下已十餘年今復從軍湘楚行色甚壯而子贍淪落如故詞以寄慨

補遺

少日鼓鞞約記同游梁溪二妙華年相若紈合工雙奄映窕似連枝花萼并轡揚城一客日邊紅杏放染盧齋月講龍樓幄又十載鼎因樂彈冠近日之對鄂壁如江水羣下瀨雄姿馬稍長下廬兒三十萬伐鼓開船昔鳥翼亂北風夜作況軍行急此秀豪

壯

一容纖絲翦奄升小霜天起背那甚看姑一笑視寥之廓

世多滄桑人情冷暖寫得淋漓酣恣 香日

竹林之遊竟不與焉未今以先輩不覺涕淚如雨

李武曾曰車笠錯綜絕似米襄陽書記

起收兩人並提中說筆叢十分熱鬧

後說子喧論落後象作收是太史

公列傳不意填詞有此大文

抄

賀新郎 長調百十六字

虎丘劍池作

山腹蒼皮鑱孱巖，一窪深黑，險于人鮓。嵌斜攢邋脊滑，林氣水聲交射。有屈曲龍鱗其下。上搆危梁凌絕巘，窈而深鑿孔，行人怕。吸冷瀑，半空掛。

壞郎歌磴宕嵎鴻謂，望岑崟雕欄儵閣，晶熒入畫。故國江山還在眼，添了西風戰馬。又殿上夜鐘時下。雨蝕殘碑名姓在，摩崖女，汝是知音者。石壁上有黃娟、水喜寅題名。相對坐、草堪藉。

汲冢石鼓之奇，殷盤周誥之奧，一字堪作

十日讀，樊孟諸子何囁嚅兒，兩

如讀太史公劍俠傳，令人眥裂髮豎，鞭風霆而搖山嶽，真絕調也。

五人之墓再用前韻

古碣穿雲罅。記當年、黃門詔獄，群賢就鮓。激起金閶十萬戶，白梃霜戈激射。風雨驟、冷光高下。慷慨吳兒偏尚義，便提烹、談笑何曾怕。抉吾目，胥門挂。

銅仙有淚如鉛瀉。悵千秋、唐陵漢隧，荒寒難畫。此處豐碑長屹立，苔繡墳前羊馬。敢輕易、霆轟電打。多少道旁卿與相，對屠沽、不愧誰人者。野香發，暗狼藉。

同園次過半塘飲戴季默家三用前韻

搖櫓蒼波罅。食指動、洞庭霜蟹，潯陽魚鮓。掠過半塘橋不遠，雪

練銀盡時賣財村衕迎屋邊籬下一路橫江吹鐵笛調山朋騰恐惹
魚龍怕只好者取水窓挂　到來便把金荷鴻劇清巡竹梧相壓
尊罍如画老子放顛須盡興管甚南來兵馬時駐防兵初到酒已罄何
妨再打門外人蜀甚這飲問乾坤誰勝公榮看玉山倒醉相藉

如此豪賓直堪口吸西江北海孟公望
之恐逡巡不敢擁篲矣

賀新郎 長調百十六字

姜貞毅先生敬亭山房即文文肅公清瑶嶼也文肅與先大父同年而余尤辱貞毅公知愛今兩賢先後淪逝而余老客吳閶適勉中學在閶尊酌我不禁人琴之感爰賦此詞四用前韻

閣迸巑岏，鏤漱松醪、紅畫點、設綠荷包魚長、醷樽公賢給筆、有感濤似弩射、記惜別、月明橋下。余與貞毅公握別廣陵 倏忽山丘華屋恨，帶女蘿、山鬼招魂怕。延陵劍，何由掛。 亂魚、軒畔微波鴻、[illegible]

邊亭畫壁金粉李將軍畫更憶平泉花木子文丞相曾施行馬今日也雨淋霜打我有兩層思舊淚總一聲羌笛吹來眷澀軟仰天籟

百感橫生鉛淚如瀉宛似金仙辭漢時令人不忍平視也

抄

賀新郎

飲范龍仙齋頭感舊并示王升吉 五用前韻

往日蒼茫甚、鑄恰經過、故人為我、摘鮮炙鯽、消酒後燭花爭怒裂、颯風

少陵江上霜髭鬢、耐自笑李蔡為人中下、身似江潭流落後、但聞開元舊事

澤賜李延年詩

重提怕、銀箏在梁塵掛 开鐵列屋香雲灑、尚依然、爐薰檠炬

吞無也

法書名畫、八載離情何處寫、當時宗簿王瑯、馮衣一夜西風亂下

破

草沒吳宮人去久、算堂前燕子無存者、羅綺禁、酒人士消靖

彊善堂主人對讀

六用前韻

蔡九霞招飲同雲間沈友聖賦 九霞尊人忠襄公殉闖賊之難

一石腹空而鏗，鬭崱嶙亢，斗𡺳欹巇，笋𥫗龍鱗，鯊魚屋浚，公松郎林杉木，都依執勢鐵。

惜悵欲絕

色壽聲貴射，且與客提壺其下，慷慨攝衣升上坐，促倦談說小飲。

（怕字韻押）

飲四入空堂，白衣露月詩酬才，念寒碧四面，只泉灑擊，三光騎箕果蒼革。

茶經事

出呈神

丹青圖畫，抵几奮髯，說舊往事，恨殺乾坤，同馬將口，此金甌，一方才。

（用右）

西

且向茶經家煙，只今宵指餐，健鬮看天，可幕地為藉。

（疆善堂主人對說）

讀漢書李陵傳，此用前韻。

壺口鼓都鑄，何妨頭一編，佐茗勞于鴻漸，猶惜河梁李都尉，飛。

（補此）

晚刀環

再序

一將家聲至今，射今至此，少卿足下，陵既（十字自明）盡同漢負義，晚刀環，一再辱。

弔李陵 男兒恨高高月長城挂 自降名恥憑誰灑 笑紛紛人奴衛霍

千古生凌烟描畫 猶髮更衣聞緒語起頭悲鳴櫪馬 正萬帳嚴更齊打

絕似蘇武書

色

讀未終篇浮大白 劇堪憐箭書盡藍田看 頹然醉臥花陰藉

吳門喜晤丁飛濤賦贈八用前韻

兩後生 生入榆關鑄 記當日錦州銀鼠 遼河鮮鯽 雪窖羝羊天萬里 雁

室入筆 足帛書誰射 長夢汝李陵臺下 頭白如今歸故國 見人民城郭

曲後袁

入世生 心驚惝怳 瓢空無牢挂 斷橋十里荷香灑 恰晴湖窗餘醉

去歲詞 蛾眉重畫 一笑風前齊得喪 世事塞翁之馬 稽首謝獅王棒打

中勝場

此
一至於落拓如蘇甚至知己少只青山尚似當時看杯不正綠掌堪藉

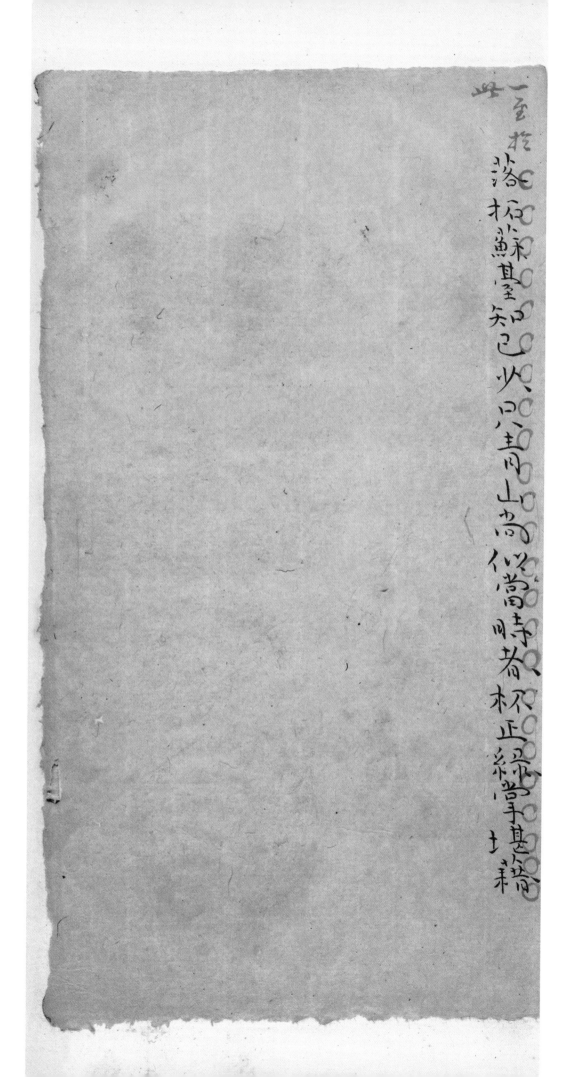

抄

賀新郎長調百十六字

月夜泊舟平望九用原韻

撥剌東吳鱸正江鄉蒓黃石鱠粱香柳漁風弄燈千萬點

二隨波漂射光直透水晶宮下寒意空潭風飄水調客舶孤燭冷

聽來怕月又向前村掛隱隱鏜鞳銀濤酒冷鄰舟高包旗雜人

渾妝如畫下瀨弋船身手健使得帆如使馬惡浪裏擲錢向打

歸矣吾家陽羨里學當年射虎南山者任鄉里若無藉

渾脫瀏利公孫大娘之舞劍耶讀之日

搖神蕩

抄

賀新郎 長調 百十六字

鴛湖烟雨樓感舊 四十 用前韻

水宿楓根罅。儘沽來、鵝黃老釀，銀絲鮮鮓。記得嘗和使館畫，是儀同、僕射團都在。水邊林下，不閑春城閉、夜讌闌、滿湖燈火。金吾怕、十萬盞、紅毬挂。

重游陂罣，偏瀟灑、剩空潭、半樓烟雨。玲瓏如畫。人世繁華原易了，快比風檣陣馬。消幾度、城頭鐘打。惟有鴛鴦湖畔月，是曾經、照過傾城者。波織簟，船堪藉。

過武塘贈魏子存先生 四十一 用前韻

五丁神手闢蠶叢，如坦途。讀至奇快處，狂叫欲絕。

搜剔披尋出奇無窮使事如數

「敞倚龍松公亭記從公紅檣壁酒玉盤堆鮓醉數一行天上住玉
笳翻月仰射笑萬騎其材悉下我遍別公游宛雒虎牢關徑從
攀躋怕步步學猿猱挂　湘湘潭潭鄂渚渚微雲灑人爭羨文章宗主
江山圖畫歎我還鄉悲伏櫪老作空壇病馬骨骼便憑誰鞭打
乘興扁舟來話舊雨迷離自笑棲棲者風雅事惟公耤

魏塘舟中讀錢爾斐先生菊農詞稿仍用前韻　其二

筆補媧天鑄笑詞場止貪濃典誰餐龍鮓只有菊農詞一卷竹
翠梧光團射向楮墨濛濛欲下無勝只黎黎清橄欖更險如雪棧

家弥宵行怕快瀑布炎窗挂 埶巾桂服神飄灑句清韻看般易及
不曾一清雋畫把向鴛鴦湖上讀潤水奔渾似馬雪又向篷窗敲打
筆歌好琢龍離為硯匣架霜毫床用珊瑚看還倩取錦絛精
墨舞
題梅花和尚墓十三用前韻 和尚係元高士吳仲圭
古碣穿雲罅鐫真幽墳聊供蒲筍奠負脯鮓掐棗花三四本雪
魄冰魂冕射墓正欹橫斜之下隧道蘚皆紫鐵色把鑾鄉蟲獸魯
碑紋怕蘚黝黑牆陰掛[illegible] 蕭蕭小院空香灑指高原一坏雲水
此中有畫一自趙家陵闕燬極目西風石馬總分付浙江潮打

只有巋然斯冢在、落梅風捲散樵蘇、蒼英滿地、不堪耤

汲冢書耶石鼓文耶非十日坐卧其

下不能辨得隻字

抄

賀新郎

甲寅除夕再四用前韻

繪景真摯言情既篤自是填詞好手

秦……如此之縱橫超軼者

瑣事實錄

舊曆修窓鑿，歎貧居、支離門巷，春盌鵞鳥。鬚鬢雞皮魚背昔，憶常年、逢此夜，諠譁笑鬮藏、復射賭，瓜子黃柑樓下。今日飄零諸弟妹，鬢蒼涼、尊亭樹。潛行惆悵，怕是蟏蛸掛。六街人靜，梅風灑、望層城明滅夜火。依然入畫，誰擬東風來歲，好屏當、春衫細馬。看士女、鞦韆笑打。萬事總如池水皺，便風吹、何事關卿者。椒酒醉，枕相藉。

乙卯元旦用前韻

梅瘦侵簾雪趁開窗椒觴汎蟻盤盛魚斗數門丞秦叔寶貝
帶琤編光射笑公笑寄人簷下鏡聽灶前占吉語願今年烽火
無驚鴻自雙彩燕釵梁挂　軒墀未掃先宜灑待春來桃鬚杏臉
兩眉烟迺五十過頭吾竟老說甚高車駟馬任街鼓君兒戲打
天意蕭蕭偏釀雪小樓前已有紛披者拂簾幌紫簾籍

真切不浮予作詞家信史

抄

賀新郎 長調百廿四字

登大岡山嶽寺大悲閣

琢句如玉山靈為此生色

嶠閣騰危鶻映新晴亂崖沓嶂龍湫獸窟竹粉松脂空翠極狼
籍山廚僧鉢分一半絲人毛髮倒灌寺門香雪海又巖梅萬樹
參差發微笑處止言說龍龍悲肅春禽語更林間泉鳴谷響
慘悽神骨今不來游春漸老臺蘭之生作違且放眼人間寥沼
閣背一拳看愈好鮮朗處嵌就玲瓏月依稀是袁家渴

氣勢奔放波折多姿練字練句巧法兼至

渾乎前無古人矣

抄 賀新郎 長調百十六字

送西蜀余生之赴洞庭梅社之約

積雨晴光霎偃川閑榮蕭然斗室爐熏梵夾門外綠潭風亂響何

處櫓聲颯颯又驚起陂塘睡鴨此地蜀風殊不惡 蜀風陽羨地以東坡得名

況翁家原住巴東峽姑小住歌相答 翁言光福村中塔十年

來與周旋久民風頗洽每到春時向晴昊千樹繁花似揮玉浪

捲直衝苕霅茶埳筍輿屏當未鶴猿盟夙訂三章法亟歸歟何偷

倫鍊

用敘事法為倚聲惟髯獨步詞壇非他人可及

抄

賀新郎　長調百十六字

讌玉峰徐健菴太史宅是夜張歌舞煙火甚盛　　補遺

月照梨花午。讌華堂、西京趙李，東都燕許。玉珮珠袍聯翩至，綠酒春缸正亂。不須恨、英雄無主。穩護沙繞夜遍了，九天閶闔飛下。瑤臺女、又解作、霓裳舞。偃師百戲堂上看，場圓交午放出。

火城無數鬅鬙髮，屢樓每、市匝極猊，偏又更炮，火才寒冽戶。

飼刻鳴漏金井曉，掠舩且醒，波深處，逢場上、響春雨。

繁華一瞬，轉眼空花，千般綺繪，只結到莫道魄。

末句足味哉至言

遥看火树星桥忽现在毫端楮尾雷鸣霆
击词中具有烟火百架

抄

賀新郎 長調 百十六字

不晤黃子於蘧庵十餘年矣，頃胥公自郡至蘧庵，以溪南詞一卷寄予，備覽之次，追感舊游，兼懷鄂渚，填詞即用溪南詞中韻

強飯還能否。說年來、家同鷗泛，阿鴦[illegible]字，細註農家新月令，樂事吾生儘有。簷下鳥、擊缶卷畫，戢囊冥都，不惡好風光只落閒人手。君漫士，余聲瘦。陡然自感三杯幾，憶同時許多稽阮，畫成卿周何限，兩鳳佳堆，馬鬣鼠叟，日暮參墨，雨淵數宰，木蒼如斗。

一作驢鳴人嗔笑繞筵之前謾罵撩人走衣之是燈場偶人

搠蝨高譚旁若無人想見景畧當年

與擊碎唾壺作感慨聲者不可同日

而語也

抄

賀新郎 長調一百十六字

毛卓人示我滿江紅詞數首中多養生家言作此戲柬仍用贈黃雲孫韻

滑稽不窮辯才無礙東坡能以嬉笑成文章恐未足倭快如此者

容我狂言否幾見紅顏翠髮一生長守萬户我求還得大志詠君偏有竟欲聽飛瓊鼓缶樂大城頭閒騁望問何人弱水曾攜手空絕小蠻腰瘦

生天靈運吾甘後且陶陶三杯酒醺然到兩幾度罡風天際奏閬苑露桃紅溜枉費了獻禳星斗我自人間能屈伸向碧霄宮嬾逐仙班走任相笑道旁偶

抄

賀新郎調百桑良十六字　雄峭英砢有魏武横槊之風大江東詞未易方也

彊善堂主人對說

奉答　邁庵先生仍次原韻

炊熟黄粱否。笑乾坤、蜉蝣非夭，籛鏗非壽。世上英雄本無主，感激何常不有。會要把、趙平原繡。禍從來、倉頡字，更怪他、煉石媧皇手。偏欲何、虛空鏤。神仙將相俱難就。悵生平、舞示歌卿，爍爐茶白已矣。無成三弄鐵笛，倚秋江、復吼。知我者、溪浮叟。憂醒半窗樵塵夢，謝風篁、汝是驅愁帚。休再打、唾壺口。

彊善堂主人對說

奉贈　邁庵先生仍次前韻

識得詞仙否、起從前歐蘇辛陸、為先生壽、不是花顛酒惱、豪氣軒然、獨有要老筆萬花[illegible]亂擲琵琶、今破面、好香詞、汙汝諸伶手、笑餘子徒雕鏤、　秦宮漢苑猶雞犬、顛中原、[illegible]壽[illegible]巒崖[illegible]妃我有銅人千行淚墜地、獅兒騰吼聲擁洛橋中[illegible]、鶴髮雞皮人莫笑、憶廿年曾奉西宮冒豪家本住金臺口、

造雷鞭霆之雄、地負海涵之大、倚聲絕作也、以況鄙人、不禁汗下如雨

抄

賀新郎 長調百十六字

初夏戲坊間觀劇并看小兒作偃師幻人諸雜戲

一夜紅都瘦恰清和街南百戲分棚皆錦繡第占晴坡施幔幄似
沁畫簾浪皺鶯語剪綠蕪濃晝老大逢場聊逐隊也婆娑錦瑟
鈿車後何酒媼且賒漉曲終雜爨喧闐奏有優童交竿五綠撞
打將身滿據地帖腰連環踢肩弄丸都有銀海眩銅峯欲徼
萬事總然兒戲耳東科第也望壯鮫龍時姑一笑華陰叟

浣花舞劍行耶昌黎畫記耶奇崛不可

爲狀

抄

大江乘 長調百字

聞雁

金風凛凛，將冷雁、糝下半天。煩縱塞逐征南諸將帥，飛透黃榆。 ○○○○○○○○○○◎◎◎◎◎◎◎◎◎

裂石穿雲之响

白草萬里邊愁，一行兵氣，三十年苦，憑誰道。遏雲裂石，數聲橫受林。

春 我且緩把一樽，向明樓畔側聽。如擣響帶秋砧，偏覺慘。

更犯幾般曲調，南浦烟深，後湖陰重，月掛關門，怀如北去怕。

蘇郎雪窖將老。

悽悽惻惻，如搥五更鼓角，聲悲壯。

是物關兵氣，做出如許神通，一莖草化丈六金身。

未足喻其奇譎

抄

木蘭花慢 長調百一字

過故友周文夏園亭

東風吹似夢，又吹我、此間行。算有限歡娛，無多光景，也費經營。當初笑呼猿鶴，待功成、綠野始尋盟。空鎖池塘睡鴨，此欄檻、穿鶯。

盈盈殘月不勝情，依舊下簾旌。歎堤楊尚短，林花未滿，舞館先傾。清明滿園蝴蝶，只和煙帶雨舞迴汀。黃雪郎邊舊事，水明樓畔前生。

補遺

彊善堂主人對訖

伐毛洗髓字挾飛鳴

抄

木蘭花慢 長調百一字

新霽過樂庵訪雲臣不遇詞以柬之

杏花村賣酒風弄處一旗偏且側帽微吟閒攜步屧徐趁斜川

風前暗添語笑儘閑坊小曲總宜弄提作鶴窺籬轉向勾山

花間闌干柳絮殘香綿吹向綉簾邊來綠窗倚偏鑪薰簾

茗椀依然吟鞭知他甚處料狂奴小吏與流連詩葉定迷深巷

衝歌准上游船

是雲臣一幅行春圖不當作倚聲讀也

彊善堂主人峙讀

音節婉蒨何嘗百囀流鶯

抄看花迴長調百字

南嶽寺大悲閣上看玉蘭花用清真詞韻

春山冶冶如笑風光鮮潔梵閣斜盤碧甃恰千點瓊葩璁瓏繚
結花明玉淨小鬬山窗鶯語滑舞少室珠樹輕分天花無着姿
清絶想只有山間月還記髻鬟陀限根管誰律深林清磬只
幽澗蘭心亂崖石髮孤情絶照古寺誰會經浪析半簷花千章山
瀑看煞雖分别

此際下得一轉語便許他拈花微笑

抄

翠樓吟 長調 百一字

三月十五日虎丘即景

桃花水絳，夕陽色、天青早烟着人如醉。風光日夜換，換不了、吳宮羅綺。千年霸氣和鶯囀，山房鵑啼水寺，當年事，巒崖老樹依稀能記。冶麗簇隊成團，有釵蟲谿磴，裙梅飄砌，魚池苔鮮點越。顯得明粧絕世，佛刹松聲白化，水東流，夕陽西逝，憑闌望五湖，晴來碧空無際。

詞句風流江山僅雅，足可並傳千古

吳宮霸業去如夢，錫華寫

彊善堂主人對讀

精絕

抄

壽樓春 長調百一字　調太僻拘稍協殊難

春日追昔游　彊番堂主人對說

尋春來劉郎，甚一生惆悵，千種思量。尚記風前香靨，月中凝粧。斑竹店，梅根坊。颭水花、晴絲悠颺。恰宛宛調鸚，盈盈喚馬，千語粉巾香。

斜日下，東方狂。將十年前事，吹入微涼。悲颸付笙篌，昔昔琵琶，棖棖花壓帽。啼霑裳。怕重逢、年時韶光。又酒旆斜挑，誰家小門青粉牆。

倘于壽陵更見長如[illegible]凡

刺棘之技

抄

水龍吟 長調百二字

乙卯暮春雲臣齋頭看牡丹

一年一度花前舊年笑語鶯猶記今年恰好纔開便遇養花天
氣料理銀罌排當置杯綠窗如水與遊絲舞燕遶盈羣幕休輕
放閒愁至　多少倚闌心事悵神州斜陽戰壘沉香亭畔慈恩
寺後蘼蕪滿地只有江南一枝如故紅稠粉膩任英雄老了花
還賺我且逢花醉

韶景難留朱顏不駐且此殘詞

覓花閒漢游咏之野生

彊齋主人對讀

抄

拜星月慢 長調一百二字

余不到玉峯三十餘年矣乙卯清明與植齋竹逸重游是

間賦詞感舊 今度劉郎深逢風物大有情致

花朶聲來風小一陣皁金車子白五音光祿畫倉天氣秋半

山上多少蒼松翠檟掩映舞裙歌袂甘曲額崖有從風雞

問額巒劃損皆成字忽暗省三十年前事幾徧側巾思量記不

全身尾怪夭桃仍舊絲女上鬟長髯不禁星星矣問今夜紅雨

棠梨青替人愁未

汪椅山花大抵如舊只是聽鳥歌

吾善潮昔吟遺手羽三彩

喜遷鶯 長調 百三字

石濂和尚自粵東來梁園爲余畫小像作天女散花圖詞以謝之

彊[illegible]人對訖

月明珠館，有帝釋鬘宛，負雲散，滿鮫國。旌幢幡帆，笳定萬疊雪。傾銀濺，裝罷紅棉粵嶠，看足蒼楓梁苑。饒能事，畫微髮鬢，粉相黃。深綠淺。篋衍有一卷，細膩澄脂三尺，松綾絹，妙不女人自頒。爲我畫出鬢絲禪榻，旁侍湘娥窈窕，下方天魔塞，產人間苦惱。碧桃花謝，洞天昏晚。

斉文性字吐之畫人像绘人身词绘像也俱非寻常手筆

詞家三昧畫家三昧洵是人天龍象

畫錦堂 長調一百二字

清明後一日同綿雲童上玉峯積陰作霽春女甚盛詞以紀游

挈伴同游春社獨欽顏上翠細郎書花

孫郁 垂生甫

昨日濃陰今日新霽戲鼓歌扇相宜一路花對綺幰草暗金韉
空園鞦韆猶未柳小樓香粉已全施春山眺遠澗縈巖頂添無
數釵笄 離城上寺牆外店和烟看水參差翻入通明簾子
映出纖肌堤邊絲柳飄成夢橋新月鬟於眉無情緒獨扣裙
邊蝴蝶細語移時

水嬉麼事帽幄勝游兼娃妍婉

包經此眼人指出便成佳話

拟

安平樂慢長調（百十三字）

晴郊紀勝

春水如油、畫船似屋、較他亭舘還多、燕翻油幕、鳥孫銀鈴、分棚占斷晴坡、花圍梅莊、看帽縈竹、粉袂掠蘭、涉蜂蝶媚、春羅成團打塊婆娑

正春壓歌場、花擡酒賈、半天戲鼓、嵯峨曼衍魚龍

偏念妓悄、試一聲歌急、拍將陳、[illegible]逾畔暝翠微、波春游、晚半城

夜火盈盈、細馬雙馱

輕挑冷刺費盡婆心可與麗人行並讀

抄春從天上來 長調百三字

錢塘徐野君王丹麓來游陽羨余以浪跡梁溪闕焉未晤詞以寫懷

彊學堂主人對說

烟月杭州記徐阜當年詩酒風流水市露井桂槳蓮舟老鐵吹裂龍湫奈十年一夢斷橋上落葉飄飄恨年來只無消息月猶桂湖頭　王郎清歌絕妙邀白髮詞人同下長洲琵琶丹楓濛濛之白雁秣陵總不宜秋歎龍峯歸後吳山青吳人去遠烟鬟佳編漫登樓數枝殘菊還替人愁

敘述婉婉寫景清麗別具深情

逸韻生草並請正之上

抄

春從天上來長調百三字

壽玉峰徐太母同青際賦

林澗邊迤正翠隴青綠水微波聆夜月裡羣玉山頭無數鳳舞鸞歌恰霓裳入破天風際音節柔和笑華筵更禽囀迦陵花雨鬘陀階前宮袍依隊都不是尋常獸錦龍梭百歲紅萱三枝瓊樹天邊樂事誰言過問蓬萊兩笑碧海事別後如何問姮娥鐇桃開處依舊紅麼

如入波斯之肆但見清海好羣

實下先猶氣未離火高

綺羅香 長調百三字 抄

龔節孫錄余所選今詞賦此奉柬

浪打新亭霜飛故國誰許詞場稱霸紅豆金荃漫向夜深謄寫半閒鏘酒館銀墻半偷傳妝樓羅帕到如今粗比牛腰叢殘卷軸蝸涎挂

太息帝莊牛嶠問如何偏遇極天兵馬珍重君家重覓蠻牋細研看殘秋滿箋香詞是老夫半生愁語囑宵陳好護烏絲莫使釭花灺

言情纏綿極工雅華

此之自為詞家三昧

抄

西河 長調百五字

西沈落暉

乞氣亭蓬迸如乍經荊州始觸稍

彊邨審定之號

傷心事碧雲黃葉天氣漫漫粉堞望溪山戍樓悶倚悲悲不覺

有嵐來冥闃吉吉聿市銀濤工日陸老風壯留日谷無情背

逐水東流口會西遊臨風太息語陽烏長繩繫有繫佔檣

競直野亭斥候說滕上落照相似明日大風定起且移船泊入前

汀蘆葦帶卧看新磐陰沙尾 讀云日落滕脂 紅無雨定夕夕風

秋來偏似夕陽紅亦多情人怎得不也

抄

望湘人 長調百七字

彊邨堂主人評此

寓樓微雪除陽垣所見

訝銅街轉處，銀井轆轤，響盈盈、霧髻風鬟，又被斜風，捲來微霰。越與明粧相襯，嫋裊裙拖，雪沾粧閣，行來將近，想憐他輕軟纖纖，故把凌波偷印。

誰念隣家樓上，有他鄉狂客，闌干憑損，枉目斷瑤階，難遞飛瓊音信。料孤館、晚寒成陣，況是歸期無准，偏戲弄墻外花梢，撲落一庭新粉。

寵柳嬌花之艷從冷落中寫得筆〻

生動安得不謂之情深

抄

飛雪滿羣山　長調　百五字

雪霽　彈指詞莫吾人批

萬瓦銀鋪，千門粉砌，六街簾幙蕭蕭，斷橋紅板，小帘黃布，一齊映入冰壺。幽人無箇事，閒居只當吟軒，釣車桓家寒具，王郎泥活火，沸風爐。女牆上、早霞籠積素，似藐姑仙子，春透肌膚明粧，酒暈疊腮萬捻。江天此景，難圖詩，須兼酒，悵憶滴瀝，鄭家玉鈿，誰堪共飲，街南且拉諸狗屠。

胸中無限不平事，觸境發。

友[illegible]壺[illegible]跋

一片冰心在玉壺，可想此詞之神境。坡

仙禁體猶屬第二義耳

風流子 長調 百十字 抄

泊舟譙郡贈新安汪公言

彊齋常五人對詵

桃花潭上水，深千尺，不抵似汪倫。正留客西園，玉燈翠幕，送余南浦，淡月微雲。依稀記，賞花敲畫鼓，酒與羅裙，帽[illegible]起。休教瑣閣，閒來墨莫便磨人。時公言有青瑣名墨之贈 南譙繁華地，重經過。一片野渡斜日，剩下紅橋舊巷，黃葉前村。想十年李樹，山游已邈。三分霸業，俱東。老子曹瞞俱亳邑人 且自佯狂放達，何事消魂云

用古入化，正所謂讀破萬卷，下筆有神也

似張長史潑墨揮毫顛氣逼人

抄

疏影 長調一百十字

暮春詠霧

雨橫風狂使人叵耐深閨銷魂矣

捶床叫

流鶯無賴將一天霧影窣窣窗外雨後簾青橋上衣絲盈盈定

悄悄冥冥

有人在趁晴蛺蝶漫空舞亂人心惹泥金裙帶水如塵玉剪輕飛

莫點葡萄澆灑幾日心情小極為粘花中酒鬢眉傭懶了

詞紈閣了鈿車誰愛鬬茶桃葉帽簷故傍鞦韆側恰今日風光

如海便春晴人意誰快已報楝花風大

抄

五綵結同心 長調百十一字

乙卯冬抄與園次飲惠山蔣氏酒樓翠袖紅弦詼諧甚劇酒半忽遇廣陵高生至記與山陰友人紅橋狎讌時毋二已十三年矣故人萬里昔夢千端不勝白髮玲瓏之感詞以寄慨

彊善堂主人對記

簾風晴鳥檻雪新晴小樓月又剛圓有杜秋娘在微酣矣催弄脆竹零絃曲中驀聽羊車到寒帘帽入一座喧闐驚疑甚似曾相識別來一十三年 重新移燈添酒算夜長難睡且話從前記

得當初揚州薄倖有人同做樊川玲瓏去後詩人老湖湘客飄
泊誰憐憑誰說渡瀘諸葛君家燕子依然

畫字旗亭倚歌燕市萬感橫
生百端交集

抄

還京樂 長調百三字

送叙彝上人北游　通篇寫上人時說

綠楊外、點笠蕭蕭，喚渡春江尾。想此情猶戀、齋廚櫻筍，山園桃李。問津樓斜倚闌花，鞭影回頭指隱隱見、四百八十南朝寺。問師何意，將三春錦片，年光擲與，江東野外沙際。況逢連歲關河，滿斜陽荒亭饑壘。怕他年、又紅鯉無書，金鴻少使，欲倩神僧咒，為君禁住流水。

于人物則寫照，于時序則紀實，于情景則真切，如對語真。

詞家聖手

蘇武慢長調一百十三字

梁溪舟中對雪 彊爲畫工人對說

淅淅蕭蕭，林邊凍浦，颯颯風亂帆成陣。忽飛馱雪，暗灑吳裝，極目空明相混。孤墩殘角，小寺疎鐘，今夜吟情誰寫。望前村水店，溪橋風裏，青旗斜颭。也思量、一盞禪燈，半衾爐炭，長守南山故隱。詎期屢歲，每到年時，詩足旅愁羈恨。舊曲中誰正維致語。一載又還將盡，小樓前幾樹橫枝，想已漸堆香粉。

後閣急管繁絃，聲隨淚落，使

我不忍卒讀

抄

沁園春 長調百十四字

戲詠閨人踢毽子者

嬌困騰騰，深院清清，百無一為。向花冠尾畔，剪他翠羽；養娘篋底，檢出朱提。裹用綃製，同毽轉簇，畫牆陰一線兒。盈盈態，許踚蹴鞠巧甚，彈棊鞋幫。只一些些，況滑膩纖鬆不自持。為頻挨擐提，這依金井，慣從渡節，礙怕花枝，惹憶春交，回頭盼盼。扶上闌干剔鬢絲，垂楊外，有兒郎此起，真惹人思。

製蘭有情，踢蘭有致，說到沈郎慕思

更於簡外傳神實絕作也

抄

沁園春 長調百十四字

紙貴戲作

老至常閒，惟藉鈔詞，以永居諸。訝行波萬疊，然脂照夜，燈月寫韻，蠅書一

箋，映雪晨塗，甲乙周秦，撰當辛鄉，卷匕牛腰一束，粗析長袋任

字嘲類，吟墨西同卷。今年紙價日珠，聞洛下當年有是夫。縱

畫他灰燼，還疑帝虎；刻他竹粉，莫辨之無。已矣途窮，幡然事濟，

將種芭蕉十萬株，成陰後，取花間全集，作隸寫書。

書後詞稿，繇貴在其然，後說得是趣，若令后年

見之，當不啻十萬錢也

抄

沁園春長調百十四字

題徐禎起六十斑斕圖

老友者誰城北徐公舞衣斑斕有豆區一畝藤花半架晴山萬疊碧浪千灣隱不求名憂寧用老竹戶蓬門盡日閑家庭樂喜龐眉矍鑠皓首團圞

相從樵父漁蠻只戲彩娛親總往還笑朗朗朱門幾人親在番番黃髮誰便身閑何似貧家蕭然戲彩六十兒從膝下頑佯蹉跌惹八旬堂上笑解開顏

樂志論耶報孫會宗書耶文情跌

蕩縹緲更有猶龍之嘆

抄

沁園春長調百十四字

贈宋御之　彊齋堂主人對說

君果然耶。五十之年，而僕曰女之。記王珣宅畔，呼鷹盤馬，伍員門塘上、賭墅圍棋。一水青山，滿船紅燭，綰定垂楊萬縷絲。蘭亭會、正容逢雨後，人到春時。

如今舊事難追。被海水天風頂洞吹將。曹劉沈謝，捲同粉絮，或縈簾幙，或墜汙泥。奄感風流，東都耆舊，幾箇樽前其在斯。吾與汝，似春歸蝶舞，花盡鶯啼。

正是暮雲崖之處不堪聽曲

抄

賀新郎 長調百十六字

乙卯端午

往事思量否。記年時、天中佳節，沉吟搔首。此日傷心人漸老，誰耐離騷繫肘。喜繞砌、葵榴初繡。笑看五絲纏艾虎，問汝輩、猛氣憑陵久。何故縛，女兒手。

楚天一片驚濤吼。沸中流、錦袍雪艦，笳鳴鼓奏。錯認蘭橈爭弔屈，惹起魚龍僝僽。都不見、椒漿桂酒。罨遇從來無競渡，也幸無、下瀨戈船走。漁父醉，唱銅斗。

前結綺思詼譎，氣奪韓彭；後結杞室

殷憂綢繆梓里

抄

賀新郎　綺羅香澤中有乘雲喝月之思

藕邊庵先生令孫女出閣詞以志賀即次先生原韻　自非芙蓉院主那得如此仙才　彊善堂主人對說

鈿盒同心縷，恰盈盈、風分蟬鬢，花籠螓首。太史門闌新築館，喜氣曆寰稀有。況繡閣、女兒節後（時端午後一日）。山上有山齋太華、丈人峯長調追逐，彩郎騰佩香奩口。崔盧河北真嘉耦，樹鵷雛、玉堂花燭，旋房箕帚，輒了人間婚嫁事。東海依然碧皺，把五嶽芝封章制誥去，上玉清、鐫名籍攜手。又雙鸞鳳成仙侶，松與壽長久。

彊善堂主人對說

、寄興呈　藕邊庵先生用溪南詞韻

跌宕蕭騷不可一世想見處仲風流

一事。然爭不憶，當來朦朧枕上，大奇可出字，羊吾幽禽，佳夢醒花影半楞，還有書林下，溫蠲盈匣。一卷烏絲饒寄託，怪時人只道填詞手，說詩者，直哉叟。　虎頭骨相吾甘受，更何須、君平季主，推原算商量得。千秋專于好句，鸞嘴啄花紅溜也，抵得西安懸金斗。此意可憐還可笑。何年碧海驂鸞走，仙路杳，緣難偶。

與毛子公阮交三十餘年矣，往時偶過蘭陵，每每于焉下榻。自文友逝後，經過郡城，輒作西州之慟，坐輿故人亦復闕焉。不面擬管，填詞用呈公阮，仍用溪南詞韻

往事思量否記當時伯仁一醉諸公色守粉壁練裙沾灑徧墨
汁酒痕都有曾醉請秦王擊缶三十餘年如電抹過風光少箇
丹青手能幾日頓然叟 風生百感三杯後憶從君杯傾三雅
書窺二酉今日低吟思舊賦嗚咽山泉決溜鵑血啼完幾斗
不是郡樓頭媡上怕重經董相帷前走忍不得一酬園偶

感愴今昔之懷沾灑毫端人孰無情誰
能堪此安得不青衫濕透耶

抄

賀新郎 長調百十六字

汴京中秋月下感懷兼憶二弟緯雲季弟澗巡暨一二金陵省試親友

南耕

萬斛金波瀉。遍人間、雲鬟玉臂，青軍銀箏。楚楚夫東丹畫。滉漾才時影時景。

琱石乾坤空也。人正在、汴梁客舍。可惜宋家宮殿改，燭金盤、人灌滴。

當窗提起，可還似、東京夜。

關河鳥色愁軍馬。憶家山、之朝往麗。

許多王謝，風月經古，狼催詩打，無限風亭，木葉。

已笑飄零何足道，天風鸞鶴，埙紛須太簡，且趨子而我窮。

中秋词从来说东坡高处不胜寒一
阕今宵此词坡公应让席
曲终人不见江上数峰青

抄

賀新郎長調百十六字

作客東京，寂寥誰侶。西風落葉，閒詣旗亭，乃延秋全部於此。徵歌中有一人，云曾相識，訪之，知吳下陸郎也。明日顧余，郎含笑貽遺卷。余落拓無聊，感生厚意，爰贈此詞。

酒向旗亭買，驀然間、歌絲一縷，飄來耳際。是吳中諸人語，郎[illegible]讀書[illegible]佳，自群合樂，大同黨門下。中有一人尤相熟，是龔王筵上會逢春一句之，郎眼語。更聞歌吾冬佳，唱歌比[illegible]梁甚宋[illegible]。斷垣頹，風飛到，東京[illegible]失言，恨你何為然也。[illegible]毋婁，[illegible]遠[illegible]

此語殊悲非相戲卒花起莫憂歸人了英雄淚浩盈把

此言多木虛石花仁木莫〻〻川人才英太〻〻〻才

馬嵬坡前潯陽江上此曲不堪回首

三七

抄 賀新郎長調一百

賀新郎 十六字

89 登上方寺鐵塔 塔建于宋仁宗慶曆四年 補之

前朝壬午河決曾沒于水

欄楯浮空去、小玲瓏、畫玉璃楯皮、一人髮青系、無數春畫宵、四風吊了、又

看宮我也渡、有多少梨花夜雨、西窪金馬、鼻木衣、堂井千秋、火塊

惜吾汝、晉宋事、系塵土、鴻濛一氣、憑懸斗、齷丹梯千盤一百級

上通玄圃、根輒地中、僕也、其下黃河一婁、觜經過處、煎熬

無門西風、申州限青門、論文畫興亡語、言金金[illegible]自門語

黍離麥秀之歌石馬金仙之淚合而為

词堂峰高唱红鹭天上人神

镌塔铜驼朋辈吾汝异想奇文得未

曾有

抄

賀新郎長調百十六字

閏五月金沙道中次劉後村韻 音 本音

浪闊麗朱坦旁成，同依然、游泊水喜暑前月，斑楣還目眼。又

潤馬王卩亻坦氵亻然游氵水戈氵

見龍舟鬭虎，何不圖、公子無漢，因漏謙起路，不得半、笑是覺，木橫

[illegible]

閑簫鼓，大魚吹撒波舞。 登鵰人詞客憶相半，欲詞莫錯遠囂，口彝我

分手桂屬，不語屋念剩，望著攜人，閒角黍春，萬斗天風正怒

地也，郎常連海官斗仙山也，念思魂苔與江水捲，今古

此土，含未人也，云，卩氵水才令古

西河競渡，吾以為嬉，詞翻舊案，終是第

佚名文

刻畫金沙閏五不作尋嘗競渡語是此詞暗度金針

抄

賀新郎 長調百十六字

○題魯公八關齋碑 ○彊善堂主人對讀

萬仞何曾壞，裂蒼皮、筋纏血裹，鮮痕扶蠆。角鈌文同參錯

門儀尊兒擘，風雨忽、自靈趨拜。多少事、因還淚灑，虎兩眼嚴嚴山山鬧

孤亭在何不方，短蟄光怪。先生當日原立，角本神擘毫，層拳透八

筆鋒抉、蛟龍伏虎，幾番戰鬥，鏃矢縱橫，海一合大空，八聲情慨

千古雙忠遺蹟，歎一易多磨，洗盡鐵幡，鷹飼月孤天外

詞如魯公書透出紙背

放騰光怪詞與題稱固應鼓鐘干

禩

抄

賀新郎 長調百十六字

九日後一日為呂含章姬人催粧

憶昨登高去上平臺迢迢千里碧雲紅樹忽見香塵風外動帽

影衣[illegible]無數人正在銅街偷覷我揀簾櫳深處歸袖郎當醉學

迴波舞還競打細腰鼓 題[illegible]罷作催粧句羨新郎顛狂調笑

酒龍詩虎俠少兩河誰不識獨跨馬中赤兔馬上者人中之布

屈指明年隨大婦捧掌珠雙向花前賭[illegible]邀[illegible][illegible]終古

催粧詞多近香艷此獨慷慨豪壯

算只以生存

為姬人催粧選句故應爾〻心如細髮

賀新郎

感事

太息人世間，記南譙秋窗夜話，客談新異。傳說當湖扶風馬，亘奕上卿門第。歎伶樂一朝身死，多絲竹成灰。高樓畫，笑當年杜木費間金翠，乘滿院斜陽啼。扁舟疾下金焦寺，又傳聞人天帝釋，跏趺西逝。多妙相，神仙蓬島，莫悲得銅仙流淚。昨又說井陘奇事。醉卧江船成一笑，總輸他稱角東村子，牛背上笛聲起。

彊善堂主人對就

一時三事彙而詠之，終成一段奇事

弃文不意於填词見之

四維不張江河日下讀罷爲之憮然

抄、綠頭鴨 長調百二十一字

清和

翠陰〻、頓染遍小園前後。果然夏淺勝春，一聲鶯穿窗透。幙滿街、絮撲帽縈巾，挑剪偏宜脫綿衣，可風光尤喜，恰初旬清和景。水烱畫就毅霆拘。漫游溪山好在，何況條無綸笑無。端一場春夢，問幾度、百歲隙駒趣冉〻。柔青綏吟鬪，扇魚新。烘染玫瑰，剪枝約樂，摘梅煮酒且賞，屐揎盈〻，柔帶卩衣文漸作茶人。

彊簃堂主人對讀

盡情渲染極意鏤雕筆端具有化工
與翦綵為花者不啻霄壤

擬西平樂　長調百三十七字　言情寫景如在一眞

彊善堂主人對讀

王谷卧疾村居挐舟過訊仝渭公賦

篠里東偏，前山北舍，中有隱者茅堂。鄰圃鈔書，陽溪賒秣，一村風雨歸莊。歎壁句霜天，陡之骨為殘秋太瘦。多時曬藥西軒，終朝行散，奪岡我買，烟舠過諸柴門，下深巷劃空蒼。只須剪燭無煩，意悲欲與君言，竟上君床。君不見石鯨跋浪，鐵馬呼風，今日一片關山，五更刁斗，何處乾坤少戰場。且擁孺人，相攜稚子，讀易歌騷，把酒彈琴，強飯為佳，慎毋憔悴江鄉。

彊善堂主人對讀

抄

六州歌頭　長調　百四十四字

春霽寄興

連朝陰雨，愁煞嫩寒餘。今晨起，雞聲霽色晃，陌除泥，簾鬢盤罷抽。

書讀《離騷》，易繙莊老，竟帙旋掩卷，撚吟鬚。試聽春禽碎語，

頭想有箇儸蘆翠，埋恰半，商旁用竹闌扶，樹影蕭疏，看花勿

又前村外斜橋畔，煙暮歷徑，午斜桃，酒旆，歌聲閒，提壺小花

妝正妥，天裙屐沿，綵水平蕪。念此樂真忘，鴛鴦擲五書，紫子

只佳耳，較雀臺，詣支何如？一生幾兩屐，歌者佳話，且佳觀

两用鬚字，古致錯落

寫景清代

總合人

星宰衰

濡足之

思

叫古妙

無字妙

上人

福

增語以東人對說

評

一詞三調波瀾萬層句多三字韻安連押

小中指此便多移之其意掉層游行揮灑

如意讀每至使我書情閑淡

嶔岑磊砢跌宕蕭騷想見不可一世之概

鶯啼序長調二百三十五字

蘭陵邵子湘有畫像五幀一展書一課耕一垂竿一游嶽一蕉團索予題詞余因賦是篇

一圖執卷堂前後蕉黃竹翠環墻隙激水鮮鳥號聲循簷際中有一人擁卷讀不知所讀何經史想讀當佳處時復奮袂於几其一江村條暢內家鬅鬆柴桑里散村扉箕踞松根揮斥田奴彊以映斜陽老牸驅來漾新簷街鵝見驚起趁陂塘堤平野千畝豈佳

一圖泛艇濕偏船頭垂釣是洞庭烟水軟幔障

[illegible][illegible]斜[illegible][illegible]烟細[illegible]溟尾，釣得[illegible][illegible][illegible][illegible][illegible]撥棹入江鄉漁

[illegible]其一圖，竹杖還樓，復層巒疊嶂，秋深楓葉參天，夜靜松花滿地。

廢著沉吟，輟耕太息，往事都非矣。何若上書北闕，[illegible]無

成種豆南山，豈無人、治[illegible]請爭，七澤虎鬪，千山釣名，釣國終非計。

便終南捷徑，徒為[illegible][illegible][illegible][illegible][illegible]藤肩山[illegible]枯[illegible]放吾[illegible][illegible]

列敘錯綜，參錯離續，綺[illegible]斕[illegible]樓[illegible]

變不為可理，賦家之以包羅天地者矣

章法譎變，墨彩飛騫，如陟武夷、風雲路絕，如入鮫宮、奇琛異寶，令人目搖魂蕩，觀止矣。此調夢窗、升庵奇倔矣，至於靈雋跌宕，不得不遜美吾髯。

陳檢討詞稿

乙丑仲春孝胥

竹

河傳第十一
河傳第十二
鷓鴣天
金鳳鈎
虞美人
南鄉子
鵲橋仙
殿前柳
一翦梅
江神子
臨江仙
蝶戀花
小重山
後庭宴
繫裙腰
落燈風
明月逐人來
十拍子
鳳銜盃
醉春風
芭蕉雨
淡黃柳
玉梅令
錦纏道
垂絲釣
鳳凰閣
殢人嬌
佳人醉
江城子
西施
離亭燕
于飛燕
隔簾聽
師師令
傳言玉女
剔銀燈

祝英臺近
新荷葉
八六子
滿庭芳
西子粧慢

拍闌干
千秋歲引
魚游春水
水調歌頭
夏初臨

側犯
滿路花
愁春未醒
漢宮春
長亭怨慢

送入我門來
洞仙歌
謝池春慢
暗香
醉蓬萊

過澗歇
秋夜月
東風齊着力
黃鸝遶碧樹

驀山谿
蕙蘭芳引
滿江紅
慶清朝慢

憶江南小令二。

十七字

寄東皋冒巢民先生并一二舊游

如皋憶，最憶小三吾。水繪園中亭名 隔水紅墻春冉冉，拍波綠箬雨蘇蘇，隱几一愁無。

人間那得洞天

彊善堂主人對訖

又

如皋憶，憶但付暮雲天。看醋紅醒經酒肥，帶糟踪鮯點，鮮鮮日日

醉花前

又

夕品誌

如夢憶、憶記坐時金堂幾縷椒窗閒說餅半鬢花露箏青梵香絃索
夜長長

彥豔

又

如夢憶、憶如夢復如烟滿院嫩晴歌板脆一城織月酒旗偏過了
十多年

江上承平風景如在目中

又

如夢憶、憶猶憶看春人來巷簾櫳空勝水後行街香粉屏成塵春熙、
不會嗔

浩郎遊如一語道者

又

如夢憶、憶曾記臥湘中名閣萬點、水花籠夜碧、半巖火樹落春正颺絲風

起妓衣風

着色妍麗

又

如夢憶、憶憶看小桃花水繪園門通小寺春堤一道不曾斜千樹

爛晴霞

又

如夢憶、憶往事倍盈盈水郭題名新悵望板橋語中別舊心情雙鬢

可憐生。

傷逝戲書 不拘四首

又

如夢憶、數子總踈狂。剛中酒時思許掾，山濤恰傷春處念曹王。文虎香茗記張郎。孺子

又

如夢憶、按譜砌香詞。傳語東君須婉轉，此情莫遣外人知。除說與、楊枝。

水流花謝兩無情 吟昆子為三歎

抄

瀟湘神小令二 十七字

盱眙舟中作

彊善堂主人對訖

淮水流淮水流蠻絃銅鼓不勝愁驪山金盌無消息六風陵冷勝秋

曲短情長

瓊樓玉宇同一感愴

抄

桂殿秋 小令二

桂殿秋十七字

〇淮河夜泊

波淼淼，月朧朧，神巫爭賽禹王宮。船頭小笛吹晴碧，檣尾風燈颭夜紅。

兩頭一總非 舊公那能如此新琢

江村漁市寫景入微

抄

楊柳枝小令二

楊柳枝十八字　彊善堂主人對訖　対

本意

楊柳似重

裊娜絲絲楊，水面生。波光柳態兩盈盈。攬來風色倚於夢。不許春

江綠不成。

抄

長相思 小令三十六字

月夜看花作

掩柴門。步籬門。夜色花迷碧一痕。微酣過別村。　梨花繁。李花繁。錯道溪昏月又昏。風吹銀浪渾。

存

彊善堂主人對訖

瑰異不經人道

抄

醉太平 小令三

十八字

戲咏錢傚宋人獨木橋體 彊善堂夫人對話

將錢、比和嶠是申韓老子
同傳也曲子相公何幸哉

紅閨簇錢綠窗意錢姬人小字錢佩男錢女錢 花驄鐵錢
蘭橑綺錢癖同和嶠惟錢問直他幾錢
青簪印錢朱荷貼錢空囊誰笑無錢更漫空策錢 文臣愛錢

元人使在儒上錢臭猶

倡家數錢世間萬事由錢向天公貰錢

未減耳讀之流涕

吹簫乞錢販脂鬻錢西風江岸攤錢買茶蒿進錢 西隣醵錢
東城打錢明朝去索碑錢付黃公酒錢

今人那得碑錢亦無貫
酒處自作大言解嘲耳

錢今古錢錢今後錢篋中剩五（銖）錢是秦錢漢錢　可兒使錢阿
奴惜錢逢花休想無錢看風吹紙錢　急下痛棒令人汗出如雨

奇思泉湧快語灑翻一片婆心提醒千古
癡人魯褒不得專美於前矣

抄 昭君怨小令四十字

咏柳 彊善堂主人對訖 对

誰把軟黃金縷，裊在最臨風處。依離綠波中，太濛濛。愁殺花花絮絮，半是風風雨雨。一樹倍堪憐，封門前。

鏤思言外絕影花間

抄

點絳脣 小令四十一字

題延令張燕孫秋詞 燕孫園次婿

吳苑初晴，陽山大好朝來髻。相逢却是，山抹微雲婿。一幅詞兒，滿紙悲哉氣。冬深矣，重添秋意，秋在君詞裏。

如游絲之裊空，令人摸捉不定。

彊善堂主人對訖 对

浣溪紗 小令四

抄二字 對 神龍威鳳氣象萬千不徒以使事為工 彊善堂主人對莊

咏橘和口邁庵先生

秋染包山樹樹蒼 高低斜綴絳紗囊 西風飄過滿湖香 未免為奴供飲啖 用橘奴事 微聞有吏話滄桑 用橘吏事 霜紅露同盡偷倖 辟龍

又抄 純從無字處著想落紙便烟雲四起

髣髴輕軀十八娘 生憎柑子道家粧 石榴裂盞也尋常

春纖丹液冷傳來 羅帕玉肌涼 昨宵酒惡信思量

又抄 寄託深杳令人作褰裳濡足之想

船入剡溪思豁然、曾傳此語自坡仙、擬將種樹遣蕭閒、今日

亭臺無楚頌、舊時橘柚滿吳天、風流人去一千年

又 抄

澡耀霜林八月中、纍纍赬卵石湖東、箴包箬果滿筠籠、天上

渴烏偷樣好、鑄成一點橘般紅、蓬萊夜半已朣朧

小中見大涪語徵奇一字不經人道必傳、

何疑

浣溪紗小令四十二字

山塘即事　抄　对　彊善堂主人對訛

窈窕山塘半酒家，浣衣歸去笑吳娃，東風吹得綠裙斜。

琴今几

碌光靡綠竹楸枰芰高落水仙花碧紗窗景漫山茶

芳華綺靡直壓花間名作

浣溪紗小令四

溪紗妙二字

王阮亭曰如坡公半衣古柳賣黃瓜

彊善堂主人對読

錢埠即事

漭〻淮河杳似年森〻錢嶺遠攢天風來穴〻作響帆圓　奈熟

叟聲千顆雨杉〻濃影浴一溪烟困黃瓜〻凉粉趁墟角

以此作棹歌宜使老魚跳波而舞

取料亦僻亦韻讀之令人擊節益見才

大如海耳

抄

中興樂 小令四十二字

秋夜 疆音室主人評 对

水邊小玉蘼扉因燭郎秋宵正掩書窗忽有人聲飄風來遍墻土不辭

衣香小香太微淡分明有箇玉鬟花底人暗月分冷新涼

說渺茫又說分明正見神情惝恍

一篇美人賦也覺宋玉之為煩

抄

羅敷媚 小令四十四字

吳門遇徐崇之問我新詞賦此以答 对

當時慣做銷魂曲，南院花卿，北里楊瓊，爭譜香詞上玉笙。如

今縱有踈狂興，花月之前，生詩酒浮名，丈八琵琶撥不成。

髯善堂主人對訖

使人作贊未必如此蓋能道其中之所有也髯定首肯否

抄

減字木蘭花 小令四十四字

酷暑馬上口占

彊善堂主人對訖 抄 对

陽烏酣戰。似吳牛偏易喘。絲縷無存。我有田園萬斛涼。

一甌茗汁。此事如今那可得。黃鳥多情。小立風簷囀一聲。

鶯聲消暑勝於赤脚層冰

五臺清涼境却在一轉法華真大辯才

抄添字昭君怨 小令四十四字

雙善堂主人對訖

○夜泊鑾江

今夜月明江上綠染吳天一片萬家簾幕火微明佛狸城

點點瓜洲玉粒米芾金山雪透但見帆風響秋江鴻影金瀧

寫景入神如見秋江夜泊时

前闋懷古後闋感今儘堪咀味

抄

誤佳期 小令四 其十六字

偶作 嬾齋堂主人對讀 对

枕上春酲猶害 樓上東風偏大 金籠鸚鵡喚人來 忙出花陰外

不肯把簫吹 那便將花戴 臉波底事十分紅 莫誤將人怪

嬌癡如畫 然是菩薩鬘 非河東吼也

菩薩蠻 小令 四十四字 抄

吳門將歸吳為姜學在題歲寒圖

彊善堂主人對訖

瀕行不折閶門柳殷勤只勸皋橋酒笑指歲寒圖圖交情如不如

今君珍重意樹乃猶如此題罷上歸舟孤帆入暝烟

豪氣逼人唾壺欲碎

抄

蜀溪梅令 小令四十八字

小寺 彊善堂主人對說

花前小寺背春城不知名淼淼夕陽金刹看波平風光難畫成

阿師洗鉢趁新晴隔溪行閒鎖堦前梅萼一枝橫僧雛學弄

筌

時中景景中人大有禪機在莫錯過

抄

桃源憶故人 抄 小令四十八字

重游惠山寄懷秦對巖 对

松湍自逗當晴雪冷瀑何年纔歇水上瘦梅鐵眠[illegible]紅橋缺

從軍年少巴陵客三載金閶遍[illegible]莫聽楚天一角千里同明

月

桂舞如石鍊金

寄託深杳無跡可尋

沙

醉鄉春 小令四十九字 張壽堂主人對訖 对

咏茶花

鼎内乳花將溜甁裡玉花先逗真皓潔太玲瓏雪晴茶園如綉

葉與花情相鬬花與葉芬相糅將嫩蕋比幽蘭幽蘭還遜三

分瘦

夭矯離奇如神龍之變化不可捉摸花

間諸詞何其刺促乃爾

大

抄

歸去來 小令四十九字

憶一石亭老杜兼寄竹逸雲臣

彊齋堂主人對訖

對

憶亭午前一石亭山鳥哥哥，土人林藪千株下是誰家高人墓，落英風下日雨。

蒼莽中，屏路並不見，秋雨一縷。月中口八葉，盡繞墜，枝斗芳留甚，固木

憐惡
憐耳

哉時獨境千里懷人，幾多情緒遙

無中攝景如聽獅子吼大千震動

抄

西江月 小令 十字 五

喜見獅兒

对

猛獸產於絕域，驍騰來自安西。一呼百物盡披靡，何論猘奴鷄。

子、我顧頰顏皆此兒，應跳盪如斯。神仙將相誤為萬事耳。

汝巖英物可憐詞中意見

是父是子可云唯我獨尊

之以氣

〇又

昔日濟梁校赧兒，生此地名臯。滑稽解頤倩絕

倒侃。我意殊為不爾，詩書莫與兒曹，憑他上相月千遭，長大未云

似撲蠹

用事恰合寄慨亦深

只此便是義方英雄語不欺人

又

兒已健吼女黃犢翁何可比日覽求女叉壽詩雪浪汀淮江六火連天四

載絲韻總只音小去戲虛投距米女来定方迴文登翼中龠串田有于騷懸笑吕容

家何在

兩段善自解免後段盡出真情俱是化工之筆

又

天真爛熳字字飛騰必傳何疑

牢狗高三十集上呼鷹墨千尺遇負兒無昔宋人然壯獄之陷不

遠

六歲定歸吳家塾有男與汝齊年一嘗風興跡下江舟船鍛菜東

吳過貝

而三閱俱帶訴讀此血正襟而言已至義方之本

真情逼露自關天性不暇作畏人語也

抄

河傳第一體。小

河傳令 五十一字

五色鸚粟 抄 彊邨堂主人對訖 对

花鸚無賴也，把帘高挑，花間上窗，罷鬆戎，鼠東風，分沁高日夕寸豐艮ナ

日鸞東也，才日り才亻ヨ丷丷糸丷糸糸八沙日丨丷丷

巳配糸肅匀匂丶糸工丶能黃私儀野庸曾丶界朝來小摘才簾外夕起

他微雨靄

設色工穠筆筆組繡

縹緲不可摹捉

河傳第二體○小令五十一字

豆笑 抄 彊村堂夫人對訖 对

、隴上曉鶯低唱豆笑初嬌小婭一色綠君要絲不見過〻暮亭橋 悲

歌楊惲家居久三杯後慣種南山豆〻花棚下月毿〻溪南閒

尋漁叟談

蔣想陳稾

前闋穠麗後闋悲壯文心奇幻

抄

醉紅粧 小令五十二字

立春前一夕寄暢園小飲，時有柳姬翩何在座，同園次賦

殘年屈指不盈旬。晚峯愁，翠黛顰。玉杯餞臘漾紅鱗。風動處，酒微皺。

柳條偷報隔宵春。歌宛轉，態橫陳。來早春休園內，討鳩帳底有春人。

峭麗似曲子相公

醉花陰 拗令 五
醉花陰 拗二字

初秋劉篤甫以詞招飲次韻奉酬 醉州 翟壽堂主人對花

簟紋柳浪相零亂淺之因燭郎起綻奇早涼天鬬茗才琴矣巾貴由

他岸奔華手注寬論半聽思提壺喚一醉莫思鄉只恐江東

尊鱠招延歸 鱠招才子草

但使主人能醉客不知何處是他鄉後以尊

翁作結庾子山暮年詩賦意也

傲岸嶔崎不可一世

河傳第三體 ◯ 小令五十三字

新茗抄 [illegible]蕃堂主人對訖 对

穀雨嬌女微遵緣崦輕攜翠筥掐茶初櫻笋廚一縷夜濤煎雪亂酒惡愁將繡衾泥靚傳破睡覺春酲安靜庭沙汲茗柯羅亭北窗幽興多

料理春酲大為酪奴作價

抵得茶經一部

河傳第四體。小令五十三字

黃葉微 擬 煙霞堂未對訖

櫻桃已謝。牡丹開罷。黃葉微滿樹。夕陽漫漫一架。低亞置木影污粉

白。黃鸝一色。枝頭罵。朦朧似誰。遊金丸打。畫廊東綠花叢勞

帕。絨施朱近也慵

艷句驚人

結語藻豔令人魂銷

河傳第五體。小

河ノ令 五十三字

紫蛺蝶花 蝴蝶花 擬□堂主人對蔬 对

秀色風ㄟ

依軃墻陰微暈，簾虛露濯，因風滿園。毛紫趣，青蒲縈于旁，君居

身坤卩鑄露羽火杪，女紫趣日鈕系仆衣衣

玉娥撲偏花間路，誰飛去，執翎今番誤，有時粉翅是花鬚輕車

扶問伊如不女

鏡花水月勝似生公說法

河傳第六體。小令五十三字

抄 擷香堂主人對勘 对

虞美人花

楚歌四面戰旗一片。歲歲江東此花責透還是垓下重瞳舊帥紅劉郎原廟空千古咸陽樹銀雁飛何處英雄兒女誰憐絕付東流野花愁

西風殘照護花使者藏

李嶠真才子吾於此詞亦云

抄

紅窗睡 小令五十三字

咏櫻桃花

一樹樹、搖綵幌光映時小樓都絳、無風誰觸花枝響、墮繫紅

兩兩、細雨似聞鶯細講香嘴下、美人休折讓花全放、任他成

顆、鬪向家唇樣

購思選韻奇峭非凡

抄
怨王孫小令五十三字
立春戲東園次時对夜有柳枝書在窗
柳色如此住為佳耳未到飄綿已經離水開巷趙女彈箏沒心
情巷有趙姬亦 博山熏穀況香火衫兒彈微幽覺東風大齎衾
情園兒所歡
夢醒驚問還是寒宵是春朝

善戲謔兮不為虐兮

彊善堂主人對読

抄

浪淘沙 中調五十四字

題園次收綸濯足圖 抄

彊蘇堂老人對訖 付

灧澦幾千堆。濺雪轟雷。巨鼇映日挾山來。舞亂揚鬐爭戲浪，晝夜喧豗。

濯足碧溪隈。一笑沿洄。龍窩鮫窟莫相猜。我有珊瑚竿不用，不是無才。

陸海潘江不敵此五十四字也信是驚才

抄

戀繡衾 小令五十四字

彊邨老人對訖

春暮 对

曹騰春夢弄夾衣壓闌干凭損玉肌小玉向紗窗報坼紅墻圍

笋似肥 馬啼得〻穿花外 正隣家蕩子早歸歟櫻桃都謝了

怪伊行沒箇信兒

又

谷〻綠水乳燕飛飛蹙香紅堆滿地衣桁洗罷登樓望見長天一

碧四圍 行人更在天之外問地名甚處武威想郎處棲烏

并無杜宇加歸崔吳

尋〻覓〻悽〻慼〻心情無賴
寫來閨全境入細

抄

月照梨花 小令五十四字 調與怨王孫小異

送綿雲弟渡江之廣陵

鐵甕隱隱，怒濤滾滾。簸宋掀梁，淘吳洗晉。誰泛水調清謳，是隣舟。望中一抹斜陽恨，可憐消盡，六代金粉。老夫還記舊揚州，紅袖悠悠，滿江樓。

如此江山，只消得才子哦蕩豪賦。

無浮直句，敲爲點睛佳。

河傳第七體○小令五十四字

楊花 抄 彊吾堂主人對訖

藏鴉時候，當初綰住，永豐坊口。絲絲晼地離，春波雨後，和煙籠。翠牖如今，滿院陪晴雪。香綿積，滾盡東風力。萬丸，遮翠幰絆。楊花一生不着家。

俊語親人心目

别有感慨不為兒女生情

河傳第八體○小令五十四字

擷藝堂主人對讀

玫瑰

踈籬半掩。輕風斜颭。濃香幾點。欒闌邊纔定。盈盈。紫艷粉娀勻。瞼明月。步卻。負字小玉。私搴取。提籠去。小摘盈階。雨濮幽芳。泿鮮痕。繽紛刺塊金縷裙

起無語已為玫瑰寫照

結語綽韻嫣然

一起一束是畫水畫聲手

河傳第九體○小令五十四字

榆錢 抄

彊善堂主人對記

蕩漾誰窈窕口葉翅小人錢柔

氵氵言亻車女手翅小方錢木拋家離井岩為憐淒然江東落

絮天年〻碧波東君鑄時帘鳴行賤賣召光去雄淚剪春燕

衤金不昌言貝音土厶汅日湖

模糊漫空下五銖

刘里尔至

賤賣韶光去英雄淚滿襟袖

河傳第十體。小令五十五字

新筍　妙　彊善堂主人對訖

新筍，新筍。初引烟梢，墜粉花陳，蕊欄斑痕印。舞透銀墻翠細小園。春已盡。釜中一斛瀟湘碧。霜刀劈，糝毛河，犭他白鳳幾遷籠磵。扉他時成龍破壁飛。

琱鏤並湊，續殊為玉版生色

妙語如繡，可補竹譜所不及

河傳第十一體○小令五十五字

櫻桃 壇壽堂主人對記 抄

丹顆。倭墮雨蒨蒨。昨夜前村板橋。[illegible]籃映山屏畫。櫻桃嬌嬈玉纖。

[illegible]。[illegible]。金彈打流鶯。[illegible]。粧階東風晚。

風朦朧。翠樓都染遍。

江南櫻笋種種如繪可作山中風土記

嫵媚不勝情可與浣花平分疆界

河傳第十二體○小令五十五字

青梅 抄

認否，如豆。春歸不久，亞檻青苔，映簷繡透，織簾小閣，以上至此，奈他

翠滑何，粉娥貪結，繫子繞指，起角蜀看，交事梅仁意

兩樣試言良，懊定誰

小小依俙作如此猿猶貽

是撥米粒仔丹砂

輕挑淺撥那得不令人心死

鷓鴣天 小令五十五字

苦雨和邁庵先生四首

簷溜淙淙徹夜聞，曉山沒却髻螺痕。風欺竹尾敲詩夢，雨凝花鬚濕茗魂。拋短杖，閣清尊，蒙頭敗絮睡昏昏。誰須銅狄千年淚，瀉入瞿唐兩夾門。

此首用為誰流下瀟湘去
少游韻較此應讓一籌

入夏淋淋似淡秋，粉雲陰重不曾收。那知四月之間雨，做就中年以後愁。兒女恨，霸王籌，淙淙都付兩溪流。碧天何日紅霞見，襯暈偏江南小畫樓。

代毛洗髓筆墨俱化

曾控吟鞭，騾館遥遥，紅氈馬上，夢初消，雪鬖積，秦箏苔雨歇叢

臺趙女嬌，泥滑滑，髯蕭蕭，故園仍傍，斬鉸橋，老夫輸卻龍孫

健挾雨齊抽，十萬樹，

彊善堂主人對說

一劍霜寒十四州可想此詞豪邁

閬苑仙人杖過眉，陡然春去也，成悲，新愁洛下，銅駝舊日事荒

年老霍知，閒握□彈棋，漫天絲雨，且題詩寄來數闋淋鈴

曲，我在街南中酒時 以上俱用稼軒韻

彊善堂主人對說

百端交集令我鉛淚如水

鷓鴣天 小令 五十五字

寓興用稼軒韻同遐庵先生作

彊善堂主人對訖

对

所傑欲簫是帝閽恨無大藥駐紅顏詩情淌湯風前蝶微

逃海外山　躭放浪淡蕭閒烟波境界十分寬新銜曲變部兼茶

部舊署圖官井橋官

奇語處崚嶒澹處蕭散

文心跳脫不可羈紲

衡琦盎甚墨唱月行真他鸞鶴不相迎當時酒態公然子今日詩

狂太瘦生　千有堆盡容郎誰堪與耦耕灌夫已老絲

彊善堂主人對訖

宛淪落人間少弟兄

傲岸自雄目無千古

鬭栗闌邊已放芽、枝頭梅子看些些、勁過小園摘晴蝶、寄東

林數暝鳽、無箇事、閒巾箬笠斜、風光消息付兒還、家陡然、卻憶前生

事、看偏逢茉莉柰花

高懷邈寄一謝人間煙火

金鳳鉤抄令 五
五字

春夜同居成飲御之齋頭感舊

東風裏絳桃枝，楊鶯記起年時見汝。紅芳正好，濃香飽、俊眼相看如許。如今花放長洲路，只是我朱顏非故。舊時情如夢、閑愁似海，隱插花鬢細數。

舊嬌無巧只恐奈年老難理

搖鞞之賦

抄

虞美人 中調五十六字

吳門遇嘉禾沈賓聞追感延令舊游賦贈　瑤華堂本對記

與君且醉楓橋酒、往事思量否、夜烏啼上盡情啼、曾看兩行紅粉黛鬟低、建封去後秋娘老、燕子樓空了、阿誰獨得最長條、重倚東風再鬥沈郎腰、

燕子樓空了點鏤成金不使端明獨霸

抄

虞美人　中調五十六字

題徐渭文画花卉翎毛便面扇画虞美人花并蛱蝶

又鑿善堂妻對訖

簾櫳水浸剛初夏。淺勝春也。數枝白白與紅紅。飄到一雙蛱蝶粉濛濛。　愁看劉項興亡史。且讀南華子。漆園桐過牆來。笑爾開花還傍月明開。

或疑小画豈出劉項興亡之感誰謂此詞為小文章

抄

虞美人 小令 五十六字

賦得一枝紅牡丹

彊善堂主人對就

綠窗濃晝逢初夏，滿院花都謝。今宵絲管醉沉香，重放一枝欄角鬬紅粧。曲廊軟幔嬌娃畫，提起開元話。楊妃帶笑綻紅鮮，不數阿嬌粉面夜朝天。

真真畫畫，謔浪恢奇，結語盡情翻案，得毋唐突西施。

南鄉子 小令五十六字 抄

咏呂仙堂前蒲萄

对

誰放白毫光萬串晶毬綴井丹堂髣髴諸天瓔珞會涼風颺珠母車聖

盈出海洋 碧椀瀉寶漿何必金莖承月始涼寄語蠻姮休浪洒

須嘗似否鄰家十八娘

高華工切詠物神手

鏗玉鏘金洵非凡響

抄

鵲橋仙 小令五十六字

蒙城舟中讀雲臣蝶庵詞 疊壽堂主人對訖 又

滿河滄楚，盈船蘇酪，鬱鬱吾其誰語。江東詞客盛如雲，別去律

長淮鹽估。紅蓮半綻，碧鱸正得，意任無情今古。讀完半卷蝶

庵詞，句句鐵笛，洒然而去。

某曰云使誰為蒼憬籌故人詞千里如面矣

蝶庵詞半卷何似羯鼓一通吾又欲

為淮估解嘲矣

抄

廳前柳 小令 五十六字

本意 彊善堂主人對訖 対

晚粧前。有一樹。黃金縷。倍嬋娟。秦樓上、蠻腰楺、只思眠、繞欲抱。

便如烟。謝綉幙輕縈姿愈俊。勝長街拋擲堪憐。莫倚。輕狂甚、

便。成。綿。飄陌上、舞河邊。

弱不禁風柔難着雨

抄一剪梅 中調六十字

吳門客舍初度作 彊善□□夫人對說

風打孤鴻浪打鷗。四十揚州。五十蘇州。半生羈氣破除未。一石門仁。少日倡樓。老去僧樓。仁村 仁村

故壘蕭蕭蘆荻秋。大說甚書。小說甚劉。曰錢孫小劉。專魚言若

卷內且淹留。烽火邊愁。風雪羈愁。

後半闋沉鬱磊砢旁若無人想見捫蝨

雄譚之槩

鈔

一剪梅中調六十字

七夕由虞城渡河至單縣

客裡流光迅逝波時五日繞過七夕過朱鄉令節至今星渡

銀河人渡黃河小兒劇憐良夜不如他天上情多地上離多

兩地愁戚大婦亭姣小婦亭姣

彊善堂主人對読

詞如美人掌上舞，雅而窈窕，石眉橫生

星渡銀河人渡黃河是此詞本興

前後皆蔓引耳可悟文家結構之

法

抄

江神子 中調六 十字

沙隨感舊

彊善堂主人對讀

思量往事極分明。小徐卿。尺雲英。蕭寺幽窗檀板勸銀罌。兩小一雙嬌不盡。紅燭下。態盈盈。

西風捲去廿年青。寸鐘鳴。記三前生。落葉中原恰又趲離程。笑月曉風簷似夢。淚也出邊城。

懷徐卿並悼徐卿之庸生見情種

蒼涼滿紙如聞其聲

臨江仙 中調 六十字 抄

武塘贈錢巖燭

黃竹篙兒如雁叫西風直放江船櫓聲搖破鶴湖煙園林排水
次甲第直臨花前 公子才華尤絕勝翩翩氣壓幽燕新詞脫手
萬人傳暗香姜白石殘月柳屯田

贈柯翰周 抄 彊善堂主人對訖

玉樹三柯偏競秀枝枝黛色嶙峋一枝絕出便凌雲從新市
出衣用異香薰 此日相逢猶未晚當年真恨離群狂歌莫問

水犀軍好將腸斷句寫徧石榴裙

片語隻字矜慎許可想見子將

當年

蝶戀花 中調六十字

詠水仙花

小小哥窯涼似雪。揀一瓶烟，不辨花和葉。瑠暈檀痕姿態別。東風悄把瓊酥捻。

灔瀲空濛天水接。千頃烟波，羅襪行來怯。昨夜洞庭初上月。含情獨對姮娥說。

词致纖秀，不减凌波仙子

抄小重山 中調 六十字

泊舟松陵城外未及一晤舍妹賦此寫懷

颿如陣馬驟晴空一條銀練吼走亂龍回頭烟樹失吳宮靈巖

寺塔影尚龍蹤　槲葉滿湖紅橋燈和估笛點空濛夕陽船已

過垂虹無由泊心事一杯中

兩岸猿聲啼不住扁舟已過萬重山與此

詞可稱勁敵

彌羅室主人對　对

抄 後庭宴 中調六十字

春日同仲震過誰嵒嚴先生齋看牡丹 齋名壺天

天寶名花、蓬萊新築、君家最有仙家福、洛陽千里錦年光、攝來

都向壺中縮 盈〻複燈迴〻廊晨〻嬌絲脆竹綠窗低唱換了

華清曲歷亂夜燈紗簾風小蹴

前結奇句驚人後結林鶯千囀筆端神化

乃爾

拢

繫裙腰 中調六十一字

詠裙　彊善堂主人對訖

对

滿園草色綠迢迢。都吹上、小裙腰。棲鸞宿蝶風流甚，暗暈紅潮。輕颺處、襯垂髫。有時沉在簾兒底，依稀微露，輕綃隔花，繡帶無風轉，淺淺春宵。想應拂徧落梅嬌。

響遏行雲情深蔔令此中大有禪機在

未許阿難參破

抄

落燈風 中調六十二字 对

冬閨 彊善堂夫人對話 閨房兒女語竟一字猶人

五更寒一陣寒偏準冷焰挑來纔半寸無語撥香灰天應要糝銅街粉怪底霜風緊簾外烏龍眠不穩城河小結冰猶嫩江梅入舊年撚破牀頭殘臘本歲盡愁難盡

抄 明月逐人來 中調六十二字

惠山〻麓謁睢陽祠

壞廊徑仄，寂〻嚮，激松〻杉〻外，層〻夜色，悲歌南八，空剩着〻浮圖礰

鐵象賁蘭芷 斟得一杯，僅濯幾甌茗〻，化依稀見雲旗下食

恰逢湯次，龍鼉潭風急，又認戍樓闌斷

结祖趙血

鞭風叱霆詞與人稱應使山靈震動

抄 十拍子 中調六

擬過竹逸齋同探梅輒阻雨詞以柬之 十二字 一对

彊書堂主人對訖

昨夜雞寒側側，今晨小雨濛濛。屢擬尋花過澗北，屢約聽鶯到水東，心情無限慵。

麗景倘然易謝，冶游最惜難逢。四百八十南朝寺，二十四番花信風，[illegible]

怨而心情恁般沉鬱，令我讀之輒喚奈何

感慨淋漓有銅駝荊棘之慟不徒以好語為工

迦

鳳銜盃　中調六十三字

東風不翦禁楊花滿〻亂撲行人面

偶感　彊善堂主人對話

多時情境別是情懷　楊氏

弱柳絲〻街前綠正初學小蠻腰有鳳水〻翠樓倒央〻

頭上聽樓內三絃響　恰重經人已生帽斜風凝想只似

夢中郎柳花撲也漫天放尋不出伊門巷

醉春風 六十 中調 八十四字 二抄

春暮 張壽堂主人對稿

柔情婉轉竟似小窗人語

紅老鶯偏趁，綠暗窗難認。等閒風起楝花風，悶、悶、悶。粧閣倦[illegible]，舞衫疊黦，玉釵敲響。

不放東皇閑，權取榆錢盡。送春車騎幾時歸，問、問、問。明歲新年，水邊郭外，候伊來信。

響扶舊切器破 而未離日響

沙

芭蕉雨 中調六十五字

春雨　瓊華堂主人對範　对

輕煙輕寒時節。東風將柳絮，揉香雪。暗惹翠蛾千結。絲絲似細雨

紅橋情人你別心。綠窗深影半歸時，折未曾盡，樹草上輕狂雙

黃蝶亂撲，春雨和烟攪待，今歲韶光不成三月。

是　一祖紫銘

壬辰四月

攤破淡黃柳 中調六十五字

道院中見黃木香詞以詠之

蜂黃褪了爭上枝頭笑嫩蕊成叢[illegible]髻[illegible]似佛書窗小屏擡入

紅[illegible]珠[illegible]鞋語九蕭[illegible]亂秋[illegible]柔蔓[illegible]日香獨[illegible]黃料

儞偶[illegible]獨折上鍊[illegible]通[illegible]冠子雅稱[illegible]粧東

咏物細雅道子丹青不及

探玉梅令 中調 六十六字

渭公所葺書舍額曰梅廬昨始移得古梅一株遂以誇我

走筆戲柬

對

彊齋室主人對說

舊管梅舍不見些梅也今朝真見梅精嫁看鮮鋪鐵鬣并一石綱

銅柯鐵色成圍濤聲暗日鴻

辭處疑顛狂來相詫說此樂甚于

僕射撫橫枝微吟何必待他開香已在枕棱窗鏤

起說尋梅復說不待花開恰是一雨移梅

解形容古梅高不數時手栽新

錦纏道 中調 六十六字

冬日溪行

復善堂主人對読

对

紅葉攢天烘暮紫[illegible]如醉板橋南昏鴉成隊遠村界得寒林碎

一派疎闇更繞遠村背 夕照炫紅黃半陂明月每且停船沙花

以內被沙禽喚起西風激千層銀浪飽把晴磯碎

此畫龍點睛手恐風雨破壁飛去

垂絲釣　中調六十六字

戲詠貓

房櫳蕭灑狸奴嬉戲簷下睡就蝶裙兒[illegible]綃紋梅已謝撒粉英

一把將伊惹正風光豔冶尋春逐隊小樓竄響鴛瓦花嬌柳

[illegible]向畫廊眠穩低撼輕紅架鸚鵡怕與王郎[illegible]打

对

游絲之裊晴空乳燕之穿繡幕不足以喻其輕蒨也

鳳凰閣 中調 六十七字

元夕後一日同雲臣放庵過安樂禪院

枉東風費力，陌頭飄掠。無燈何處好吹落。獨有一枝梅蕊，春意先覺。且步過、寺橋溪閣。一聲幽磬，香氣暗縈林薄。寺門小立眄寥廓。流水外、遠山尖積雪埋却。甚日覩、翠螺如削。

大有禪機在不得嚮渲染處着眼

補

鳳凰閣 中調六十七字

○○○○汴京夜雨 彊善堂主人對疏 補遺

被西風送至，東京更鼓，又添隔巷數聲柝。暗想半生淪落廿載，羈旅總不比今番淒楚。朦朧枕畔，不斷只[illegible][illegible][illegible][illegible]生來有甚好心緒。人瘦也，怪黃花瘦也。如許瀟，不了秋燈夜雨。

起切汴京，結收夜雨。黃花度也句，化舊為新。

一起一結，蕭騷淒斷，如聞三峽猿啼。

殢人嬌 中調六十八字

竹逸齋頭紫牡丹一本濃艷異常開日竹老每約同人流連竟夕今歲花時竹老越游未返不獲一至花下詞以寫懷

記得君家，院地無楊依鱓，更紫艷臨風千朵。每逢花發，總邊有我與三兩禪侶詞人閒坐。今歲吳天，君浮越舸，壓烟江一帆斜颭。家園春景，說依然婀娜。無人處，一樹濃香深鎖。

吟風弄月亦復寵柳嬌花允矣名士風流

抄

殢人嬌 中調六十八字

閒況

屋對晴山，黛影離離爭泫。山梅瘦、遍香窗眼。細煎綠雪，注乳花盈椀。隱几坐、箋竟黃庭下卷。　飼鶴斜橋，聽鶯空館。更柳邀兩三狂狷，看雲選石。趁閒身尚健，此外事付與天公總管。

趁閒身尚健，讀之陡驚汗下。

殢佳人 醉中調六 四十九字 对

梁谿道中積雨不霽 此詞歎秀極似梁谿景色

一夜春篷，淅瀝聲、亂樵歌浦笛。正是、良鷗擲卷參差，水國景色。如

黑鴉陣肆，橋夢醒、恰何來新霽，窣蕭隙。推窗起坐，九點、龍峰

遙蒼翠翠迴，看空船、滴吟情。隨意微笑，一片晴林瀝。

爽氣朝來空翠欲滴何曾拄笏當年

抄江城子中調七 十字

郊遊即事

彊善堂主人對読

对

心情早起太聊蕭。出晴郊。涉蘭皋。雲水迢迢。不認路條條。只揀晴香深處去。還趁着。賣餳簫。春流碧到第三橋。野梅喬。綻纖腰。何處綠楊和了酒旗飄。遥望前村偏隔水。喚箇小船摇。

方是平澹方是絢爛之極必傳何疑

抄

江城子中調七十字

抄 秋日同雪笠過芷蓉士南郊書舍

彌羅室主人對就

对

開元寺外水雲寬竹疊巒山千嶂山山晴翠飛來濕透紗窗角茸茸草玉石

黃葉著滿向簷落外遠林樸茅堂恰對此中安狂花翦人菊花

闌干只書幃僧同注馬當屏笏見荒城蒼鐵色一回戰後箭成癡

結句蒼涼之氣

善於空中布景恍恍離奇令人不可

方物真異才也

抄

西施 中調七十一字

对

彊善堂主人對讀

補遺

好題照席填真無是集句

未及生之娛樂也

玉峰公讌席上贈施校書

半街絲柳帶烟拖。深巷入官河。畫船銀燭，趙李夜經過。聞說魚娘，新自茸城到卩與取又奏清歌。闌花簌簌，聞歌欲重起，才向小婆娑地，衩翠滑扶不穩，鸞靴嬌煞。流鶯偏在東風，學唱定風波。

香豔之極，自是當家

拢

離亭燕中調七十二字

雨中將發梁溪雲臣拉赴竹逸齋頭看梅小飲數巡匆々 对

判決升艫昔失悵賦小詞

花妮々仰人小巷鶯々怪々仰人低罵正值小、樓開似雪抵死只、將帆

挂粉淚臉邊明月脈々含情待詁々言　囑付梅清月寡轉而雨窗燈

嫁此去春江帆正滿路隔繞踰一舍待汎惠泉歸相賞水邊籬

下

直敘高手

彊善堂主人對読

花能含笑笑何人是此詞粉本思幽筆

蒨别有天才

于飛樂 中調七十二字

鴛鴦 彊善堂夫人對說

景物妍美崔鸞鶯未到

彩翼文禽。一生睡煖連漪。翦[illegible]春漲初溪。度朱欄。穿綠浪。故弄蔵[illegible]。畫樓依霧。金塘好漾。畫紅衣。孔雀樓頭。錦雞闌上。讓他毛羽芳菲。惹黃鸝和亂鴨石。妳双栖。生憎杜宇。東風裡。只向人啼。

抄 隔簾聽 中調 七十三字

聽舊家歌伎隔墻度曲 对

十載畫樓烟月，凝想歸何處。黃絁新作宮妃侶，悵碧海茫茫，瓊樓清苦，無一語。掩紗窗，依籠雁，柱冷將情訴。粧樓一所，紅彩墻閣，住歌聲偏遠。紅墻去，想他墻內新愁萬縷。伊知否，隔墻一般悽楚。

彊善堂主人對讀

前半闋慷慨情深，有侯門如海之感；後半闋拈花微咲，輕撩淺撥，大是度世慈

航若作情語看承一紙千里

師師令 中調七 十三字

汴京訪李師師故巷

彊善堂主人對読 对

宣和天子愛微行坊市有人潛隱小屏紅代唱道香橙織指夜半無人鶯語脆正綠窗風細旻今生事渺沉吳長暮雲千里合情試問權倡樓奈邑巷條柳似韻向居人隨意指道斜陽邊是

讀此詞不勝美人黃土之感

柔倩纖婉片玉集中不多得也

抄　　　　对

傳言玉女 中調七十四字　彊善堂主人對訖

舟經懷遠訪淩道一

半載繁甚，憶殺別來秋水。今朝重見，碧猶如此。無數參差零
亂烟橋，夜市估船夾岸。鄉愁千里。聞道君家，在街頭黃葉裡。
情親小語與篙師，暫艤崢泓淡沲。隱隱江樓笛起。關山一望何
其眼緒。

崢泓淡沲是評此詞

似魏晉人小品蕭散不羈

剔銀燈 中調七十四字

佛手柑不至詞以寄慨

彊善堂主人對訖

記得常年此際，恰風送閩天柑子，珠舶帆輕，花洋浪細，香徧吳頭楚尾，武夷仙使，向縹緲鯉湖傳至。

詎料巖關笳吹，竟隔千山萬水，天竺烟深，潮音月落，今日不知何世，匆匆彈指，都不道江山如此。

曼聲徐引，鉛水珠傾處，仲之唾壺欲碎，不抵越石登城一嘯也

抄剔銀燈 中調七十四字 对

春景 擬舊堂美人對話

陣〻蘭情水意隊〻描朱刷翠小巷簾櫳斜街院落笑都被雨酥
烟膩東風多致簇〻做賣餳天氣 莫負年光韶媚早辦漁樵
家計故國繁華剛生詩酒身似潯陽江佐且拚沉醉做蝴蝶向
花間睡

無可柰何花落去此意惟阮籍參得

祝英臺近 中調 七十五字 抄

春游偶憩静山禪院

隔溪林，臨水店，行處誤偏好。趁尋鐘響，冷於[illegible]，粉梅繞綻。些兒被誰共拆，算晴色朝來逾峭，亂帆杳，一半消入烟中空。漂劇幽窗，小憩經房，無言只微笑。此時正定吟魂，浦禽多事，又將折一枝烟條。

幽蒨空宕著紙欲飛

撲柏闌干 中調七十六字

過蝶庵書事 [illegible]

況吟檻外，分明有箇人兒在。隔着軟簾聞細欬，轉過屏間做就生疎態。夜來留否，春醒害底事，無言只撚箋篌帶。 曉寒倖脫紅綿[illegible]，檢出香詞細覓。檀奴解嗔人暗把風情讀[illegible]闌花箋碎，向粉墻拋灑。

筆端幻生如許光怪，雖已棘猴木人之巧

抄

抄

側犯 中調七十七字

奚蘇嶺先生書來訊我近況詞以奉柬

罷官不樂畫簾暮卷空江雨無緒憶卷畫溪頭有人住皆前灘

莽合屋後亂梅古傳語問還一飯還能著書否 使君足下卧後

雖行路屋帶甲滿乾坤只有儒生誤盼已廢書行將鬻畫賣市上

屠牛山中射虎

対

藻耀恢奇咄咄逼人公幹元瑜遜其兼

美矣

送入我門來　抄調七乍調比萬堂原調共少四句卅六字還 十七字須再[illegible]人對讀

同仲震小飲高汝敬紅梅花下　高係忠愍公孫　所居即忠愍祠

松逕漱微波山鋪暝翠軟風吹帆斜柴門將掩步屧尋君家靈均祠畔多香夢總變做孤山樹樹花　小縷紅精鷄局影選花陰碧礆弄酒拈茶況有良朋憑醉作生涯明朝搖櫓入城去約仍過山窗[illegible]暮[illegible]

[illegible]刪

剪去四句詞意自足即度為此調促拍可也

抄

過澗歇 中調七十八字

自蜀山至李墅一帶居民皆背山距河以陶為業沙鳥清曠墟落邈然紀之以詞

夾岸斜橋界山側裹延百千人家紫具几翠纍織奇若獅尊

象谿竅起還愁崖門破被老蒼壽黎饑 居民燃楚竹散

誕陶漁巖棲澗食帶雨聞搏埴陶甄甓工則畢自土甕鼎窯焰四起

陣雲一朵壓城黑

險麗巉削有奇思搏人之致結語聳秀警拔

長爪生得意之筆也

鷰山谿 中調八十字 拟

南澗山房作 对

朱扉碧檻疊石支齋學舊已覺東風催坐小簾櫳下如今世

換松鬚枉縈雲人去久小樓空園裡梅俱家 支頤太息此意

誰知眷眼底是悲歡休問秦箏莫亂梅風醒夢何以訴興衰

問酌酒細撫琴自把高懷寫

地是人非試憑闌閱者亦為太息

山川滿目榮華如夢至此見之名詩李嶠

真才子

劉善堂主人對訖

抄 新荷葉 中調 八十二字

抄 新霽郊外紀游 对

蘊香堂主人對訖

日麗風柔，水邊天氣鮮新。閒坐斜橋，數家絲竹溪濱。酒旗戲鼓起，怯餘寒、未滿前村。小紅亭子，鶯聲一巷繽紛。

節過收燈，風光尚未踰旬。粉黛東鄰，誰家香玉紛紛。雛鬟嫩靨，似芳鬢、好女盈盈。江南節景，帶人尤在初春。

姑錄鍾葵風致子虛

寫原新編亦好如要之恐未經訣因至斜

橋一串也

去

抄

新荷葉 中調 八十二字

喻天長郭門里許修堤被渚高榆蔭街隔水一亭因放生池芙蕖荷沙鳥頗極幽映歌馬徘徊賦詞寄興 对

席帽笑塗長征事與心違罵窣橋何波水鳥斜飛林皋幽邈

涼如雨色點人衣曲罷斜陽新荷已芙成團向夕雙雙能排茶困

輕颺漁磯小店雛鶯江南景未全非被他連喚揚州夢往事依

稀蜀岡淚儂遞遞送我離鄉天長為初發揚州第一程

評 逢長得此景可慰江南之至

渲染盡情令我黯然如見

補

千秋歲引 中調八十二字

壽蘧庵先生七十 彊嚴堂主人對訖

松作龍形，棗如瓜大，游戲神通復何礙。當初搖鞭過常杖，而今泛宅來吳會。鳳凰池，麒麟閣，抽身快。且喜墨離山潑儻且吉。元宵燈，當賽萬事難消。風月債，丹房掩尋書，其煮酒旗挑覓愁（茶鐺沸來同字）（處和）。同賞四時花，三弄笛，身長在。

高華穩切，壽詞中之吉光羽也。

滿路花 中調 八十三字

抄

詠禹門寺前一帶頹崖峭石

彊善堂老人斟讀 村

嵌空撐戶牖，鑿翠支堂奧。淙淙巖溜響當艮瀑，壺甬含牙鐵色。

粘青喬石筍攢丹竈，積雪層冰玲瓏界隱，俱鬲，或為怪鶻，或

作千年豹，或似秋江岸，晴龜暴林，青黑山畔，歸樵少野火連

天燒虎腥，如雨洗石，此時更峭。

似东坡怪石供

抄

洞仙歌 中調 八十三字

途次曹縣　对

河流浩淼去粘天無際白草黃沙古曹縣踏店人誰是嘗鴈

妻誰惜我十載蓬科未熟一鞭官渡口風風雨雨落日昏鴉

太零包歎自灌縣叢生事還悲夕照井邑兔葵開偏多酋目東平

故人宮憶系草未巾一日都十前朝東平侯劉澤清故曹人

荒途漂第一齋慨良深

結出大關係文字想見少陵當年

抄 秋夜月 中調八十四字

鮫橋望月

月兒圓也趁金風舒皓彩碧空斜挂浸着兩溪玉浪一城霜瓦水樓上招紅袖許多妖冶閒話都笑鷥孤鳳寡 橋頭月下記當年周子隱留將虎射千古靈旗颯颯英姿堪畫到而今逕滿目漁村蟹舍蘆聲偏只共更聲打

杏花疎影裏吹笛到天明與此詞同一神境

抄

蕙蘭芳引 中調八十四字

咏蘭

溪店寺橋映一帶銅峰峨簇有蕉葉離披露萼烟條齊矗參差

鹿柴（音砦）日給與幽芬千斛似佳人絕代零落今依草木數莖

微含一枝依秀淡淡如菊笑穠李夭桃衹解尋常粧束無言一

笑嫣然空谷想采時無數裙腰都綠

清芬襲人如生

玉峰瑤圃

八六子　中調　八十八字

楓隱寺感舊

荒臺廢沿壞道遠裊陽生蒼

涼至人蹤稀

弄絲楊重過廢館閒池頹起思量正鬖鬖歸紙舊屬何人禾黍

兒時巡簷繞

當年無限風光月照千山君屋鶯啼一院精

林漸舞樹成墳歌臺作寺松徑已老梅妻

者阝 女窮 衤氏 衤采富 渭滑 腸

鼯鼪矮坡斜下牛羊太蒼莊蹊林一坏夕陽

楓隱歡場為時不久行迄俚為歎惜況

其年躬逢其盛而今日成坟作寺能不

灑西州之淚

抄 魚游春水 中調 八

咏金魚 十九字 彈善堂主人 对

飛紅盈盈起，跌下銅溝深半指。一湖萬乳，染就鯉魚猩尾。淺貯空明翡翠瓶，小噞潑濺桃花水。疊錦裁玫，將霞漾綺。粧閣臨流，徙倚笑語紛紛無楊浮來往，破藻穿蘋，披蘭拂芷，似分醉釁素鱗上。噀出紅絨，銀塘裡，微風蹙蹙，綠波瀰瀰。

对

又從美人影裏翻出文心，奇幻至此，陸海潘江不足多也

抄

愁春未醒 中調八十九字　　对

元夕後三日飲曹蓋臣宅適遇微雪用倚聲集中韻

張恭堂手對訖　　对

落燈。風定、舞絮天成。聽沙沙、雜雜簷聲滴滴，酒床聲。聞說南山。小隊輕裘競射生。是日聞諸公有南嶽之游　吾儕無事、且扶老懶，共博春酲。起望尊前。林巒峭白，車十檻將盈。恰蕭然、四望陰重，六出花輕。多少。征人琵琶。風雪醉龍庭。問他何似，踈狂老子，詩酒埋名。

起鳳景真續鳳識達

抄

愁春未醒 中調八 百十九字

竹逸招同雲臣渭文雨中看梅，余舟中既作離亭燕一詞紀事，歸見雲臣竹逸詞，復次韻一首 对

蝶魂欲栩，鶯喉猶澀，料峭尚是淺春，未容紅紫十分酣，卻喜君家，滿院橫斜。玉娥笑倚兩三行，且捲簾風前，擁徙雨來，過街奇。一池清淺，正雕闌畫淌，消受一生花癖，半世冷饞，低青溪千遍。繞斜階一面，因嵐花口欲，水響粉淚，故泥征往梁溪，另日粉時予將。花如織，猶說鶯啼。

簾風一語平易稍矣

冒雨探梅已屬韻事，且得言別，益覺生

张晉宰手對訖

对

情坡庭香無佳詞

抄

謝池春慢 中調九十字

乙卯三月三日作

烘桃染杏，春到惹思量處。弱蕙試新笑，嫩蝶翻綿羽。林際鶯繞滿，梁來燕將乳。颺歌旗，宜戲鼓。三三兩兩，挑菜誰家女。

鴨頭搓足，勻徧了城南浦。半引湔溪影，碧到垂楊縷。半取烟汀色，綠離盈樽酌。斟一斗，思千古。蘭亭洛水，彌彌波流去。

一片濃綠照人鬢眉，結語尤覺俊拔。

余君

妙

東風齊着力 長調九十二字

田家

綠水灣頭青山疊處有箇人家籐梢橘刺禿幹矗槎枒爛熳田庄風味籬穿笋砌吐鮮花誰相餉隔墻濁酒過雨新茶溪口路三叉門半掩小橋流水栖鴉芋區雞栅零亂向風斜處處村簫社鼓叢祠畔絲管咿啞君休去鱸魚大上園韭纔芽

較儲王諸作別尋渲染令人眼界一新

彌善堂主人對訖

抄

滿江紅　長調九十三字

許葉九來園居不遇，愛其花木明綺，池館崢泓，小憩移時，流連不去。因憶九來向與余邑某氏歌姬有目成之約，曾為作花信詩。今某家歌舞久散，此姬亦入道多年矣。詞以示葉，用稼軒韻。

豈注無事如道天寶遺事

書移好酒

易識君家，不須問、長街夾轂。古樂府：夾轂問君家。閒相過、主人不在，滿園空綠。蝶卻輕狂金井畔，櫻桃開落銀屏曲。隴山鸚、不着客來游，春眠熟。

淪落恨，飛紅浴。繁華夢，郵亭宿。記筵開太守，一群香

玉今日鍊師新入道當時才子留題墨雨濛濛燕子上空梁時
泥蹤

設色穠麗使人神游欲醉

抄

滿江紅長調九

滿江紅十三字 对

贈婁東周逸園兼懷毛亦史

壽硯通現如傑生之雅治

舞袖成團，正家家、箏琶阮笛。有一客、衆中索我，謦欬甚急。坐上

兩行紅粉笑，亭邊一夜青衫濕。算雄文、老將本邂逅，鬢絲相識。

風裂燭喧遐點點，星絡角昌榮付偏。明朝月、分手後期雖的，第今男

兒女仔意氣。休論世事多離別，小博徒中歸臭及見毛公言相憶。

抄

滿江紅 長調九

凡九十三字 对

春光甚冶健庵招我魚墩精舍小憩同漱石耕弟綠雲賦

半里春田漸踏到蘼蕪叢裡疎籬外紅橋畫板即干四炊刀柳綠

飄風時寒食近梨雲凍處東風起把滿欄紫豔嗅移時、忻然喜

韻士僕、康成婢、營小築饒名理精舍乃健老紀綱所構有玉山綜翠共淨

鬆心、鬬草心情忙似蝶簇逑士女多於蟻算春來何限斷腸天

無踰此、

點綴景色香豔旖旎如見翠娥紅袖

抄

滿江紅　長調九十三字

贈棗陽王泰戌　王名嘉善，餘姚人，新建後裔，有儒將風

小小隨城，大府來、飄遍平陵春色。迤邐望、秣陵鐘阜，鬱蒼何極。一片南朝簫鼓地，千年北府侯王宅。到如今、草綿錦衣倉，成今昔。

帳下縛，黃皮帽。座上拓，黃金戟。論男兒須學，萬人之敵。家世故侯看射虎，江山儒將聞吹笛。笑軍中、緩帶貫蕃書，當陽癖。

緩帶輕裘風流如見

校

滿江紅　長調九　九十三字

同恭士叔岱牧仲飲介子西渭草堂次公戢韻　对

水榭清幽，宿雨罷、奔渾齊漲。憑眺處、孤城無恙，波靜

細簾隱映，草香已漢，窗上碧陰陰一陣，東風嫌涼來禽

蓬六翁烟中蕭瑟一樓，煙雨漫思主人還有吳□□□□

歌茶夢魂□□□□□□□□□□□□□□□□

用意用字俱出人意表又復費井會應詞壇

能事不得不推我　陈[illegible]

關繫語身分語不了語詞家三昧備
矣

抄

滿江紅長調九

紅十三字

秋日登單父城外春秋閣　対

單父城東，堆遍了、萬層秋色。憑闌望、齊靁魯甸，一泓清碧。此去漸通霄漢路，吾生只少鵬翔翼。縿欄斜、百尺俯中原，空蒼極。

銅鼓賽，松杉植。陰雨吼，精靈急。看鮮衣泥馬，[illegible]行無迹。日落漫漆羈旅恨，時危尃藉匡扶力。讀春秋、武帳燭花紅，髯[illegible]戟。

須高長嘯徹九霄

英風雄宕雅與題稱

鑑善堂主人對訖

対

抄

滿江紅 長調九十三字

秋日經信陵君祠

席帽聊蕭，偶經過、信陵祠下。正滿目、荒臺敗葉，東京客舍。九月驚風將落帽，半廊細雨時飄瓦。泣孤侯、向此一徘徊，騷人也。

今古事，堪悲詫。身世恨，從牽惹。倘君而尚在，定憐余也。我詎不如毛薛輩，君寧甘與原嘗亞。歎侯嬴、老淚苦無多，如鉛瀉。

時余庚嬴信陵遂使庚嬴老於言逢讀詞為之太息

此詞一成信陵有知必應淚流滿頰

挍

滿庭芳 長調九十五字

詠宣德窯青花脂粉箱為萊陽姜學在賦

龍德殿邊月華門內萬枝鳳蠟熒煌六宮半夜齊起試新粧詔
賜口脂面藥花枝裊笑謝君王裝成處翡翠調鉛貯粉描畫兩鴛鴦
當初溫室樹宮中事秘世上難詳但銅溝漲膩流出宮牆今
日天家故物門攤賣冷市閒坊摩挲怯內人紅袖慟哭話昭陽

銅駝露盤之淚與鶴髮諄語不同
識者須另具隻眼

抄

滿庭芳 長調九十五字

蜀山謁東坡書院

水柏晴橋，山銜春店，飛花落絮悠颺。打魚放鴨，四月好年光。此地林巒絕勝，家家足、碧澗幽篁。斜坡上，碎甎敗屋，零亂補圍牆。

嗚想往事，峨嵋仙客，曾駐吾鄉。惹溪山千載，姓代猶香。今日紫姑聖女，喧村賽、過鼓明粧。殘碑在，獨憐野草，漸沒古祠堂。

山上俗有所謂娘娘廟，是日香火最盛，居民奔走如鶩，而書院藏沒荒烟淡靄間，無有過而問者，詞以志慨。

蒼涼歷落，如俊鶻摩空，不可羈紲。起句神雋，與

彊善堂主人對讀 对

山抹微雲並垂不朽

抄

滿庭芳長調九十五字

吾邑茶具俱出蜀山暮春泊舟山下漫賦此詞

句風生涯工泥作香卿田農孤村春山腳下流水浴柴門

畫生綠泥作窯燒絲孤村

筍碧盧寺茶溪橋上市販爭宜催篷請望高今世句過日散鳥

筍魚目作林則才木

困園亭苎霞罩東溪蕃疊石支回看鳥雖樊籬立樊而

我偏獸茗器溫而栗濕翠難捫笑盈崖絲雪茶事正堪論

温而栗濕翠難捫如此品題茗器可與茶經

並傳千古

抄

滿庭芳 長調九十五字

汴梁客舍同馮蘧庵伋坐琴庵出梁溪閨秀永愁人詩稿示余凄然賦此

馮衍長愁，陳思不樂，相逢同客東京。烏啼落葉，惆悵可憐生。無忌館今何處，河聲怨、攪着砧聲。秋宵永，幾番楊柳，月曬簾總清。

鶯鶯聞尚在，詩人老去，一倍含情。且開箱檢點，錦字縱橫。料爾閨鈔未寫，檀板上、珠淚先盈。休驚卻，青衫來一樣，是飄零。

闌崖淚吾膽是君前日書因此興悵

我未成名君未嫁抱恨同一千秋

十

抄

水調歌頭長調九十五字

渡長蕩湖望三茅峰

我住太湖口四面匝烟鬟青迴縈青簇中乇白銀盤且縱龍宮一棹耕破鬟周數笑傲水雲寬逢島嶼鋼斗沙尾辭金疊

雪浪吼也大魚出鱸如山茅家兄弟笑我前路是風濤君自鬖鸞驚鷗我自詠恭蟬各自不相侯揮手謝之去吹笛玉井潺湲

獵善堂主人對読

氣槩雄邁可敵坡公赤壁賦

豪邁青蓮雄齊子美

抄

水調歌頭　長調九十五字　对

睢陽寓館感舊題壁（辛丑）

彊善堂主人對読

惆悵復惆悵，直視莫茫茫。風撼于菟叢葉，萋國上空墻，滿目西

州門內，轉眼黃公壚畔，前事惹思量。鬢寒弄影手，遠迎更衛郎。

記欲黑燈串，象月微黃，中年哀樂，何況人又在他鄉，陌風去鳥。

記脫夜綴下殘香，棄苕狼籍小窗，撥置不足道，念七陌人腸。

絕嗎江南路，繡白吳令憐是，老陳舞

悲涼不堪回首，使我鉛淚如瀉

抄

水調歌頭 長調九十五字

○送侯叔岱之彭城

酒罷忽不樂，結束挽強弓。彭城此去蒼莽，水[illegible]滿陂陀，戲馬臺空。遙望月下，有河流似[illegible]，畫角[illegible]龍吟，意欲起舞[illegible]，屈指幾英雄。斜陽恨關山景，一杯中，孫曹劉項，付與煙草沒孤鴻[illegible]。秋深事休惜，一生作達[illegible]，竟風[illegible]去[illegible]久[illegible]樓空。

英雄美人從古豈稱詞章說乃其暖今我愈

思作達

渭城奏於客舍倍覺作達爲難何必
彭城鬼簿更來逼人

抄 漢宮春 長調九十六字 对

立春後一日雨雪從友人齋頭醉歸紀事 強善堂主人對訖

婉娩熙春有比隣樂玉計日安排昨朝新做綵勝綠剪紅裁幾
綵酥雨釀濃陰膩透銅街今朝又騰騰微雪輕盈撲上人釵
便擬放顛衝酒要粉搓歌袖玉濺吟鬆最喜銀裝世界白倚樓
臺春泥沒屐怪枯笻誰憩芒鞋高樓上雛鶯笑我劉伶醉倒須
埋

吐氣崢泓運思縹緲何其不可一世乃爾

抄漢宫春長調九十六字　　对

春夜聽盲女彈琵琶詞　　鐙善堂主人對読

滿院梅風，攬一鈎纖月，參上簾櫳。書樓有人，慢撚盤鴻，珍珠鼓琴。

二通鼓，似開元妙手，花奴羯鼓，技飛揚感激，勝於讀史邊書。

太息東籬、實甫，有無窮磈壘，墨染烟驅。一聲通仙鐵笛，碧海雲

孤。青衫濕透，問伊憐旁有人無還，相調輕雲散，蕭月今宵，酒些些愁

余。濤音激越，所謂崑玉山碎鳳皇叫也

抄

暗香 長調九十七字

吳靜安姑丈臨風閣上賞梅

玉堂人物。況階前瓊樹。一枝先發。近來花歉。小倚晴樓汎香雪。料理茶鐺棋局。更作破較永夢冽。恰參入片片繁英。和取索郎啜。幽絕。任時節。又脆管嬌絲闌垣低揭。紅纖半坼。脈脈相看倍親切。共待盈枝爛熳。怕悵了。人生作達。薄醉也。歷帳是一堆粉月。

經善堂主人對說

句涵玉潤字裊金膏梅花有知定於月下現香魂以相和也

黃鸝遶碧樹　長調九十七字

冬夜觀劇感舊　

輿館風簾軟紅積酒冬宵溫煦箏琶狎燕是延秋雜遝笙清
全部一聲入破乍催醒庭花無數驀提起年少疏狂蹤跡許多
情緒　記得江南燕亂穿杏花村綠楊覓綵絲時節慣量珠買笑
醲錦醉舞落拓半生好夢風和雨都吹去可憐白髮重經酒旗
戲鼓

一聲河滿子雙淚落君前多情人別有
感痛不關絲竹也

慶清朝慢 長調九 九十七字

憺園即景為玉峯徐健庵太史新築

正復淡沲，居然蕭遠，此中位置殊佳。主人略施園墨，已就林巒。幾尺紅泥墻子，被風吹亂帆，回灣花深處，玲瓏金粉，一半乾。碧一隊黃一隊，染亭樹，在水雲間。朱欄紗窻子，映帶潺湲。盡日波花鳥參差，簟紋開，樓望斜陽，士女又滿春山。

花亭月樹，位置擅掩，映如畫。

覺西園雅集頓[illegible]未工。

不滿百言，已似柳州一則小記。

西子粧慢 長調九十七字

四月朔日同吳天篆[redacted]過通真觀王鍊師道院看牡丹

即用天篆昨歲雨中看花韻

紫府玲瓏，丹房窈窕，長就枝頭嬌[illegible]。看花人逐蝶蜂忙，[illegible]花試尋遊侶。離壇側去，露幾朵、檀痕淺注，羞盈盈、人間金谷，更饒幽趣。

花如語，低撼金鈴小，向暮春作紅顏，最怕落花風，乞鍊師為花重鑄，師還念取，劉郎鬢已經如許。待來春、玄都觀又成前度。

逸韻翩翩，殊有仙骨

交梨火棗玉瀣金虀想見幔亭勝集末路
百感横生令人鉛淚如瀉真絶調也

抄

夏初臨 長調九十七字

立夏日雨中作

彊簃堂主人對讀

作過花時纔逢[illegible]候碧窗春去無蹤影似別情人河橋愁盼綻正逢
打梅摘豆俱慵正漫天絲雨濛濛夢迴酒醒巡簷何陳離緒重重
一場惆悵半榻[illegible]騰[illegible]攜溪老閒訊漁翁落花天氣從君
脫帽江東綠滿長空笑幾番漠挹多奏宮皇簾櫳玫瑰成陰漸退
薰風

滿幅淒其讀之春衫欲濕不減雨打梨花時也

抄

長亭怨慢 長調九十七字

途次潤州水溢舟膠柬何雍南

自買得霜篷風舸準擬乘潮秋衾夢妥說言連夜水宮還泊京

山左愁多於水水卻似真珠顆縱使似真珠儘也有啼珠添上

些箇故人江闊望城外層層闕鈌千帆載恨誰料是此間有

我矣甚日下斜橋西隨江鳥片帚飛過枉費盡千撾鼓一行

橋火

前此迴文復如尺牘真神品也

纏綿旖旋萬轉千迴真走盤珠也